本书由辽宁大学新闻与传播学院学科经费支持出版

冯梦龙文艺思想研究

The Research on Feng Menglong's Theory of Literature and Art

韩亚楠 著

社会科学文献出版社
SOCIAL SCIENCES ACADEMIC PRESS (CHINA)

摘　要

冯梦龙是晚明时期著名的思想家、文学家、戏曲家，长久以来学界对其研究的重点集中在其文学作品上。作为一位高产的文学家、戏曲家，冯梦龙的文艺创作都是在其文艺思想指导下完成的。因此，研究冯梦龙文艺思想具有重要的学术意义。中国古代文学家很少总结自己的文艺思想，冯氏也不例外，他的文艺思想散见于其作品中。本书对冯氏零散的文艺思想做了较为全面的搜集与整理，进而结合晚明时期特殊的政治、经济、文化背景，总结、探讨其文艺理论成就及其对后世的影响。

首先，本书梳理了国内外相关研究的现状。冯梦龙的作品曾经在国内失传，后从国外重新引入。因此，国内对冯梦龙文艺思想的系统研究主要是从五四新文化运动之后开始的。早期研究工作主要集中在对其作品的真伪考辨等方面，真正开始研究其文艺思想还是在新中国成立之后。特别是改革开放以来，学界涌现出一大批研究冯梦龙文艺思想的专家、学者。在亚洲地区，日本、韩国是研究冯梦龙文艺思想的重镇，相近的文化场域有助于日韩学者深入细致地探寻冯氏文艺思想的成因及对本国文艺发展的影响。西方学者也对冯梦龙有着浓厚的研究兴趣，近年来相关研究成果不断。

其次，本书从历史语境和思想基础等角度探寻冯氏文艺思想的成因。冯梦龙主要生活在晚明时期，当时社会经济繁荣发展，但政治上宦官专权、党争不断。与物质发达和统治阶层腐败堕落相随的是整个社会掀起了一场肯定人性与物欲之个性的解放思潮，基于此政治、经济、文化背景，晚明的文学以“主情”为主流。就冯氏自身而言，其思想来源是复杂的，具体说来是以儒家思想为基础，又融合了释道思想。可以说，冯梦龙是晚明时期处于“三教融合”与“主情”思想综合影响下的文人的典型。

再次，本书重点探讨冯梦龙的基本文艺观——“情教说”。冯梦龙的“情教说”是基于其“情一元论”的宇宙观。冯氏认为万事万物都源于“情”，“情生万物”——“情”是自然界的发端，而世界的延续也是因为“情不灭”。“情”能主宰世间万物，文艺创作自然也离不开“情”。冯梦龙用“情”去创作，根本目的在于“以情导愚”。冯梦龙文艺思想的核心就是用“情”创作出有说服力的文艺作品，从而实现教化人心、改变社会风气的目的。“情教说”的提出有力地回击了程朱理学对人的本性的束缚，取得以“情”反“理”的效果，利于文艺创作者摆脱理学的束缚。此后的李渔、蒲松龄等文学家都受益于“情教说”，在其影响下创作出了大量优秀的文艺作品。

最后，冯梦龙以“情教说”为依托，在众多文艺领域取得了丰硕的成果。冯梦龙的小说理论涉及内容比较广泛，在历史演义小说方面，他主张“恪守史实”“敷演增色”，在拟话本小说创作方面，他主张“情真理不赝”等，这些都是围绕“情教说”进行的文艺实践。此外，在戏剧理论、民歌理论等领域冯氏也都有自己的独到见解，取得了不俗的成绩。

总之，冯梦龙的文艺思想比较典型地反映了晚明时期特定的政治、经济、文化背景对文艺理论与实践的影响。而其理论主张不仅指导了个人创作，为中国文学史贡献了一系列杰出的通俗文艺作品，也对后世产生了深远影响，甚至在当代看来，亦不乏给人启迪的闪光之处，是中国古典文艺理论史上不可忽视的存在。

关键词：冯梦龙　文艺思想　情教说　小说理论　戏曲理论　民歌理论

Abstract

Feng Menglong is a famous thinker, litterateur and dramatist in the late Ming Dynasty, whose works long have been the focus of academia. As a prolific writer, Feng Menglong's literary creation is completed under the guidance of his unique artistic ideas and thus studying his literary ideas has a high academic value. It is rare for the ancient Chinese writers to summarize their own thoughts; neither is Feng Menglong. His ideas are scattered in his literary works. So I collect and organize them in this book in order to study and conclude his literary achievements on politics, economy and culture and its influence on the generations that follow in the special background of late Ming Dynasty.

First, the book has reviewed the research status quo at home and abroad. Feng Menglong's works once could not be found inside China, and afterwards were reintroduced from abroad. The systematic study of Feng Menglong's artistic ideas began mainly after the May 4th New Culture Movement. Early research on his ideas primarily concentrated on the examination of authenticity of his works and so on. The study of Feng Menglong's artistic ideas began after the founding of the People's Republic of China. Especially since the Reform and Opening up, a great number of scholars on his artistic ideas have emerged. In Asia, Japan and South Korea both play indispensable roles in the Feng Menglong's artistic related-researches. Thanks to the identical cultural background, scholars from Japan and

South Korea can explore in depth and detail the cause of Feng Menglong's artistic ideas and the its impact on artistic development of their own countries. Western scholars also have keen interests in Feng Menglong's works, who have more achievements coming.

Secondly, this book aims to seek the cause of formation on the Feng's artistic ideas from the perspective of historical context and ideological basis. Feng Menglong lived mainly in the late Ming Dynasty, during which, with economic prosperity, eunuchs intervened and parties struggled. On one hand with the decadence of the ruling class and material development, there was a trend of individual liberation of approval of human nature and material desire. In the political, economic and cultural background, emotionalism was the mainstream in the literature of the late Ming Dynasty.

The origin of Feng Menglong's artistic ideas is complicated, which, specifically speaking, is based on Confucianism, combined with Buddhism and Taoism. Feng Menglong was a typical man of literature influenced by the mixture of three religions and emotionalism. Thirdly, I focus mainly on the basic literary and artistic views of Feng Menglong- "Love Education" in the book. Feng's Love Education is based on his world outlook of "monism of love". He believes love is the origin of everything; love produces everything-love is the start of nature and love is immortal, which then leads to the continuation of the world. Love dominates everything in the world, so it is an indispensable part of literary creation. His writing purpose is that love results in silliness represented by way of combining love with his works. Feng's literary works mixed with love is so persuasive as to educate people and change the society, which is the core of his artistic ideas. "Love Education" raised by Feng strongly refuted the bondage of human nature resulting from neo-Confucianism, which benefit literary creation free of neo-Confucianism bondage. Subsequently, other litterateurs, such as Li Yu, Pu Singling and so on, benefit a lot from "Love Education", creating a large number of works.

Finally, Feng Menglong achieved a great success in all sorts of artistic fields, based on "Love Education". Feng Menglong's works involve a wide range of theories: on historical romance, he advocates "abide by the facts, perfunctorily enriched"; in terms of creation of Imitated Huaben Story, he supports "true emotion and genuine reason", which puts his theory into artistic practice. Besides, on theory of drama and folk songs, Feng has fulfilled countless achievements with unique ideas.

In a conclusion, Feng Menglong's artistic ideas is a typical reflection of the influence on literature and art of theory and practice in the context of the Late Ming Dynasty. His works are guided by his artistic theory, which also contributes a lot to producing a series of masterpieces of popular works of art in Chinese literature history, and even in a modern sense, his theories on art and literature are still enlightening, whose existence no one can neglect in the history of Chinese Classical literary theory

Key words: Feng Menglong, artistic ideas, Love Education, theory of novels, theory of dramas, theory of folk songs

目　录

绪　论

冯梦龙的文艺思想十分丰富，前人对其研究也颇为具体。本书首先从冯梦龙的研究概况入手，梳理长久以来学界前辈研究的脉络，为本书深入探究其文艺思想找到适合的路径。

一　冯梦龙文艺思想的研究意义

冯梦龙（1574—1646），字犹龙，又字子犹，号龙子犹、墨憨斋主人、顾曲散人、姑苏词奴等，明代著名的思想家、文学家、戏曲家、文艺理论家。冯梦龙是汉族人，籍贯为南直隶苏州府长洲县（属今江苏省苏州市），出身士大夫家庭，与兄梦桂、弟梦熊并称“吴下三冯”。冯梦龙的作品强调感情真挚，代表作品为《喻世明言》、《警世通言》和《醒世恒言》（合称“三言”）。冯梦龙以其对小说、戏曲、民歌、笑话等通俗文学的搜集、编选、创作、刊印等工作，为中国文艺发展做出了重要贡献。其一生主要分三个阶段：第一个阶段是青年时代，主要是学习儒家经典，潜心治《春秋》；第二个阶段是中年时期，进行大量文艺创作，“三言”就诞生在此时；第三个阶段是晚年时期，任寿宁县知府，实践“经世致用”的人生理想。随着明王朝的灭亡，冯梦龙救亡图存的理想破灭，于公元

1646年“忧愤而死”[①]。历来学界对冯梦龙的文学创作研究比较重视，对其文艺理论成就则缺乏较为全面深入的探究。

冯梦龙一生创作和编纂的作品非常多，按照文学体例可以对其进行简单划分。[②] 第一类是小说，明朝的通俗小说创编活动异常活跃，冯梦龙的“三言”就代表了当时拟话本小说的最高成就。他还增补了两部历史演义，《新列国志》和《增补三遂平妖传》。在文言小说方面，其主要创编了《笑府》《智囊》《智囊补》《太平广记钞》，另有传奇作品《情史》（又名《情天宝鉴》）。第二类是戏曲作品，明朝戏曲代表样式为传奇，目前能认定为冯梦龙创作的传奇为《双雄记》《万事足》，其余都是改作，收录在《墨憨斋定本传奇》中。第三类是民歌，冯梦龙主要搜集整理了《挂枝儿》《山歌》，编写了《太霞新奏》（14卷）。第四类是冯梦龙的学术著作，重在解读《春秋》，代表作为《麟经指月》《春秋衡库》。第五类是政论文、县志及其他。冯梦龙在晚明救亡图存之际，写下了《甲申纪事》《中兴实录》《中兴伟略》等政治檄文；在福建寿宁县担任县令时亲自撰写县志《寿宁待志》；还把游戏的玩法归纳总结为《牌经》《马吊脚例》等。

结合上文对冯梦龙传世作品的归类，即可圈定对冯梦龙文艺思想的研究主要集中在前三类文艺作品中。他本人没有留下文艺理论专著，其文艺思想散落在小说、戏曲、民歌等作品的前言、序跋及批点之中。比如在“三言”的序言中，冯氏将整理创作一部小说的缘由条分缕析，让读者对其小说创作基本理论有了明晰的认识。冯梦龙的政论文、学术专著等因不能体现其文艺思想，故不在本书研究之列。对于那些有争议的作品，本书也姑置不论。

冯梦龙作为中国早期资本主义萌芽、市民阶层上升时期的代表

① 游国恩等编《中国文学史》（4），人民文学出版社，1964，第136页。

② 本书对于存目、存疑的作品不进行划分，只对存世且明确为冯梦龙编纂的作品进行梳理。

作家，他的文艺思想具有很高的学术价值。他所处的16～17世纪，正是欧洲文艺复兴时期，东西方的资本主义萌芽都影响着本地区作家的思想与创作。冯梦龙的文艺思想既具有封建地主阶级保守与固执的一面，又具有新兴资产阶级代言人开明与自由的一面。“人的意识”开始在其作品中出现，他编创的《喻世明言》《警世通言》《醒世恒言》直接以教化的形式对市民进行开导与点拨。作为一个社会转型时期的高产文学家，他的文艺思想直接反映了当时的社会现实与文化环境，对其文艺思想的观照与研究有利于我们进一步了解和认识晚明的文学现象和文学发展脉络。同样，当下社会也处于转型时期，充满了各种样式的文艺流派，对冯氏文艺思想的研究，对当下文艺研究也不乏启迪。

因冯氏文艺思想比较零散驳杂，前人多选择其一点进行研究。本书抛开艺术形式和文学样式的束缚，力求从整体上探究其文艺思想。从总体研究路径来看，冯梦龙创作高峰主要开始于明朝万历时期，但当时的批评者们并不重视其文学创作，甚至将其俗文学作品看作低俗的、迎合大众的下流之作。到了清朝，由于冯梦龙是“抗清”者，他的作品自然在禁毁之列，甚至一度失传。因此，明清两代冯氏及其作品未受到应有的重视。一直到五四运动以后，对冯梦龙的研究才有所改观。鲁迅、胡适等知名学者都对其有过相关论述，但是，彼时的大部分学者都着眼于对其作品真伪的考证而未能触及冯氏的文艺思想。新中国成立后，文学批评领域百废待兴，对古代著名文艺理论家的研究相对滞后，冯梦龙的文艺思想自然不可能成为学界关注的焦点。“文革”结束后，特别是改革开放以来，随着冯梦龙作品不断被发掘，研究者也日渐增多。由于冯梦龙的作品数量浩繁，涉及的文学体裁丰富，相关研究很难全面深入。时至今日，对冯氏文艺思想的研究还多散落在一些学术论文或某些著作的部分章节中，冯梦龙的文艺思想还有待我们进行深入挖掘、系统研究。

二　冯梦龙文艺思想研究现状

对于冯梦龙的研究，国内和国外呈现了不同的研究态势。

国内对于冯梦龙的研究主要兴起于五四时期。从海外影印回来大量散失的冯氏作品，引起了学界极大的兴趣。新中国成立后，冯氏作品被多次排印，相关研究随之推进；“文革”十年，相关研究被迫停滞；改革开放后，各种相关的研究会纷纷成立，进入21世纪以来，各种相关的学术论文、专著层出不穷。冯梦龙研究更具有国际化特征，很多域外汉学家参与其中，相关学术专著、专题论文的数量大幅增加，关于冯梦龙的研究呈现了全新的态势。

在亚洲地区，影响最为深远的当属朝鲜半岛和日本。朝鲜半岛在明清时期就广泛传播冯氏作品，并模仿这种通俗文学样式开始庶民文学“盘骚里”的创作；日本不仅传播并保留冯氏很多在中国本土失传的文本，还出现一批专门的翻译、研究者。在蒙古国和越南也能找到冯梦龙的作品及相关研究文献。在西方，最初研究冯梦龙作品的则是传教士们，后来法国大作家伏尔泰也高度评价了冯氏的文艺作品，从而引发了西方学者的研究热潮，涌现出像汉学家韩南这样的知名学者。

（一）　国内研究概况

从国内对冯梦龙的研究状况来看，不同时期的侧重点有所不同。

1.20世纪40年代前的冯梦龙研究

明末清初是冯氏文艺思想“热播”期。程国赋先生在《三言二拍传播研究》中指出：“明末以后，三言二拍刊刻活动共有32次，出现于明末的就有15次……由此我们断定，在‘三言二拍’传播过程中，明末清初是传播作品最为集中、传播活动最为频繁时期。”[①]“三言”是冯梦龙主要代表作品，也是冯梦龙文艺思想的主要体现者，其“热播”即意味着冯氏文艺思想的广泛流传。

清朝定鼎之初，冯氏作品的传播还是比较顺利的，但很多文人在冯氏原有文艺思想上加载了“忠君爱国”“汉族正统”等思想。所以，到了清朝中期，冯氏作品难逃禁毁命运，相关研究自然难以开展。

一直到新文化运动后，冯氏作品重现国内。以王古鲁等学人留日为开端，冯梦龙文学作品被重新发现并备受重视。鲁迅先生的《中国小说史略》第二十一篇“明之拟宋市人小说及后来选本”中说：“‘三言’云者，一曰《喻世明言》，二曰《警世通言》，今皆未见，仅知其序目。”日本学者盐谷温于1924年发表了《关于明代小说三言》的演讲，著录了冯梦龙作品28种，并详细介绍自己在日本内阁文库发现的天许斋刊本《全像古今小说》、衍庆堂刊本《喻世明言》和金阊叶敬池刊本《醒世恒言》，这三种刻本均为中国本土失传的珍本，可谓重大发现，在中国国内引起极大震动。郑振铎、孙楷第等人先后东渡日本，力求一睹小说的原貌，并将流传日本的一些“三言二拍”的珍本辗转抄录回国，为之后对冯梦龙研究奠定了坚实基础。

新文化运动之后，公开出版的冯梦龙作品日渐增多，其研究者也日渐增多，涌现出容肇祖、赵景深、孙楷第、杨荫深等研究冯梦龙的专家。著名学者王古鲁于1938年至1941年，到日本任教并对中国传统小说戏曲文献进行搜访与调查。在日期间，王古鲁拍摄了中国已失传的《古今小说》初刻本传回国内。

从20世纪30年代开始，一直持续到20世纪40年代，叶德辉、

① 程国赋：《三言二拍传播研究》，中国社会科学出版社，2006，第219—220页。

孙楷第、郑振铎、容肇祖、谭正璧等著名学者相继撰文“考其源流，辨其体例”。孙楷第先生写了《三言二拍源流考》，考证其版刻源流；冯学泰斗容肇祖的《明冯梦龙的生平及其著述》[①] 和《明冯梦龙的生平及其著述续考》[②] 则对冯梦龙生平及著作深入挖掘；谭正璧先生的《三言两拍源流考》至今仍是研究冯梦龙作品的必读文献。

这一阶段的研究，主要侧重对冯梦龙传世作品的考证及辨伪。

2. 新中国成立后十七年的冯梦龙研究

新中国成立至1966年前的十七年里，在“古为今用”原则的指引下，冯梦龙研究取得了新进展。人民文学出版社、作家出版社重排出版了“三言”普及本，中华书局出版了《挂枝儿》《山歌》等。专家学者研究更为活跃，其中尤以路工、谭正璧、胡士莹、王古鲁为代表。20世纪50年代，伴随着研究古代通俗小说的热潮，一部分研究者开始用新理论来观照冯梦龙文艺思想，研究带有鲜明的时代特色。到了1958年，学者开始从市民文学的角度来审视冯梦龙的文艺作品。1958年3月12日郭贺在《羊城晚报》发表了题为《三言二拍与市民文学》[③] 的文章；时隔18天后，邓允建在《光明日报》发表题为《谈“三言”“二拍”中所反映的市民生活的两个特色》[④]。这些文章开始注意到市民阶层在文艺作品中的位置与价值，较以往的研究更为深入。遗憾的是，相关研究没能得到进一步推进。在1965年8月傅继馥的《试论古代市民文学的评价问题》发表之后，冯梦龙及其文艺作品的研究陷入了沉寂。

后因政治等原因，一直到20世纪70年代，冯氏作品没有得到应有的客观评价，甚至当时《辞海》这样论说“冯梦龙所编选的作

---

① 容肇祖：《明冯梦龙的生平及其著述》，《岭南学报》1931年第2期。

② 容肇祖：《明冯梦龙的生平及其著述续考》，《岭南学报》1932年第3期。

③ 郭贺：《三言二拍与市民文学》，《羊城晚报》1958年3月12日。

④ 邓允建：《谈“三言”“二拍”中所反映的市民生活的两个特色》，《光明日报》1958年3月30日。

品中，有少数能对礼教的某些方面持轻视态度，但多数则宣扬封建思想，且往往流于秽亵”。“对冯梦龙生平的了解基本上停留在容肇祖教授20世纪30年代研究的水平上。”①

3. 20世纪80年代以来的冯梦龙研究

进入20世纪80年代以来，国内学术研究走向正轨，冯梦龙文艺作品再次被出版发行，相关学术研究也蓬勃发展。

第一，冯梦龙的一些作品被发现、《冯梦龙全集》出版，对冯梦龙专著、专论的研究风行。自1981年起，全国20多家出版社以出版冯梦龙作品为己任。过去从未被发现的重要作品，如《寿宁待志》《太平广记钞》等陆续出版。1982年福建寿宇县几经辗转获得了日本上野图书馆收藏的冯梦龙《寿宁待志》孤本胶卷，由福建人民出版社于1983年出版。1993年江苏古籍出版社出版了《冯梦龙全集》，同年上海古籍出版社刊行了影印本《冯梦龙全集》，2005年远方出版社出版了《冯梦龙全集》，2007年凤凰出版社也推出了魏同贤主编的《冯梦龙全集》。

关于冯梦龙的研究专著，也如雨后春笋般涌现：1979年上海古籍出版社出版了缪詠禾的《冯梦龙和三言》；1985年，海峡文艺出版社出版了杨君的《冯梦龙诗文》；1987年，复旦大学出版社出版了陆树仑的《冯梦龙研究》；1992年，海峡文艺出版社出版王凌的《畸人·情种·七品官冯梦龙探幽》，北京燕山出版社出版了马汉民的《冯梦龙》；1993，上海古籍出版社出版了陆树仑的《冯梦龙散论》；1999年，春风文艺出版社出版了陈曦钟的《冯梦龙》；2002年，大象出版社出版了傅承洲的《冯梦龙与通俗文学》，学林出版社出版了聂付生的《冯梦龙研究》；2004年，中华书局出版了傅承洲的《冯梦龙与侯慧卿》；2011年，齐鲁出版社出版了涂育珍《〈墨憨

① 人弋：《世纪回眸：冯梦龙研究的历史与现状》，《殷都学刊》2001年第2期。

斋定本传奇〉研究》；2012 年，南京大学出版社出版了魏城璧的《冯梦龙戏曲改编理论研究》；2013 年，中国社会科学出版社出版了傅承洲的《冯梦龙文学研究》。除上述的学术专著外，关于冯梦龙的资料汇编目前比较有代表性的当属以下两本：一本是 2006 年天津古籍出版社出版的高洪钧的《冯梦龙集笺注》；另一本是 2007 年广陵书社出版的杨晓东的《冯梦龙研究资料汇编》。这些资料，在一定程度上补充了专著对冯梦龙研究的缺失，为后继研究者提供了更加翔实的文献。

关于冯梦龙的专论，主要是一些硕士、博士论文，本书着重考查相关博士论文的研究概况。按照选题和研究对象，其大概可分为以下几种类型。第一种，从总体或某一视角观照冯氏并加以探讨。比如 2004 年北京师范大学孙丹虹的《市井中的乌托邦情结——冯梦龙与晚明市井士人对市民文化的认同》、2006 年南京大学周立波的《冯梦龙戏曲改编初探》等博士论文。第二种，主要是选取冯氏的某部作品进行研究。比如 1997 年华中师范大学刘果的《“三言”性别话语分析——以话本小说的文献比勘为基础》、2002 年哈尔滨师范大学温孟孚的《“三言”话本与拟话本研究》、2005 年复旦大学金媛熙的《〈情史〉故事源流考述》、2008 年复旦大学李贤珠的《〈平妖传〉研究》等，这些论文直接选取冯梦龙的文学作品作为研究对象，从不同角度对其展开研究。第三种，是将冯梦龙作品与其他作品进行比较研究。主要有 2011 年河北大学郭秀媛的《〈三言〉与〈十日谈〉比较研究》、2013 年河南大学付江涛的《〈十日谈〉和〈三言〉、〈二拍〉之比较研究》等。第四种，没有直接选择冯氏的作品作为研究对象，在论文中却有一些关于冯梦龙及其作品的阐释。比如 2003 年上海师范大学王言锋的《中国十六—十八世纪社会心理变迁与白话短篇小说之兴衰》、2006 年华东师范大学刘召明的《晚明苏州剧坛研究》、2008 年暨南大学韩春平的《传统与变迁：明清时期南京通俗小说创作与刊刻研究》等。这些论文或多或少地涉及冯梦龙的文艺思想，对冯梦龙文艺思想的研究起到了积极的推动作用，但尚未形成专题研究。

第二，冯梦龙学术研讨会广泛召开，“冯学”研究成为显学。冯梦龙学术研讨会的广泛召开，奠定了冯梦龙学术研究的坚实基础，揭开了冯学研究的新篇章。1984 年 11 月，中国作家协会福建分会在福州召开“冯梦龙诞辰四百一十周年暨冯梦龙入闽任寿宁知县三百五十周年纪念会”，王凌做了题为《冯梦龙研究应该有一个大突破》的发言。1985 年 10 月，中国俗文学学会、福建省文联、福建人民出版社等联合召开了首次全国冯梦龙学术讨论会，与会的 50 多位专家中包括来自日本的学者。1991 年 10 月，在苏州召开了第三次全国冯梦龙学术研讨会，与会专家有 80 多人。1997 年 5 月，中国俗文学学会、苏州市文联、上海古籍出版社召开了第二届“全国冯梦龙学术研究会”，与会中外专家达 70 人，国内外研究“冯学”的学者越来越多，遍及全国各大院校和文学研究部门，研究成果卓著。对冯梦龙生平和思想的研究有了突破性进展，相关系列文章和第一份年谱出现。有不少文章对冯梦龙的政治思想、哲学思想、文学思想、美学思想、情真说、情欲观、妇女观、民俗观、智慧观进行了研究，对冯梦龙作品进行了分类探讨。

进入 21 世纪，经济发展促进了冯梦龙研究的深入。除冯梦龙故乡苏州以外，他做官的福建也多次召开学术研讨会以纪念这位父母官。2014 年 11 月 16 日至 18 日，由中国俗文学学会、北京大学传统文化发展基金会、福建省通俗文艺研究会、宁德市宣传思想文化促进会和寿宁县传统文化研究会联合主办的“中国·寿宁冯梦龙文化高峰论坛”在福建省寿宁县隆重召开，以系列活动的形式纪念冯梦龙诞辰 440 周年暨冯梦龙在寿宁县为官 380 周年。段宝林、傅承洲、齐裕焜、马汉民、陈小培、陈侣白、王凌等专家学者提交了学术论文并在论坛上发言，从不同角度对百年来特别是近年来的冯梦龙研究历程进行了回顾、总结和展望。论坛主持人之一、北京大学段宝林教授在论文《略论冯梦龙评价的进步轨迹》中，对冯梦龙的文学地位进行了新的总体评价：冯梦龙是中国文学现代化的开路先锋，是具有划时代意义的伟大作家。论坛秘书长、中国俗文学学会理事、福建省通俗文艺研究会副会长王凌向论坛提交了两篇论文——《末代廉吏冯梦龙》和《冯梦龙研究断想》。他指出，仅仅从通俗文艺一个角度研究冯梦龙是不够的，从廉政文化角度研究冯梦龙是一个新突破，这方面的研究大有文章可做。

第三，按照研究领域划分，对冯梦龙小说、戏曲、叙事方式等方面的研究，涌现出很多优秀成果。在冯梦龙小说及小说创作理论研究上，近年来学者研究成果丰硕。傅承洲结合冯梦龙的生平，采取知人论世的治学方法，将冯梦龙置于明朝末年经济发达、文化活跃的江南富庶之地，给予符合人物身份与客观实际的分析与评价，得出了不少独到见解。在论文《冯梦龙的历史小说理论与创作》中，傅承洲先生就指出："本文提出冯梦龙的《新列国志》不是根据余邵鱼的《列国志传》增补而成，而是冯梦龙的独立创作。冯梦龙创作《新列国志》带有总结历史经验的动机，小说结构有其独到之处。在创作中形成了他对历史小说的基本认识，要求历史小说创作要严守史实，对历史小说和故事小说应该区别对待。"① 这对研究冯梦龙的小说创作理论有了新的突破。他在《"情教"新解》中认为，前人研究的冯梦龙把"情"奉为宗教，这是一种误读，实际上冯梦龙的主要意图还是借"情"导愚适俗，教化为主。著作方面，傅先生的《冯梦龙与侯慧卿》填补了冯学研究的一项空白，即补充了冯梦龙和侯慧卿的爱情交往经过及其爱情破裂后对冯梦龙的影响。既往

① 傅承洲：《冯梦龙的历史小说理论与创作》，《江苏社会科学》2004 年第 3 期。

的研究中，人们都提到冯梦龙因侯慧卿而绝青楼之好，但对于前因后果及其影响并没有细致深入的探讨。对于研究冯梦龙文艺思想，特别是冯梦龙文学中爱情观的阐述，这部力作具有举足轻重的作用。傅先生的《冯梦龙文学研究》有着多方面的突破和创新。首先，对冯梦龙文学活动进行全面考察，尤其是对前人不够重视的章回小说、文言小说、传奇、民歌、笑话进行了较为深入细致的探索。其次，采用史实考证与理论阐释相结合的方法，先厘清文学作品与冯梦龙的关系，即这些文学作品是其创作、增补、改订的，还是其评点、搜集、选编的，再阐释著作的价值与冯梦龙的贡献，将研究结论建立在扎实的材料和严谨的考证基础之上，从而对冯梦龙的文学活动及其成就做出新的评价。

在冯梦龙戏曲研究领域，近年来学者们也做了大量工作并取得了不俗的成绩。聂付生先生曾经以“人弋”为笔名，发表了《论冯梦龙的戏剧理论》一文，文中提出“冯梦龙戏曲理论主要表现在四个方面：追求艺术真实与生活真实的统一；人物塑造既有其恒定性，又要灵活运用；坚持礼教与情教相统一的教化原则；舞台表演既要体物，要掌握分寸、保持冷静”[①]，其观点为学界所称道。魏城璧于2012年出版了《冯梦龙戏曲改编理论研究》，以冯梦龙的改本《风流梦》及《邯郸梦》为主要研究对象，并以俞为民校点、江苏古籍出版社于1993年出版的《墨憨斋定本传奇》为本，比对徐朔方先生笺校的《汤显祖全集》进行分析研究。该书主要内容包括戏曲改编理论的建构及确立等。不难看出，魏先生的研究功底扎实，在戏曲改编领域对冯梦龙研究得很细致。

随着人们对冯梦龙研究的深入，研究方法和角度也逐渐多元化。从叙事学角度进行研究的有罗小东先生的《“三言”“二拍”

① 人弋：《论冯梦龙的戏剧理论》，《辽宁大学学报》（哲学社会科学版）2000年第5期。

叙事艺术研究》（中国社会科学出版社，2010 年）。该书主要运用叙事学分析方法，研究“三言”“二拍”的叙事艺术，即研究其使用了怎样的叙述语言、运用了怎样的时间处理艺术、调动了怎样的观察视角，以及叙述者是怎样或浅或深地介入故事的等。同时，为了弥补叙事学分析自我封闭的研究局限，《“三言”“二拍”叙事艺术研究》还借鉴传统的文学分析方法，知人论世，结合“三言”“二拍”编纂者所处的时代背景，以及编纂者的生平遭际、思想主张等，分析作品所描绘和呈现的那个艺术世界的丰富内涵及其艺术特点。该著作在学界引起广泛关注，石昌渝评论道：“这部论著不像通常论述小说叙事的论著那样，只徜徉在叙事方式的层面上，而是从话本小说文体生成的历史，探讨话本小说艺术精神之所在，正是这种精神决定了它们的叙事特征。在对叙事方式的论述中，又首先关注作者对于题材的选择、主题的提炼和情节的建构，从叙事宗旨连接到叙事策略。我以为这种思路，避免了一般叙事论述的形式主义倾向，是有深度且有特色的。”① 北大教授刘勇强先生说：“运用叙事学理论研究中国古代小说是最近十几年比较热门的课题……罗小东在她的《话本小说叙事研究》基础上，进一步从叙事学角度展开对‘三言’‘二拍’体制特点、题材类型、叙事时间、叙事视角及叙事者等的深入探讨，无论在话本小说的研究方面，还是在叙事学与中国古代小说研究的相结合方面，都提出了诸多富有参考价值的新见。”②

总体而言，目前国内关于冯梦龙研究的著作或论文多集中于文本概述及述评上。事实上，随着对外交流的不断深化，我们可从域外研究学者那里获得启发，从更加开阔的学术视野进行研究。

---

① 罗小东：《“三言”“二拍”叙事艺术研究》，中国社会科学出版社，2010。

② 罗小东：《“三言”“二拍”叙事艺术研究》，中国社会科学出版社，2010。

（二） 国外研究概况

长期以来，冯梦龙及其作品在国内外受到学者们的广泛关注，但在很长一个阶段里，国内缺乏相关资料，对其研究也自然呈空白状态。相较之下，由于冯梦龙的作品在日本保存完好，日本学者在研究冯梦龙这一领域就具有先天优势——能接触第一手材料，研究起步早。此外，朝鲜半岛学者从明朝以来就一直接触并研究通俗文学，冯梦龙作品自然也是朝鲜半岛学者关注的重点。进入当代，以闵宽东教授为代表的韩国学者更加深入细致地研究冯梦龙这位明清鼎革时期的文学巨匠。西方学者对于冯梦龙的研究则呈多元化特点，他们的关注角度和思维方式与东方学者大不相同，正是这种差异性造就了研究的新亮点，代表人物是北美汉学家韩南。冯梦龙的文学作品通俗易懂，被翻译成多国语言的文本，在世界范围内影响深远，因此，进一步深入细致研究冯梦龙的域外研究现状，对中国文学域外的传播发展意义深远。

1. 日本学者的研究

首先，冯梦龙的重要作品东传以后，对日本文学产生了重要影响。特别是日本前期读本小说以改编“三言”为主，日本学术界的“三言”研究也取得了重要成果。在民国之前，日本作家在看到“三言”以后，感到非常吸引人，先把这些作品翻译为日本的“三言”。日本文字工作者在翻译的基础上，对文本稍加改动就出版发行了。日本前期的读本小说采取了改译、化用等手法，借用了“三言”等中国古代小说的素材、构思及表现技巧，主要代表作家有都贺庭钟（1718—1794）、上田秋成（1734—1809）等，主要作品有《英草纸》《繁野话》《莠句集》《雨月物语》等。后来，日本文字工作者逐渐把冯梦龙作品的情节和人物都置换成了日本本土的人物，由直接的翻译转为化用情节，明显表现出由改译向创作演进的趋势。

其次，日本学者对冯梦龙研究起步较早，在世界范围内处于领先水平。在日本，对冯梦龙的研究也比较深入，特别是在版本研究与故事考辨方面。盐谷温的研究自然有筚路蓝缕之功，后继者亦不乏其人。值得关注的是后期的研究者已经拓展了研究思路，从更加广泛的层面对冯梦龙小说进行研究，结合小说的社会背景和其他相关因素来分析作品。

自20世纪20年代以来，随着“三言”“二拍”原书在日本的发现，日本学者盐谷温、长泽规矩也等对其进行了介绍和研究。盐谷温著《关于明代小说“三言”》[①]、长泽规矩也著《关于“三言二拍”》[②]，这两篇文章可以说是20世纪“三言”“二拍”研究的开端。除对“三言”“二拍”的一般性介绍外，日本学者比较重视“三言”对日本文学的影响。“三言”在日本流传后，日本作家对其进行了大量拟作，形成了日本文学中特有的所谓“读本小说”。这一现象引起了日本学者的关注，青木正儿《今古奇观与英草纸和蝴蝶梦》（1926年）等都是以“三言”“二拍”和日本“读本小说”的关系为着眼点进行研究的。另外，日本学者对“三言”“二拍”的文体特点和成书过程也进行了研究，代表作有山口建治的《“三言”所收短篇白话小说的形成要素》[③]、小川阳一的《三言成立论考集释录（上）——古今小说部》[④]、大塚秀高的《关于〈警世通言〉的版本（补）》[⑤] 等。

① 〔日〕盐谷温：《关于明代小说“三言”》，《斯文》1926年第八编五至七号。

② 〔日〕长泽规矩也：《关于“三言二拍”》，《斯文》1928年第十编九号、第十一编五号。

③ 〔日〕山口建治：《“三言”所收短篇白话小说的形成要素》，《东洋学集刊》1975年第33号。

④ 〔日〕小川阳一：《三言成立论考集释录（上）——古今小说部》，《山形大学纪要》1977年第2期。

⑤ 〔日〕大塚秀高：《关于〈警世通言〉的版本（补）》，张大为译，《明清小说研究》1996年第2期。

佐藤晴彦的《〈醒世恒言〉中的冯梦龙创作》[①] 对《醒世恒言》前二十卷中的语汇进行细腻分析，对《醒世恒言》前二十卷中作品的归属逐一做出自己的推断，从研究方法上来讲是比较值得重视的一篇论文。从思想内容方面论析“三言”的有山口建治的《释〈戒指儿记〉和〈闲云庵阮三偿冤债〉——话本恋爱故事研究》[②]、荒木猛的《短篇白话小说的发展——以“三言”所见人生观为中心》[③] 等，小野四平的《中国近代白话短篇小说研究》[④] 是一部以冯梦龙及其“三言”为研究中心的论著，对“三言”中的公案、婚恋、道教、佛教题材进行了系统的研究，观点独到。

2. 朝鲜半岛学者的研究

明朝时期，伴随冯梦龙、凌濛初等通俗大家作品的涌现，朝鲜半岛的使者、留学生、商人带着对中国文学的喜爱和学习的热情，不遗余力地将大量文本带回朝鲜半岛。

朝鲜仕人尝试用本国语言创作与冯氏作品相同的朝鲜通俗小说。比如朝鲜的《彩凤感别曲》就有和《警世通言》相似的地方，甚至将一些诗词直接挪到朝鲜文小说（譬如“帕出佳人分外香，天公教付有情郎。殷勤寄取相思句，拟作红丝入洞房”）中。[⑤] 朝鲜通俗小说创作深受以冯梦龙为代表的中国作家的影响，即使在情节设置、语言运用上，亦鲜有创新之处，整体思想多以劝诫教化为主。朝鲜李朝后期出现了著名的庶民文学样式“盘骚里”，汉语的意译就是“清唱”，其代表作有《春香传》。《春香传》在朝鲜很受学者重视，相关研究被称为“香学”，类似于“红学”在中国的地位。其整个

① 〔日〕佐藤晴彦：《〈醒世恒言〉中的冯梦龙创作》，《河北师院学报》1992 年第 2 期。

② 〔日〕山口建治：《释〈戒指儿记〉和〈闲云庵阮三偿冤债〉——话本恋爱故事研究》，《东洋学集刊》1973 年第 29 号。

③ 〔日〕荒木猛：《短篇白话小说的发展——以“三言”所见人生观为中心》，《东洋学集刊》1977 年第 37 号。

④ 〔日〕小野四平：《中国近代白话短篇小说研究》，施小炜等译，上海古籍出版社，1997。

⑤ 陈蒲清、〔韩〕权锡焕编著《韩国古典文学精华》，岳麓书社，2006，第 361 页。

故事建构和冯梦龙的《玉堂春落难逢夫》很相似。这两个文本出现历史时期相近、内容类似，先出的《玉堂春落难逢夫》显然对《春香传》起到了引导与示范的作用，可以说“三言”对朝鲜文艺的影响是很深刻的。

近年来，韩国学者对明朝文学的研究日益增多，韩国梨花女子大学的崔真娥教授认为朝鲜中期用汉文写的《王庆龙传》是唐代传奇《李娃传》的翻版作品，同时受到明代冯梦龙的《玉堂春落难逢夫》的影响，作者探讨了《李娃传》和明代冯梦龙的《玉堂春落难逢夫》以及朝鲜的《王庆龙传》之间在叙事方面的差异。中韩合作研究的实例也逐渐增多，《韩国所见中国古代小说史料》[①] 由中国学者陈文新、韩国学者闵宽东合作完成，这是中文图书中第一部系统完整地介绍韩国所见中国古代小说研究资料的专著。此专著的正编第三章“明代小说评述资料”就收录了冯梦龙的《情史》。韩国学者闵宽东在首尔大学奎章阁发现残存的《醒世恒言》九册（卷3—5、8—10、20—23、27—28、31—40），朝鲜英祖三十八年（1762年）完山李氏的《中国历史绘模本》序文中也提到了《醒世恒言》《拍案惊奇》的书名。

除去日本和朝鲜半岛外，在越南，不仅出现了冯梦龙的《新东周列国志》，还出现了仿作。在蒙古国的乌兰巴托，也有很多被翻译为蒙古语的冯梦龙的作品。在东亚儒家文化圈内，早期对冯梦龙的研究路径多是细读中文原本，进一步与本国同时期相同文学进行比较，找出相互关联之处。这是汉文化巨大影响力的作用结果，这种研究范式只针对能读懂中文的外国学者而言。近些年来，亚洲的一些学者，已经无法用汉语阅读中文文献，因此，他们的研究视角也逐渐转向文学叙述、文本架构等，这种视角和方法与西方学者比较

① 陈文新、〔韩〕闵宽东：《韩国所见中国古代小说史料》，武汉大学出版社，2011，第121页。

接近。

3. 欧美学者的研究

杜赫德（Du Halde，1674—1743）是法国耶稣会传教士，尽管他从未到过中国，却因为主编《耶稣会士中国书简集》与《中华帝国全志》而名垂青史。《中华帝国全志》于1735年由巴黎勒梅尔西埃出版社出版，其中便收录了冯梦龙的《庄子休鼓盆成大道》。该书出版后引起轰动，西方各国竞相翻译。德国的著名诗人席勒读了《今古奇观》后惊讶不已，写信给歌德说："对一个作家而言……埋头于风行一时的中国小说，可以说是一种恰当的消遣了。"[①]《今古奇观》虽然不是冯梦龙的作品，但是它汇集了冯氏"三言"的精华。这些名人对中国明清文艺作品的接受与认同对冯梦龙文学思想在国外的传播起着极大的推动作用。席勒、歌德等在本国的权威性使西方读者更容易接受他们所传播的东方古典文学作品。在这些人的努力下，冯梦龙的文学作品被介绍到欧美国家，仿写冯梦龙小说的潮流随之兴起。其中哥尔德斯密斯和伏尔泰的改写，是比较成功的。哥尔德斯密斯改写的小说与《中华帝国全志》版的《庄子休鼓盆成大道》相比，已经有了许多改变：第一，故事地点改成了朝鲜；第二，人名发生了变化：田氏变成了韩氏，楚王孙变成了无名氏；第三，故事情节改动较大，庄周的许多神通没有了，救命药也从脑髓变成了心脏，妻子的死亡方式由上吊改成刺心而死，最重要的结尾也发生了根本性改变。冯梦龙传递佛道无为虚空的主题不见了，取而代之的是法国人对理性的强调以及对狂热的反思。再比如伏尔泰，他以《庄子休鼓盆成大道》为蓝本创作了哲理小说《查第格》，这是一部真正将讽刺艺术与"异国情调"结合得天衣无缝的小说。冯梦龙笔下的庄周主张佛道无为虚空、主张抛却一切尘俗的烦扰，

① 于平：《明清小说外围论》，中国青年出版社，1999，第132页。

而查第格的故事主要强调理性思维对人的重要性。他所看重的并非庄周虚空无为的遁世哲理，而是运用这个故事原型来揭露当时法国社会的人情险恶，从而针砭时弊，张扬理性。

欧美学者在研究方法上采用多元文化视角，重视小说情节、语言，包括叙事方式等方面，从而在“三言”研究上取得了突出的成果。汉学家西里尔·伯奇（Cyril Birch）的《冯梦龙与〈古今小说〉》[①]，收有《古今小说》的7篇译文，其中有：《乞丐夫人》（《金玉奴棒打薄情郎》）、《珍珠衫》（《蒋兴哥重会珍珠衫》）、《酒与矮人》（《晏平仲二桃杀三士》和《吴保安弃家赎友》）、《魂游》（《游酆都胡母迪吟诗》）、《金丝雀人命案》（《沈小官一鸟害七命》）、《挽救仙女》（《张古老种瓜娶文女》），1958年由伦敦博德利黑德出版社和纽约格罗夫出版社出版。20世纪以来，意大利、南斯拉夫、波兰、匈牙利等国的译者都选译过“三言”中的一些故事。毕晓普（John Lyman Bishop）的《中国白话短篇小说“三言”研究》（*The Colloquial Short Story in China*：*A Study of the San-yen Collections*）一书，分析了“三言”的叙事技巧，并考证了“三言”故事资料的来源。

现代比较著名的研究冯梦龙的学者当属美国的韩南。韩南（Patrick Hanan，1927—2014），国际汉学家，伦敦大学博士，先后任教于伦敦大学、斯坦福大学和哈佛大学，任中国古典文学教授。韩南对中国古代小说有着特别的兴趣和爱好，他的汉学成就也主要表现在对中国古代小说的研究和翻译上。韩南指出，带有现实主义色彩的言情小说可以追溯到唐传奇，到了冯梦龙时期，其重要性愈加彰显。“主情”是晚明的主要思潮之一，冯梦龙对小说中男女主人公的深切同情与时代主流道德格格不入。尽管读者喜欢故事中的浪漫，却不赞同其个人主义的爱情伦理。尽管读者幻想不受社会价值

① 〔英〕西里尔·伯奇：《冯梦龙与〈古今小说〉》，《东方与非洲研究学院学报》1956年第18期。

观的制约，但是小说的叙述者依然要扮演传统道德卫道士。假如某一美满婚姻不符合传统主流道德，小说叙述者便巧妙地将之解释为前世注定的姻缘，从而规避了社会习俗的责难。假如某一种爱情导致一场悲剧，则悲剧本身已经对读者起到警示作用。韩南的译文质量很高，他将原文中的诗词歌赋全都一一照译。为了能让西方读者理解其背后的文化含义，韩南使用了大量注释，深入浅出地进行解释。比如，在《卖油郎独占花魁》中，韩南将标题翻译为 *The Oil Seller Takes Sole Possession of the Queen of Flowers*。[①] 他将“花魁”译作“the Queen of Flowers”，为了让欧美读者了解“花魁”的含义，他以脚注的形式指出，在中国，妓女往往被比喻成花。韩南对冯梦龙及其《古今小说》进行了较为广泛深入的研究，扩大了冯梦龙及其著作在世界范围内的影响力，揭示了冯梦龙的作品在国外的传播对于中外文化交流的意义。其研究成果对中国学者极具启发意义，有助于进一步推动国外对冯梦龙作品的研究。此外，他的《古今小说中一些故事的作者》[②] 和《珍珠衫及名妓宝箱故事的形成》[③]，对“三言”故事的演化及作品归属等问题提出了自己的见解。当然也有从“三言”“二拍”的思想内容及艺术特征方面对其进行研究的，代表论文有：Lau 的《作为圣人的罪人：“命定姻缘”中的爱与德的悖论》[④] 等。夏志清的《中国古典小说导论》[⑤] 第八章“中国古代短篇小说中的社会和个人”以西方的视角对“三言”的思想内容进行了深入分析，虽然其中不乏精彩的论述，但由于作者总体上是用西方小说的标准来评判中国古典小说，所以他认为，“通俗小说中虽不

---

① Patrick Hanan, *Falling in Love*: *Stories from Ming China* (Honolulu: University of Hawaii Press, 2006), pp. 21, 21, 24.

② 〔美〕韩南：《古今小说中一些故事的作者》，《哈佛亚洲研究学报》1969 年第 29 期。

③ 〔美〕韩南：《珍珠衫及名妓宝箱故事的形成》，《哈佛亚洲研究学报》1973 年第 33 期。

④ 〔美〕J. M. Lau：《作为圣人的罪人：“命定姻缘”中的爱与德的悖论》，《通报》1970 年第 4 期。

⑤ 〔美〕夏志清：《中国古典小说导论》，安徽文艺出版社，1988，第 98 页。

乏其他好的故事，却只有一篇《珍珠衫》堪称独步；并且，据我所知，在小说发展史上，它还没有后继者”。这一结论，正像一些论者指出的，“不免过于苛求”①。

综上，我们可以看出无论是早期的传教士，还是现当代汉学家都对冯梦龙怀有浓厚的兴趣。西方读者喜欢冯梦龙的作品，西方学者研究冯梦龙的创作意图和文艺思想，这些都彰显了冯氏作品的艺术魅力。冯氏的作品承载着他的文艺思想，这些通俗易懂的作品把中国市民阶层的文化心理和生活情趣传播到世界各地，扩大了中国古典文学在世界范围内的影响——这是冯梦龙对中国古典文学的重要贡献。

自冯梦龙作品被重新发现以来，东西方学界还是取得了不少研究成果。简单概括来说，东方学者主要从冯梦龙作品真伪考据、通俗文学对本国通俗文学创作的影响方面进行研究，而西方学者主要从其文本的形成及故事建构等方面进行研究。这也与东西方的语言文化差异有关，东方学者对于冯梦龙作品中的诗词曲赋等文学样式，能够从形式和内容上加以理解，而西方学者多是看重冯梦龙作品中的故事内核，分析文学架构方式以及中国古典叙述模式，不能字斟句酌地去做考据式研究。域外专家学者对冯梦龙研究的多元化的思维和角度，非常值得我们学习和借鉴。在东西方研究成果的基础上，我们应该广泛吸收其中有价值的学术成果，深入多元地去探讨冯梦龙文艺思想。

从冯梦龙研究总体发展来看，对冯梦龙的研究经历了从文本发掘与辨伪到文本分析，再到戏剧理论、小说理论研究，逐渐扩至文艺观念、文艺思想等方面研究的过程。研究不断深入，所涉及的问题总是处于文本辨析和文章分析之间，而西方多元化、多角

① 黄卫总：《明清小说研究在美国》，《明清小说研究》1995 年第 2 期。

度的学术理念，为当前中国学界研究冯梦龙文艺思想提供了良好的借鉴。

三 冯梦龙文艺思想研究的方法与主要内容

（一）研究方法

鉴于目前国内外学者对冯梦龙的研究现状，本书将从以下三个方面着手：一是历史语境还原法，全面研究冯梦龙的基本文艺观与其产生语境的关系；二是综合法，将冯梦龙实践的创作与其文艺思想进行对照研究，从而印证冯梦龙文艺思想具有极强的实用性，其艺术作品取得成功也是有据可依的；三是通过细读法，揭示冯梦龙文艺思想理论的真正内涵。具体说来，出发点是以冯梦龙哲学思想的整体系统为参照，以其基本文艺观“情教说”为核心，以经典文本为重点对象，将其本体论思想还原到最初的历史、政治、文化和宗教语境中，系统深入地梳理和阐释冯梦龙的本体论、创作论的理论旨趣及价值，探究冯梦龙文艺思想对李渔、蒲松龄等创作活动的影响以及其对现代文学的启示意义。

（二）主要内容

本书的特色是摒弃文艺题材和文艺样式的局限，从冯梦龙文艺思想总体着眼，以期能够概括出具有广泛意义的冯氏文艺思想。这也是区别于以往“切豆腐”似的分区研究，从总体上观照冯氏文艺思想。全书主要分为七大部分。

“绪论”阐述了以冯梦龙文艺思想作为研究对象的意义所在，并梳理了古今中外冯梦龙文艺思想研究的概况。

第一章是“冯梦龙文艺思想产生的历史语境”。冯梦龙的文艺思想是比较复杂的，那么其究竟是如何产生的呢？该章从冯梦龙所处时代的经济与政治语境出发，结合其生存与发展的社会文化语境来阐释，最终落脚于冯梦龙生活时代的文学语境上，在这一系列历史问题的探寻与还原中，力图找到冯梦龙文艺思想产生的历史根源。

第二章是“冯梦龙文艺思想产生的思想基础”。冯梦龙通晓古今，其作品体现了他所受到的前代哲学思想的影响。该章梳理了儒家思想、道家思想、佛家思想的历史源流及其在明朝的总体特征。冯梦龙主要受儒家思想影响，此外，道家、佛家思想也在他身上有所体现。“三教合一”是明朝哲学思想的总体发展趋势，冯梦龙正是在这种情况下形成了自己的文艺思想。

第三章是“冯梦龙基本文艺观——‘以情教’为本”。无论是小说、戏曲还是民歌的创作，冯梦龙的“以情导愚”思想都贯穿始终。冯梦龙文艺思想研究必须溯源到中国传统文艺思想上来，那就是“以情为本”。从《诗经》开始，中国文艺就重视“情”。笔者梳理中国“情本”思想后，还需要去探寻冯梦龙“情教说”的提出，最后落脚到冯梦龙“情教说”的文艺实践上。冯梦龙作为一个用文艺作品去批判社会现实的作家，他的女性爱情观、市民自觉意识都是值得肯定的。我们只有充分展示冯氏成功的文学实践，才能证明其理论的价值和意义。

第四章是“冯梦龙的小说理论”。冯梦龙文艺创作的最高成就当推其对通俗小说的创编。他熟悉小说创作各领域，不论是拟话本、历史演义还是传奇笔记小说等，都具有独到见解及丰厚的实践成果。该章按照小说类型划分研究模块，每个模块下都有对冯氏理论的阐释及其对应的文艺作品。

第五章是“冯梦龙的戏曲理论与民歌理论”。该章重点解析冯氏的戏曲理论、民歌理论。冯梦龙对戏曲创编投入的心血比较多，作为“吴江派”的成员，他在戏曲创作、改编、导演领域都有自己的主张与实践，这是该章的研究重点。民歌是明朝非常有特色的通俗文艺形式，但在当时没有得到应有的重视。冯梦龙却是例外，他投入大量精力研究民歌艺术，取得的一系列成果为保存和研究明朝民歌立下了汗马功劳。

第六章是“冯梦龙文艺思想的主要影响”。此前，一些学者曾强调过冯梦龙对李渔的影响，本书除在此基础上，继续探寻冯梦龙对李渔文艺思想的影响之外，还涉及了冯氏对蒲松龄文学创作的深刻影响。冯梦龙的《情史》无论是从体例上还是从内容上都影响了蒲松龄的《聊斋志异》的创作，这是此前被人们忽略的地方。此外，冯氏文艺思想对当代亦不乏启迪意义，该章将对之做进一步探析。

第一章

冯梦龙文艺思想产生的历史语境

冯梦龙的文艺思想不是凭空产生的，而是基于其丰富的创作实践。他所从事的文艺创作摆脱不了他的生活痕迹，他有意无意地在文艺作品中重现自己的生命体验。因此，要想深入了解冯梦龙的文艺思想就要去探寻他的生平，去揣摩他的文艺作品的诞生是基于何种生活现实。同时，冯梦龙能够取得巨大的艺术成就，与他所处的历史语境息息相关。冯梦龙处于明末清初这一特定历史时期，他在明清鼎革之际经历了生活和精神上的双重痛苦。从青年时代的意气风发到老年阶段的救亡图存，其精神世界发生了巨大的变化，这种经历与变化在他的文艺思想中有明显体现，因此政治大环境也是研究冯梦龙文艺思想的一个着眼点。此外，我们还要观照冯梦龙所处的文化环境及其文艺生产状况。明代通俗文学勃兴，主情思想盛行，社会上各种文艺流派迭出。冯梦龙作为文艺界的领军人物之一，他有自己的创作方式方法，他对文艺有自己的体认，并没有盲目跟风。因此，他的文学创作不落窠臼，形成了自己独具特色的文艺思想。

第一节　冯梦龙所处时代的经济与政治语境

明朝初期的几位皇帝励精图治，开疆拓土，经济上稳定发展。

前期的“洪武之治”“永乐盛世”使元末凋敝的民生有所改善。然而到了明朝中后期，皇帝怠政、宦官专权、边患不断、党争激烈，国家渐趋衰弱，民众的生活水平骤降。冯梦龙生活的晚明时期，政治制度与经济发展的矛盾日益突出。这些对其文艺思想的产生与发展都有着深刻的影响，因此本章要着眼于此进行阐释与分析。

一　晚明政治经济形势对文艺的冲击

冯梦龙生活的万历年间，皇帝与大臣就册立储君之事发生了很大的争执，史称“国本之争”。“国本之争”的结果就是皇帝怠政，宦官专权日益严重。这一时期出现了“东林党”“复社”等以讲学为名参与政治的文人社团组织。

这一时期，经济方面发展迅猛，资本主义萌芽出现。农业方面，江南地区的粮食产量很高，人们开始种植经济作物，农业进出口贸易随之得到极大发展。手工业领域，明朝改变了官营的做法，大多数领域都为民营，只有盐业等少数关系国计民生的产业由国家掌控。陶瓷、丝绸、造船等产业均发展起来。

随着农业和手工业的发展，具有商业性质的城镇不断被兴建起来，人口快速增加。《明实录经济资料选编》记载，明朝人口约有7000万。[①] 当时欧洲城市规模较小，1519年至1558年，拥有2万至3万人的城市即可被称为“大城市”。这说明中国在近代城市化进程中，要比同时期的西方国家发达。经济的发展，带来了民营资本的迅速积累。当时中国江南地区的民间商人，交易额动辄就是几百万两白银。在海外贸易领域，当时荷兰的东印度公司是西方最有影响力的海外贸易集团。台湾地区郑芝龙控制的海上贸易，每年收入为

---

① 郭厚安编《明实录经济资料选编》，中国社会科学出版社，1989，第261页。

上千万两白银，这是东印度公司难以企及的。由此可看出，明朝经济兴盛是全方位、多领域的。

（一）晚明读书人的政治困境

有明以来，“八股取士”是统治者笼络人才的有效手段，政府利用这种选拔制度，有效地钳制了文人活跃的政治思维，令他们埋首于经史子集，无法也无暇与政府对抗。“十年寒窗无人晓，一朝成名天下知”也是读书人的渴望。文化精英们更希望通过科举考试延续家族的荣耀，而身处下层的文人则希望凭借科举考试为自己跻身上流社会打开门路。

科举考试发展到后期，对学识的追求基本流于形式，主要以死记硬背为主，这也背离了八股取士的“取士”意义。明代大儒薛瑄无奈地感慨道：“古之为士者，即自广其学，而充其道矣。进而有为也，必以其义，而推其有于人人。至于得失之际，初无介于怀焉；后之人不然，修于己者不力，而侥幸于名位之得。得则意气横肆，以矜骇于庸人之耳目，以求遂其尕颐之利欲，而及人之实，未必有也；不得则悄然忧，爽然叹，立若无所自容。”[①] 明英宗时期，刘球一针见血地指出：“为师者之教徒以得进士为期，为弟子者之学，徒欲举进士而止。于是有剽掇记录已陈之言，以希逢合乎主司之意，侥幸其捷则弃之。”[②] 授课老师教给学生的内容主要是为了应付考试，学生的死记硬背也是应付考试的必要手段，这种曲意逢迎考试及考官的做法，背离了人才追索的实质，很难录取到真正的人才。到了晚明，边患不断、朝政混乱、流民增多，生活在层层压力之下的读书人，早已无心研究儒家经典，更谈不上“齐家治国平天下”。最令

① 许雪涛：《薛瑄〈读书录〉版本源流考》，《华南师范大学学报》（社会科学版）2008年第5期。

② （清）张廷玉等撰《明史》，中华书局，1974。

读书人寒心的是科举舞弊，考官的"黑手"无情地扼杀了很多有识之士。起初，冯梦龙的创作不过是"偶戏取古今所闻，一二奇局可纪者，演而成说，聊舒胸中垒块"[①]。他曾试图像先人那样由举业出仕，以政绩传名。他相信自己总有一天会熬出头，博取功名。"屡试不中"的无情现实粉碎了他天真的梦想，屡考屡败的现实，令他固有的科举理想开始松动。

（二）经济发展刺激文学消费

明末经济发达，促使市民文学消费兴起。在城市，市民阶层崛起，小手工业者、小商人快速发展壮大，这一新兴的阶层开始谋求政治地位和话语权，这样就危及了旧有的社会架构，使社会呈现多元状态。在农村，农产品开始商业化，极大地冲击了原始的自给自足的小农生产生活方式，地主阶级的地位受到商人的冲击，传统封闭的农村经济开始突破束缚走向开放的商业模式。生产力快速发展，使得生产关系急剧变化，社会分工细化，整个社会人口流动加剧。这些都促使明末社会整体趋于商业化。经济的发展、出版业的繁荣为小说的刊发提供了前提。明代出版税的免除、造纸业的发达、印刷术的提高、图书成本的低廉、举子士人及市民阶层形成的巨大图书市场等因素，使晚明出版业达到有史以来的极盛时期。书坊之间的激烈竞争使其市场意识、选题意识空前加强。随着经济快速发展，明朝出版业迎来了自己的春天，各大出版商纷纷组织得力人手来编撰能吸引市民阶层阅读的通俗读物。

由于市民阶层地位上升，读书认字的人越来越多，儒学开始平民化，即使不能科举出仕，也可以博览群书。由于市民阶层文学消费需求不断上升，出版行业利润大幅增长，出版商大量涌现，出版

① 魏同贤、安平秋主编《凌濛初全集》，凤凰出版社，2010，第120页。

商大力扶持作家进行编撰工作，加速了文学的生产与传播，这些都是市民阶层喜闻乐见的通俗作品诞生的客观条件。另外，以冯梦龙为代表的一批作家具有自身文学修养高和善于收集文学素材的特点，他们的文本涉及社会的各个方面，深受读者好评，这是明末市民文学消费形成的必要条件。读者喜欢并接受这些通俗文本，愿意为作家生产出来的文学作品埋单。民间文学消费推动了当时的文学生产，“三言”就是在作品获得好评以后，在读者催促、出版商推动下继续出版和发行的。明末整个市民阶层文学消费主要集中在通俗文学领域，市民们高涨的文学消费热情，促进了通俗文学的勃兴与发展。

二　晚明政治经济环境对冯氏的影响

明代晚期书院的兴盛，冲击官学的地位。许多知识分子借书院讲学之机批评时政，例如曾讲学于东林书院的顾宪成及高攀龙，常讽刺时政。当时学者也会借用寺庙周边的空地举行“讲会”，倡导新的思想价值与人生观。除了东林党，影响比较大的学术团体还有复社，其代表张溥等人痛感“自世教衰，士子不通经术，但剽耳绘目，几幸戈获于有司，登明堂不能致君，长郡邑不知泽民”[①]，为摆脱这种困境，他们主张“兴复古学，将使异日者务为有用”，因名曰“复社”。[②] 复社的主要任务固然在于揣摩八股，切磋学问，砥砺品行，但带有浓烈的政治色彩，以东林党继承者自居。这些社团组织打着研究学问的旗号，宣扬自己的政治诉求。学界曾经争议过冯梦龙是否入过复社，有无社籍。实际上，有无社籍已经不重要了，关键是冯梦龙受到了这些激进的学术团体的思想影响。

东林党和复社都针对统治阶级提出了一些反对的意见和主张，

① （明）陆世仪：《复社纪略》，上海古籍出版社，1995，第124页。

② （明）陆世仪：《复社纪略》，上海古籍出版社，1995，第125页。

冯梦龙深受其影响，他不创作迎合政治统治者兴趣爱好的作品，而主要为下层民众服务，编撰的作品都“适于里耳”。不拘泥于经典著作的阐释，转到对民间喜闻乐见、通俗易懂的内容进行搜集、编撰和创作。他的作品真实反映了社会现实，充分考虑到文艺的社会功用，这与复社注重当下、力求实用的主张是一致的。

作为一名有政治抱负且有实际从政经历的文化精英，冯梦龙在创作活动中自觉或不自觉地将其政治主张融入其中。

首先，冯梦龙在《东周列国志》《智囊全集》中，阐述了自己对历代著名政治人物的评价，提出了一些个人见解。作为文人，冯梦龙没有策马杀敌的本事，但他将自己的满腔热情都投入到促进国家兴盛的文艺创新上来。比如《智囊》的编撰时期，正是阉党专权跋扈之际。冯梦龙利用手中的笔，鞭挞宦官奸臣的丑恶嘴脸，不仅表达了其政治态度，更是文人敢于担当的体现。

其次，《寿宁待志》是冯梦龙亲自完成的地方志。通常修撰县志都要先成立一个班子，由县官领衔，实际工作交由手下的人去做。冯梦龙则不然，他独立完成，评述论断，都是其本人意见。因此，《寿宁待志》是一家之言的“私书”，是一部珍贵罕见的政论著作。该书内容丰富，叙事严谨，语言生动，文情并茂，一扫官修志书的陈腔滥调，是志书中的佼佼者。至于《中兴实录》的叙更是让人感慨不已，冯梦龙慷慨陈词后，在最后一段写道：“余草莽老臣，抚心世道，非一日矣。犹望以余年及睹太平，故因里人辑时事为中兴书，而述略所怀如此。七一老臣冯梦龙拜述。”[①] 冯梦龙一生努力追求的，不过是要目睹一个太平的人间。

明朝灭亡后，冯梦龙的《甲申纪事》《中兴实录》《中兴伟略》分析了明朝灭亡的原因、记录了明亡的过程，直陈自己的施政主张。

① 高洪钧编著《冯梦龙集笺注》，天津古籍出版社，2006，第 57 页。

第二节　冯梦龙所处时代的文化与文艺语境

晚明的文化呈现一片繁荣气象，无论是文学、音乐还是戏剧领域都涌现出一大批经典之作。从富足的扛鼎之作中，冯梦龙汲取了大量的文艺精髓，这有利于其日后的文艺创作的展开。他凭借自己的博闻强识，将这一时期的文艺作品融会贯通，生发出带有个人鲜明观点的文艺作品，在文学、戏曲等诸多领域取得了丰硕成果。

一　晚明的个性解放思潮

整个明朝的文艺最高成就当属小说和戏曲，这是明朝与前朝的不同之处。汉人统治的朝代，多是诗文占据文艺界主流；元朝由蒙古人统治，因此通俗易懂的散曲大为兴盛。明朝初期，高启、刘基等人重视传统诗文的创作，但是由于传统诗文已经不足以表达人们的诉求，诗歌由一家独大走向与通俗文学平分秋色之境。

到了明朝中期，小说、戏曲等通俗文艺开始勃兴，一时间文艺界呈现“百花齐放、百家争鸣”的态势。这一切都源于明朝中期的“前后七子”掀起的文艺“复古风潮”。由于明朝的八股取士科举模式的影响，文艺工作者在进行文艺创作的时候被文艺样式、程式局限，较少生产出具有真情的艺术作品。当时文艺作品套话、程式多，内容毫无生气，整个艺术领域陷于死寂的状态。这样就引起了李梦阳、高攀龙等人的不满，他们向往秦汉时期那种流露真挚情感的文艺作品，提出了“文必秦汉、诗必盛唐”的主张。虽然说“前后七子”提出的文艺主张并没有从根本上改变文艺界的问题，但是毕竟发出了创作具有生命力作品的呼喊。“前七子”和“后七子”的复古运动，客观上形成了明朝求“真”尚“情”的文艺风向，但是并未使其完全摆脱之前“台阁体”留下的影响。

在“前后七子”之后，万历年间出现了“公安派”和“竟陵派”，主要受王阳明和李贽的影响，分别提出了自己的学派主张。公安派提出“信心、信口、信手、信笔”，这就进一步挣脱了文艺原有的注重形式的窠臼。作家在进行创作的时候相信自己内心感受，相信自己的语言表达，靠着自己的手笔来表达自己内心，这与冯梦龙追求的“情教说”已经很接近了。在公安派之后兴起了竟陵派。他们深刻地影响了冯梦龙的创作。在竟陵派之后，晚明兴起了小品文创作的高潮。正是以正统诗文为代表的传统文艺衰落才赋予了通俗文艺发展的契机，冯梦龙抓住了这个时机突破旧有文艺思想的束缚，开始追求真性情的创作道路。

二　晚明通俗文艺的勃兴

明朝作为中国历史上最后一个由汉族建立的大一统的封建王朝，经济文化发展都达到历史顶峰。经济领域的资本主义因子促使劳动者具有了追求自我的意识，文艺反映社会生活现实，文艺创作为更好地满足新兴市民阶层的通俗审美需求，呈现多元化、通俗的文艺样式。通俗文艺创作者比以往历朝历代都有所增加，演义小说、拟话本小说、戏曲等通俗文艺形式大行其道。市民阶层喜欢并乐于传播这些通俗文艺，通俗文艺传播范围广、受众多，成为重要的文艺力量。

（一）晚明通俗文艺产生的缘由

就通俗文艺的内涵来说，它是一种通俗易懂、老少皆宜的东西，是一种“下里巴人，和者盖众”的东西。何谓“通俗”？茅盾先生解释道："'通俗'云者，应当是形式则'妇孺能解'，内容则为大众的情绪和思想。"[①] 而高雅文学恰好与之相反，它是一种"阳春白雪，曲高和寡"的东西。通俗文学也并非一味地取悦读者，也有其劝谕的作用。鲁迅先生指出："俗文之兴，当由二端，一为娱心，一为劝善。"[②] 在优秀的通俗文学中，其娱乐性、思想性和教育性都是统一的，并将其思想和教育意义灌注到娱乐中。冯梦龙指出当时的说书艺术能使"怯者勇，淫者贞，薄者敦，顽钝者汗下。虽小诵《孝经》、《论语》，其感人未必如是之捷且深也"[③]。通俗文艺的产生需要大量文艺创作者投身其中，既要有"通俗文艺"生产者——作家群体，又需要有文学消费群体——市民阶层。明朝具备这两种充要条件，通俗文艺繁荣发展也是必然结果。

在中国传统诗学观念里，只有诗文可以代表正统，可以教化世人。其他的文学样式，都是俗不入流的，非但不为统治阶级重视，就是下层民众也看低通俗文学。明朝开国之初，为了巩固自己的基业，在文艺上有严格限制。能够获得官方认可并加以推广的，都是经典之作。经典虽好，但加上很多注释后，总让人提不起兴趣，最终沦落为为求取功名而读之经。上层文人尚可读懂经史子集，下层民众就只能听一些街头讲唱文学。由于讲唱文学绘声绘色，一些经典的故事就在民间口耳相传开来。从统治阶层角度来看，朱元璋文化水平不高，喜欢听以弹词为代表的通俗曲艺。上层统治者对于文艺导向是具有决定作用的，明朝从开国就慢慢解除对通俗文艺的枷锁，破除既往不利于文艺发展的规章制度，促进了通俗文艺的快速发展。

文人在全民通俗热潮的带领下，开始创作拟话本小说，把那些广泛传播、深受好评的讲述人的底稿，作为文学创作的纲要，最终

---

① 茅盾：《茅盾文艺杂论集》，上海文艺出版社，1981，第35页。

② 鲁迅：《中国小说史略》，上海世纪出版集团，2006，第66页。

③ 高洪钧编著《冯梦龙集笺注》，天津古籍出版社，2006，第80页。

铺陈渲染，使之成为最早的拟话本小说。拟话本小说一经刊行，深受好评，不仅上层文人，就连市民阶层也能读懂。一批颇具才华的读书人，纷纷投入小说创作中，有人创作章回体小说、有人创作拟话本小说，一时间文坛热闹非凡，硕果累累。

通俗文艺的兴起，获得了当时文人的高度肯定。徐渭的《曲序》第一次把《西厢记》和《离骚》的文学价值相提并论。唐顺之等人把《水浒传》和《史记》相提并论。不仅是戏曲、历史小说受到肯定，文人对民歌、弹词等一系列俗文学、俗文艺现象也都给予充分肯定，他们认为小说对阅读者的影响迅速，而且要比经史子集的影响更深入人心。元末明初的《三国演义》、《水浒传》和明朝的《西游记》、《金瓶梅》代表了小说这种文学样式的最高成就。在这种文学氛围的浸染下，冯梦龙很快发挥自己接触下层民众多、熟悉俗文化的优势，开始了通俗文学创作。

（二）明末通俗文学深受市民激赏

社会阶层变更，促使市民在文学消费的过程中不断强化自我主体意识。文学消费作为一种对文学产品的阅读欣赏活动，必须以一定的文学产品为对象。没有消费对象的“消费”是不存在的，因此，文学消费对象受文学生产规定。文学消费者在自身所处时空里能够消费何种类型的文学，是现实主义文学还是现代主义文学，是高雅文学还是大众文学，是手抄本还是印刷本，是呕心沥血创造出来的精品还是粗制滥造出来的糟粕，等等，无不受到作家的文学生产的规定。中国是农业大国，社会各阶层都十分重视农业。早在战国“商鞅变法”的时候就把商业视为末业。到了明朝，生产关系随着生产力的进步而改变，资本主义萌芽出现，越来越多的人走上了经商之道。商业的繁荣，使得商人获得了巨大经济利益，这些都在刺激原本从事稼穑行业的农民转向商业领域，以期得到更多的经济利益。四民所处的社会阶层也有变化，商人迅速上升为社会中上层，甚至可以与士人比肩（在后期部分商人地位超过士人，甚至跃居首位）。随着资本主义萌芽的进一步发展，城市文化开始兴起，市民阶层逐渐壮大起来。市民阶层浸染在繁华的商业文化中，思想与前代不同，虽然也是极力去追逐经济利益，但本源还是根植于传统儒家思想，这一点到现代社会也未有改变。在义利观上，市民阶层还是抱有最本真的“真、善、美”，依然坚持“君子好财、取之有道”的原则。《明经世文编》有阐述：“古人立法，厚本而抑末；今日之法，重末而抑本。”[①] 这表明法律和法规也开始向商人倾斜，反而是农民不受重视。经济基础决定上层建筑，商人在文学作品中的地位也不断上升，过去只有书生士人才能享受的真挚爱情，在明朝市民文学中也降临到商人头上。商人地位上升，成为世间女子爱慕的对象，即使像秦重这种卖油郎也有机会与花魁娘子恋爱（参见《醒世恒言·卖油郎独占花魁》）。虽然这种爱情经过是曲折的，但他终于有了恋爱的可能。这在前朝的小说中是很难见到的，前朝只有读书人才可以有这种艳遇的机会，即便等而次之也是“牛郎织女”中的牛郎这样的农民才可以有恋爱的机会。在以“三言”“二拍”为代表的文本中，这些写法全部被颠覆了。明末小说、戏文等各式各样的文学作品中，充满了商人升官、商人艳遇等一系列“好事”。因为商人成了“四民”之首，又是文学消费的主力，所以大肆渲染商人发迹变泰之事的文本有很多。市民阶层在消费此类文本的同时，获得了自身价值的认同、强化了本阶层优越感、丰富了自我主体意识。

在明末文艺作品中，人们改变了“不为五斗米折腰”的看法，只要是合理合法获得的财富都会被尊敬甚至羡慕；社会上不再鄙视商人的谋生方式，也不再盲目夸赞科举考试的光明前途。随着资本

---

① （明）陈子龙等选辑《明经世文编》，中华书局，1962，第144页。

主义萌芽的出现，民众更加倾向于实用主义，为了现实生活、为了当下生活而努力奋斗。商人和其他“三民”都能被平等对待，社会对商人的肯定达到了封建社会的新高度，事实上这也正是封建社会走向末世的标志。比如《古今小说》中提到的刘奇这个小人物原本渴望“致身青云”，他最初的远大志向是要好好读书，以求日后博取功名。可后来“无心于此”，由于科场不易转而开起了布店，“挣下一个老大家业”。[①] 一个有着青云之志的青年，最终走上了经商之路，说明社会现实就是商人比读书人更受尊敬、更具有社会地位。更让人瞩目的是当时的风俗，商贾为第一等生业，科第反在其次，这是社会认同的巨大变化，“士农工商”的社会地位发生了根本性的转变，原来居末位的商人后来居上，社会地位显著提高；原本高高在上的读书人地位反而下降了。整个明末文学不再以传统的诗词歌赋为消费主力，小说成为消费的主要对象，由此大量适宜商旅在旅途中阅读的快餐文学甚至于满足其情色欲望的色情文学产生了。国家经济结构的剧烈变化改变了整个社会阶层划分，市民阶层地位的上升在文本中比比皆是，例如小市民程宰与海神女喜结良缘、得以善终。[②] 历来的文学作品中，我们只看到文人雅士才能获得上天眷顾，获得幸福的生活，到了明朝文学作品中商人也可以，这更加印证了市民阶层正在超越读书人、农民成为时代的宠儿。由于在整个社会意识形态中，经济的高速发展促使社会各阶层努力追求各自的经济利益，社会整体活力增强，封建社会那种沉闷无比、令人窒息的社会氛围消减了，因此各种通俗小说极力宣传人性解放、个性自由，这些带有新兴市民印记的思想开启了民智，使得蒙昧的劳苦大众开始为自己而活。“三言”的主人公们都有自己的独特经历进而演绎为一个个具体的故事。在这些故事中，有的如文若虚从事海外贸易、

---

① 魏同贤主编《冯梦龙全集·古今小说》，凤凰出版社，2007，第1012页。

② 魏同贤主编《冯梦龙全集·古今小说》，凤凰出版社，2007，第232页。

短时间内获得巨额财富；也有类似于秦重那样小本经营、渐次发家的案例。这些主人公的经历带有市民阶层自身的痕迹，使他们阅读起来倍感亲切，不仅如此，对自己的努力奋斗也是一种变相的肯定，使之坚信自己终究会走向成功。这种无法阻挡的、对成功的渴望，在小说中得以实现，市民阶层在阅读接受过程中取得了应有的愉悦、同时也获得了自信与力量。这种不断释放出来的成功信号，强化了市民阶层的主体意识甚至是一种优越感。市民的主体意识增强，进一步去追求自身价值、推动社会发展，这也是明末通俗文学消费的价值所在。

第三节　冯梦龙的人生经历与文艺实践

一　文艺素材的蓄积期

冯梦龙的一生丰富多彩，在儒家思想为宗旨的人生观指导下，冯梦龙积极入世，热爱生活，广泛涉猎各种文学和文艺形式并进行创作。作为性情中人，他一生为“情”张本，他的文艺创作乃至晚年的救亡行动，都是性情所致，真情流露。冯梦龙的人生总体分为三个阶段。第一阶段是青年时期，其刻苦求学，屡试不中后流连青楼，在这里，冯梦龙经历了刻骨铭心的爱情。这段经历，让冯梦龙对市井生活有了深刻的认识，这些经历在他此后创作中有所体现。在经历了爱情失败、科场坎坷后，冯梦龙转向文艺创作，他将自己对社会人生的探寻变成体悟与思考，都熔铸在作品中，用文艺作品来实现自己的人生价值。第二阶段是冯梦龙的中年时期，即其文艺创作的鼎盛时期，这一时期他文思泉涌、创作编撰了很多文学作品：注释《春秋》、在民歌搜集、笑话整理方面都有所成就，特别是编撰刊刻了话本小说“三言”，奠定了冯梦龙在中国通俗小说史上不可动摇的地位。第三阶段是冯梦龙的晚年时期，其晚年基本是在寿宁县做官中度过的。在寿宁县，冯梦龙颁布了很多利于下层民众的律令，他认为这段经历是其人生中最有成就的。在明朝即将灭亡之际，一生未曾受到朝廷眷顾的冯梦龙，却拼尽全力去维护明朝，徒劳地挣扎两年后，郁郁而终。

（一）家世与交友

冯梦龙出生于江南书香门第。徐朔方先生推断冯梦龙生于明神宗万历二年甲申（1574 年），这一说法为学界普遍认可。

诗书世家的背景，使其自幼受到良好的文艺熏陶。冯梦龙共兄弟三人。兄冯梦桂，善画。弟冯梦熊为太学生，曾从冯梦龙治《春秋》，有诗传世。王仁孝[①]的《俟后编》里收录的冯梦熊所著的《仁孝王先生俟后编跋》中有这样一段记载：

> 孝子以道王先生，与先君子交甚厚，盖自先生父少参公即折行交。先君子云：予舞勺时，数数见先生杖履相过；每去，则先君子必提耳命曰：此孝子王先生，圣贤中人也。[②]

王仁孝是江浙的大儒，与冯氏是通家之好，可见冯家绝非一般人家。个人丰富的学识及家学渊源，为冯梦龙日后的文艺创作打下了坚实的基础。

冯梦龙的朋友多以思想开放的文人为主，袁无涯便是其中的代表人物之一。冯梦龙所编《太霞新奏》卷五收有自己的散曲《送友

① 王仁孝，长洲人，名敬臣，字以道，学者称其少湖先生，以孝子而成大儒，世占吴中儒籍。

② 高洪钧编著《冯梦龙集笺注》，天津古籍出版社，2006，第 325 页。

访伎》。其序云："王冬生，名姝也，与余友无涯氏一见成契，将有久要，而终迫于家累，比再访，已鬻为越中苏小矣。无涯氏固多情种，察其家侯姓，并其门巷识之，刻日治装，将访之六桥花柳中，词以送之。"① 可见二人交情匪浅，类似还有董思张、齐佳彪等。这些风流名士的思想与言行，极大地影响到了冯梦龙。冯梦龙接触的朋友大多是在文艺上比较有造诣的人，他们深受先进思想影响，突破理学束缚，在文艺创作上追求"人"的自觉。明朝末年各种社团很多，著名的如东林党，这些社团打着讲学旗号鼓吹自己的政治主张。冯梦龙是否加入复社，目前没有确凿证据，但是冯梦龙反对以魏忠贤为代表的阉党是毫无疑问的，这都与他接触的朋友有密切关系。可以说，冯梦龙一生的创作经历与自己的家庭出身、结交的友人息息相关。

（二）仕途幻灭

照理来说，冯家既是江南的诗书之家，加之个人的天资与勤勉，蟾宫折桂对冯梦龙来说应非难事。但实际上，科举流弊甚重，腐败不堪，博学宏才而屡踬科场者，在在皆是。冯梦龙乡试便不顺利，一直未能中举，这对希望在仕途上有所作为的冯梦龙来说无疑是极大的打击。当然，明朝为那些多次参加乡试而不能博取功名的人提供了另一种出路，那就是"出贡"——做地方小官。但这种地方基本上偏僻贫瘠，难以实现政治抱负。一般来说，家里经济条件好、年纪小、对政治有追求的人是不会选择"出贡"的。但是冯梦龙在科举考试之余，还要为生计奔波，他在各地以做馆塾先生过活，兼为书商编书以解无米之炊。

崇祯三年（1630），已经 55 岁的冯梦龙选择"出贡"，任寿宁

① 魏同贤主编《冯梦龙全集·太霞新奏》，凤凰出版社，2007，第 1550 页。

县知县。他试图抓住自己政治生涯的最后一线希望，这也成为他晚年生活重要的转折点。从此，冯梦龙投身于政务，尽可能为实现早年的政治理想而努力。

（三）情场失意

冯梦龙出生在士大夫家庭，受传统儒家思想的熏陶，有着“克己复礼”的自我约束力。但是，他生活的环境充满了物欲诱惑。当时，江南地区经济发达，物产丰富，商贾云集、市井繁荣。为了满足商人和市民阶层的需求，妓寨歌馆遍地而生。科场失意的冯梦龙便开始在花街柳巷、莺声燕语中寻求慰藉。在《挂枝儿》中，冯梦龙描述了自己的青楼经历：“每见青楼中凡受人私饷，皆以为固然，或酷用，或转赠，若不甚惜。至自己偶以一扇一悦赠人，故作珍秘，岁月之馀，犹询存否？而痴儿亦遂珍之秘之，什袭藏之。甚则人已去而物存，犹恋恋似有馀香者，真可笑已。余少时从狎邪游，得所转赠诗甚多。夫赠诗以，本冀留诸箧中，永以为好也。而岂意其旋作长条赠人乎？然则汗巾套子耳，虽扯破可矣。”① 冯梦龙不仅不回避自己青年时期的风流韵事，而且他还把自己接触的一些青楼逸事写入作品中。冯梦龙的散曲《青楼怨》就是为当时的名妓白小樊所作。《青楼怨》序说：“余友东山刘某，与白小樊相善也，已而相违。倾偕余往，道六年别意，泪与声落，匆匆订密约而去，去则不复相闻。每瞷小樊，未尝不哽咽也。世果有李十郎乎？为写此词。”② 东山刘某和白小樊都是冯梦龙的朋友，两人相善，白小樊一往情深，而刘某则逢场作戏。冯梦龙做《青楼怨》曲，同情白小樊的不幸遭遇，谴责刘某的负心薄情。冯梦龙交往的妓女在曲艺方面均有较深

① 魏同贤主编《冯梦龙全集·挂枝儿》，凤凰出版社，2007，第532页。

② 魏同贤主编《冯梦龙全集·太霞新奏》，凤凰出版社，2007，第487页。

的造诣。“琵琶妇阿圆，能为新声，兼善清讴”[①]，阿圆既会弹琵琶，又擅长唱歌，还会填新词。冯喜生“美容止，善谐谑”[②]，也擅长歌唱，艺术水准当不在阿圆等人之下。冯梦龙对妓女义举还有葬名妓冯爱生一事。冯爱生 14 岁就被卖到苏州冯妪家做妓女，因聪慧美艳、能饮善谑，一年便声名大噪，但她志厌风尘，有心从良。后来，冯爱生看上了邑子丁仲，但丁仲因赎金不足，久拖不成，冯爱生遂抑郁成病。老鸨将她卖给茸城公子，不受怜重，后病情加重，公子便将她返还老鸨，不久即病死，年仅 19 岁。对于冯爱生的悲剧，冯梦龙给予了深切的同情，把此事完整记载在《爱生传》中。不仅如此，因冯爱生无墓地，久不能下葬，冯梦龙联系她生前好友为她捐资买墓地，将其安葬。

在冯喜生、冯爱生等十人之中，与他交往最密、感情最深的要数侯慧卿。冯梦龙与侯慧卿的恋情大约发生在万历二十几年，侯慧卿是当时苏州一位色艺双全的名妓。在冯梦龙为侯慧卿所做的《端二忆别》中，冯梦龙这样写道“情深分浅，攀不上娇娇美眷”“谢家园，桃花人面，教我诗向阿谁传”[③]，他用“娇娇美眷”“桃花人面”等词来形容侯慧卿的美貌。年轻的冯梦龙疯狂地爱上了侯慧卿。他尝问：卿辈阅人多矣，方寸得无乱乎？侯慧卿回答道：“不也。我曹胸中，自有考案一张……何乱之有？”[④] 侯慧卿作为一代名妓，阅人无数，能够忠于自己的内心去评判人和事，没有流于盲从，这让冯梦龙大为赞赏。冯梦龙对侯慧卿的爱恋无以复加，他期望能有一个圆满的结局。侯慧卿却未必这样真心对待冯梦龙，她很快嫁给富商做小妾。侯慧卿的突然变卦，给了冯梦龙巨大的打击。冯梦龙还

---

① 魏同贤主编《冯梦龙全集·挂枝儿》，凤凰出版社，2007，第 389 页。
② 魏同贤主编《冯梦龙全集·挂枝儿》，凤凰出版社，2007，第 401 页。
③ 魏同贤主编《冯梦龙全集·太霞新奏》，凤凰出版社，2007，第 228 页。
④ 魏同贤主编《冯梦龙全集·山歌》，凤凰出版社，2007，第 865 页。

没有清醒地认识到自己爱上的是一个冷峻的妓女，勾栏的生活让她早已为自己谋划好了出路。从侯慧卿自身来看，嫁给富商，可确保后半生衣食无忧，毕竟她早已过惯了锦衣玉食的生活。而冯梦龙当时只是一个二三十岁的小伙子，也不是富商，根本无法满足侯慧卿的硬性要求。因此这段无疾而终的恋爱，是意料之外、情理之中的。虽然恋爱失败了，但是从人生经历来看，这无疑成为冯梦龙此后从事文艺创作的情感积淀和宣泄端口。

冯梦龙失恋后写了大量有关侯慧卿的诗歌和散曲。静啸斋的一段评语说："子犹自失慧卿，遂绝青楼之好。有《怨离诗》三十首，同社和者甚多，总名曰《郁陶集》。"[①]《郁陶集》今已失传，但《怨离诗》保存下来一首。《挂枝儿》卷二《感恩》附记云："余有忆侯慧卿诗三十首，末一章云：'诗狂酒癖总休论，病里时时昼掩门。最是一生凄绝处，鸳鸯冢家欲招魂。'"[②] 冯梦龙所做的散曲《端二忆别序》云："五月端二日，即去年失侯慧卿之日也。日远日疏，即欲如去年之别亦不可得。伤心哉！"[③] 从冯梦龙的回忆性记叙来看，侯慧卿从良前与他话别，场面肯定是非常凄凉、悲切的。冯梦龙未能娶侯慧卿，主要是经济条件所限。这种身价的妓女从良的花费非富商、高官负担不起。冯梦龙当时既非富商，也未做官，他根本没有经济能力来为侯慧卿赎身。《怨离诗》中将此事说得很明白："谩道书中自有千钟粟，比着商人终是赊。"[④] 冯梦龙感叹文人的贫寒，妓女从良无可非议，嫁商人还是嫁文人，她自己有选择的权利。侯慧卿的别嫁使冯梦龙在感情上遭受了沉重的打击。他大病一场，写下了忆侯慧卿诗三十首，从此不踏青楼。深重的情感创伤，不仅改变

① 魏同贤主编《冯梦龙全集·太霞新奏》，凤凰出版社，2007，第558页。
② 魏同贤主编《冯梦龙全集·挂枝儿》，凤凰出版社，2007，第16页。
③ 魏同贤主编《冯梦龙全集·太霞新奏》，凤凰出版社，2007，第157页。
④ 魏同贤主编《冯梦龙全集·太霞新奏》，凤凰出版社，2007，第116页。

了冯梦龙的生活方式与人生态度，更深深地影响了他的爱情观。肯定生死不渝的爱情，谴责负心薄情的行为，成为冯梦龙一生创作改编、评点婚恋题材作品的“永恒”主题。至此，冯梦龙结束了那一段“逍遥艳冶场，游戏烟花里”的青年生活，开启了人生新的阶段。仕途幻灭与情场失意对冯梦龙人生观的影响很大。冯梦龙开始重新思索人生，他开始站在另外的角度来审视社会，用文艺创作来表达自己的主张，以文艺作品为路径进入社会。

二　文艺创编的高峰期

据徐朔方先生的《冯梦龙年谱》来看，冯梦龙文艺创作主要集中在他30多岁到60多岁之间。这一时段明朝尚未灭亡，国家整体政治环境呈现短暂的稳定，自由与活跃的思想弥漫于社会。此一时期创作又大致可分为三个阶段：前期创作是指30岁到40岁，这其一时期主要是创作传奇，并着手搜集民歌；中期创作是指40岁至50岁，这一阶段以改编前代小说、收集笑话、拟成笑话集为主；后期创作是指50岁至60岁这一阶段，这一阶段他编撰了影响深远、享誉世界的“三言”，《智囊全集》也是在此阶段整理出版的。

（一）前期创作——写传奇、搜民歌

创作伊始，冯梦龙还是以自己熟悉的青楼生活为素材，首先创作了戏曲剧本《双雄记》，这一年他三十岁。[①]《双雄记》讲述了妓女白小樊痴恋刘某的经历。冯梦龙在《青楼怨》序中说：“余友东山刘某，与白小樊相善也，已而相违。倾偕余往，道六年别意，泪与声落，匆匆订密约而去，去则不复相闻。每瞷小樊，未尝不哽咽

① 徐朔方：《徐朔方集》，浙江古籍出版社，1999，第404页。

也。世果有李十郎乎？为写此词。”[①] 冯梦龙从自己熟悉的创作题材入手，描写了现实生活中普遍存在的“爱别离”现象。《双雄记》至今还在上演，可见其强大的艺术生命力。

万历三十八年（1610），冯梦龙开始收集编写民歌集《挂枝儿》。[②] 在编写《打枣杆》后，他又编写了《山歌》。《挂枝儿》又作《倒挂枝儿》或《挂枝词》，是北方民间《打枣竿》流行至南方的改称。《挂枝儿》盛行于明天启、崇祯年间，“不问南北，不问男女，不问老幼良贱，人人习之，亦人人喜听之”[③]。《挂枝儿》一般七句四十一字，可加衬字，平仄韵通押。内容多写爱情生活，亦很大程度地反映当时社会各阶层的生活状貌。这种基于底层民众产生的文艺作品，生动、活泼、率真。但也有一些内容庸俗，格调低下。这些也与冯梦龙前期的青楼经历有关，他认为歌妓舞女唱的曲子通俗易懂，很有搜集的必要。当时能意识到民歌价值的人很少，真正着手搜集的人更是屈指可数。

冯梦龙在40岁那年，鼓励出版商刻印《金瓶梅》，但是因该书有碍风化，被拒绝了。至此，冯梦龙前期创作告一段落。这一时期的冯梦龙，初步开始了经学之外的独立文艺创作。文学作品的创作和编撰是十分辛苦的事情，冯梦龙既有坚实的文字功底，又有饱满的创作热情，这是他以后的文艺作品优质高产的必要条件。

（二）中期创作——改小说、撰《情史》

冯梦龙的中期创作是指其步入不惑之年后的文艺创作。这一阶段，冯梦龙创作的内容比较繁杂，既有注解经典的参考书，又有改编的小说、搜集的笑话集，以及著名的《情史》。可以说，这一阶

---

① 魏同贤主编《冯梦龙全集·太霞新奏》，凤凰出版社，2007，第623页。

② 徐朔方：《徐朔方集》，浙江古籍出版社，1999，第409页。

③（明）沈德符：《万历野获编》，中华书局，1959，第88页。

段，冯梦龙在文学体裁上的尝试最多。生活上，他的经济条件有所改善，创作时间充裕，有一段坐馆经历。政治上，熊廷弼的支持，让他的创作没有后顾之忧，即使有的文章碰触“红线”，也有熊廷弼替他解围，这是他广泛尝试多种题材创作的客观必要条件。他的文艺思想此时已经十分成熟了，“情教说”在《情史》叙中被明确提出。

万历四十八年（1620），在黄州麻城坐馆的冯梦龙编写了《麟经指月》，作为一本应试参考书，冯梦龙精彩得当的论述获得了社会好评。很快，在书商的敦促下，其又出版了《春秋库衡》和《四书指月》。冯梦龙有深厚的经学功底，有在课堂讲授经学的实际经验，因此他编写的这几部书，广受好评。冯梦龙还编撰了笑话集《古今谭概》，后更名为《古今笑》再版，亦受追捧。该书取材历代正史，兼收多种稗官野史、笔记丛谈，按内容分为三十六类，一卷一类，所取多为真人真事，它们经过冯梦龙纂评，组成一幅奇谲恣肆的漫画长廊。李渔为该书作序，称其“述而不作，仍古史也”[①]。

在此阶段，冯梦龙还增补罗贯中的《平妖传》为《新平妖传》，改写余劭鱼的《列国志传》为《新列国志》。这种改编顺应了明朝小说蓬勃发展的潮流，改编后的《新平妖传》《新列国志》广泛传播，冯梦龙的文艺思想随文本广布开来。冯梦龙对通俗小说改写的同时，也没有放松对文言小说的编辑。在熹宗天启年间，年近半百的冯梦龙完成了文言小说的代表《情史》。[②]《情史》又名《情史类略》，又名《情天宝鉴》，是关于男女之情的文言短篇小说集，全书共二十四类，计故事八百七十余篇。记载的人物上到帝王将相，下至歌伶市民。这一时期的冯梦龙，年富力强、社会经验更加丰富，因此创作和编撰的文艺作品很多。在此期间，他接触了很多优秀的

---

① （明）冯梦龙：《古今笑》，周建华校译，内蒙古人民出版社，1998，第5页。

② 徐朔方：《徐朔方集》，浙江古籍出版社，1999，第423页。

作品，达到了一定数量的积累，也为其下一阶段文学创作高峰期的到来打下了坚实的基础。

（三）后期创作——成“三言”、补“智囊”

冯梦龙经过20多年文艺工作积累，编撰了《喻世明言》《警世通言》《醒世恒言》，合为“三言”，还编辑了《太平广记钞》《智囊》《太霞新奏》等。

“三言”代表了明代拟话本小说的最高成就。“三言”各40篇，共120篇，约三分之一是宋元旧篇改作，约三分之二是新编拟话本。“三言”中较多地涉及市民阶层的经济活动，表现了小生产者之间的友谊。“三言”中也有一些宣扬封建伦理纲常、神仙道化的作品，其中表现恋爱婚姻的占比很大。总之，冯梦龙编撰的拟话本小说较多地反映了市民阶层的情感意识和道德观念，具有市民文学特点。这些作品表现了资本主义萌芽时期的社会风貌，具有鲜明的时代特色。艺术上，“三言”情节曲折、篇幅长，主题思想集中，人情世态的描绘丰富，人物内心的刻画也很细腻。

《智囊》初编于明天启六年（1626），这一年冯梦龙已届知天命之年，还正在各地以做馆塾先生过活，兼为书商编书以解无米之炊。此时也是奸党魏忠贤在朝中掌权，任东厂提督，大兴冤狱之际。冯梦龙编撰这部政治色彩极浓，并且许多篇章直斥阉党掌权之弊的作品，其胆识令人敬佩。《智囊》《古今谈概》《情史》三部书，可谓冯梦龙在“三言”之外的又一个“三部曲”。《智囊》之旨在“益智”、《古今谈概》之旨在“疗腐”、《情史》之旨在“情教”，均表达了冯梦龙对世事的关心。而《智囊》是其中最具社会政治特色和实用价值的故事集。冯梦龙想由此总结“古今成败得失”的原因，其用意可谓深远。

崇祯三年（1630），冯梦龙远赴福建“出贡”。崇祯七年（1634），

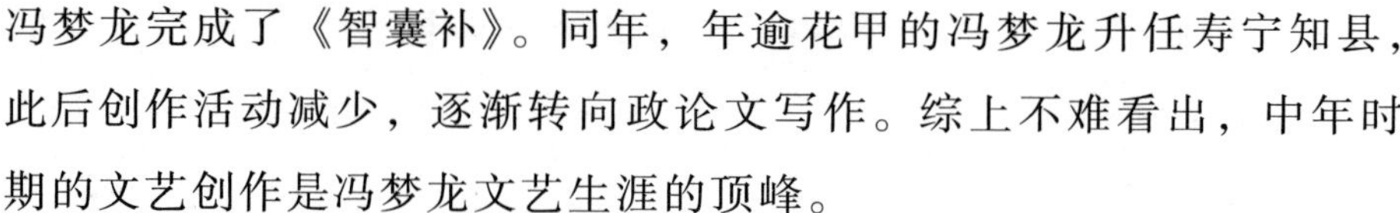
冯梦龙完成了《智囊补》。同年，年逾花甲的冯梦龙升任寿宁知县，此后创作活动减少，逐渐转向政论文写作。综上不难看出，中年时期的文艺创作是冯梦龙文艺生涯的顶峰。

三　文艺创编的持续期

崇祯七年（1634），年迈的冯梦龙来到了寿宁县。寿宁县是一个贫穷且偏僻的山区小县，城门崩塌，学宫废弃。冯梦龙筑城墙、设司吏，带头捐俸，集资修建一些必要的设施。在任职知县期间，他施行着自己的人生理想：做贤明官员，造福百姓。他发布的政纲是劝耕、弥讼、戒溺女，鼓励百姓耕作。在明末那些唯利是图的贪官看来，怎样捞钱、如何笼络上司最重要，而溺杀女婴之类的事情，根本就是闲事，只有冯梦龙这样的理想主义者，才会满腔热情地投入其中。

在人口问题上，冯梦龙认为比较合理的模式是“人生二男二女”。如果人们不计后果大量生育，势必造成人口膨胀，无法养育。他是突破“多子多孙为福”传统观念的文人。勤恳工作四年的冯梦龙，只唯民不唯上，四年任职期满后，他没能再度得到委派，从此赋闲离职。很快，变故到来。吴三桂引清军入关。这场“天崩地裂，悲愤莫喻”的变乱彻底搅乱了冯梦龙宁静的晚年生活。他奔走呼号，为“反清复明”做宣传，只可惜徒劳无功。顺治三年，冯梦龙回到家乡苏州，带着满腔悲愤离开了人世。

晚年冯梦龙依然没有停下手中的笔，写作已经成为他生命中不可或缺的部分。这期间有记录明末史事的丛刻《甲申纪事》，又名为《甲申纪闻》，共十三卷，附录一卷。该书虽然以大量篇幅详细叙述农民军与清军的行迹，但仍然以不少笔墨记录了当时的逸闻轶事，其中某些细节颇为生动。这期间还有《寿宁待志》，记录了其在寿宁县做县令的一些文书、布告，并且刊行了《中兴伟略》，意图找出国家衰败的原因，向统治者建言献策。最终，冯梦龙以 69 岁的高龄创作了传奇《滑稽馆新编三报恩传奇》，里面有冯梦龙自身的影子，可以说是另一种形式的“自传”。

冯梦龙的一生可以说是精金百炼、蚌病成珠。艰难困厄的人生经历，没能磨灭这位文学家、评论家、艺术家充沛的才情和智慧，反而成就了他在文艺各领域的地位。“自古文章憎命达”[①]，冯梦龙一生历经坎坷，创作和保留下来 2000 多万字的作品，这是他勤奋写作的结果，也是他为后人留下的最为宝贵的遗产。冯梦龙的文艺思想也随着其文艺作品被保留下来，值得我们认真研究。

① 山东大学中文系古典文学教研室选注《杜甫诗选》，人民文学出版社，1980，第 136 页。

第二章

冯梦龙文艺思想产生的思想基础

冯氏文艺思想根源于融合了释道文化的儒家思想。晚明是中国思想界纷繁芜杂的时代，各种流派蜂拥而出。对冯梦龙影响最直接的无外乎王阳明的“阳明心学”和李贽的“童心说”。李贽是儒家的“异端”，他那“出格”的言行深深震撼了冯梦龙，冯氏以李贽学说为自己创作的依据，展开对人性自由的追求。随着政权的更迭，冯氏受到沉重打击开始由推崇李贽转向阳明心学，追求“知行合一”，用实际行动来救亡图存。

第一节　儒道佛思想对冯梦龙的影响

晚明的思想界十分热闹，各种思想汇聚争鸣，程朱理学的影响日渐衰弱，“阳明心学”则日渐风行，知识分子乃至普通市民开始严格遵守“朱子矩矱”“格物致知”的行为准则。此后精英阶层兴起的“贵疑”“自得”“厌常喜新”成为常态，新锐人士开始追求个性解放。然而，无论晚明有多少种文艺思潮，影响最大的还是儒家思想。虽然“阳明心学”等流派以新的姿态呈现在世人面前，其学术根基还是儒家思想。同样的，冯梦龙深受儒家思想影响，可以说，他的“情教说”就是儒家教化思想最直接的体现。此外，冯氏文艺思想还与晚明两个著名学者有关，一个是大儒王阳明，另一个是思想斗士李贽，他们都对冯氏产生了至关重要的影响。

晚明出现了“儒释道”三家合流的倾向，这是中国哲学史发展的必然趋势，这种哲学趋势无疑影响了当时的文学创作。晚明佛教以禅宗、净土宗最流行，冯梦龙所处的江南地区出现了“禅宗的中兴”，很多居士把佛教思想与文艺相结合，提高了文艺哲学韵味、变相传播了佛教思想，代表人物如钱谦益。冯梦龙也受到禅宗影响，有佛家思想中慈悲豁达的一面。晚明的新兴市民思想，也见诸冯梦龙的作品。总之，冯梦龙思想既有传统的内涵，也有时代的印痕，冯梦龙文艺思想是多种思想共同作用的结果。

一　晚明儒家思想对冯氏的影响

（一）明代儒家思想概况

儒家思想发展到明代有很多变化。在经历宋代大儒理学压制后，元代整个思想界比较沉闷，到了明朝，儒学大放异彩，出现了王阳明、李卓吾等一大批具有“叛逆”精神的思想家。明初把儒家的理学推向至尊位置，但是实行“八股取士”后，“程朱理学”失去了发展的机会。尽管明朝也产生了如薛瑄、吴与弼、胡居仁等知名的理学家，但他们均固守先儒的教条、不敢逾越雷池半步。

明英宗以后，王阳明有感于“世衰俗降”的社会现实，提出了自己的主张“阳明心学”，该学说一改以往“程朱理学”对人的束缚，促进了人们思想的解放。王阳明还主张“致良知”“知行合一”，注重个人感受，寻求人性的解放。冯梦龙深受“阳明心学”的感染，提出“情为理之维”。与王氏相比，李贽深受“泰州学派”影响，且以“异端”自居。李贽是王艮的学生，王艮曾提出“百姓日用即道”，认为个人的价值、感受远高于那些僵死的“程朱理学”教条，这一点深刻影响了他的学生李贽。李贽是儒家的一个“异端”，他提出了“绝假纯真”的“童心说”，认为儒家道德说教都是虚假和无意义的，他强调的是个人感受——认为穿衣吃饭就是人伦物理：“穿衣吃饭，即是人伦物理；除却穿衣吃饭，无伦物矣。”[①] 李贽曾经在麻城讲学，冯梦龙后来也在麻城坐馆，二人虽然没有实际接触，但是冯梦龙深受李贽影响。冯梦龙提出“六经皆以情教也”[②]，这种颠覆儒家经典、注重个人心灵体验的文艺观念和李贽不谋而合。此外，明万历中期以后，针对学术界大量空谈误国的不正之风，丘濬创立了“实学派”。丘濬在《大学衍义补》中提出要复兴儒学“有体有用”[③] 的真精神，学者必须继承并发扬儒家“经世致用”的优良传统，提倡重视“有用之学”。

明朝儒家思想发展中还有一个重要特点，就是书院林立，公共知识分子通过讲学来表达自己的政见、传播自己的思想，最著名的当属东林党。东林党中著名人物有顾宪成、高攀龙等，他们反对空谈，认为国家危机四伏应该实干，推动“实学”发展。东林党讲学的主要内容是儒家的“四书五经”，一个人主讲，其他人可以“有问则问，有商量则商量”[④]。尽管东林党已经超越了学术的范畴，成为影响深远的政治力量，但其根本还是以儒家思想为基准，主张和传播的也是儒家“经世致用”的积极入世思想。继东林党之后，复社也主张积极入世，他们以“东林后继为己任”，大力宣扬主张“兴复古学”。

明朝反复多变的政局注定儒家思想必然受到政治的影响，这与儒家先天的“齐家治国平天下”的入世思想密切相关。因此，儒家

---

① 张建业主编《李贽全集注（第一册）·焚书注（一）》，社会科学文献出版社，2010，第8页。

② 魏同贤主编《冯梦龙全集·情史》，凤凰出版社，2007，第3页。

③ 丘濬：《大学衍义补》（第四册），中州古籍出版社，1995，第1217页。

④ 朱文杰：《东林书院与东林党》，中央编译出版社，1996，第42页。

在整个明朝呈现一种比较激进的态势，儒家的各个流派都争先恐后地提出自己的观点，为国分忧。明朝还有一个重要的经济因素就是资本主义萌芽的出现，城市和农村的富裕人群开始有自己的政治诉求，儒家思想的很多拥趸就是城市和乡村的大财阀、大地主，他们作为新兴阶层开始为自己争取利益。诸多因素杂糅在一起，就使得明朝儒家思想呈现由僵化到自由，由过度自由进而复古求实的一种状态。这一切都深刻地影响着当时社会的各个阶层。作为江南地区的文艺家，冯梦龙深刻感受到这一点并将其渗透于自己的文艺作品之中。

（二）儒家思想对冯氏的影响

冯梦龙作为传统的文人，自小就接受正统的儒家思想教育，儒家思想在他身上打上了不可磨灭的烙印。最为典型的是冯梦龙出版了大量“治经”之著，如《麟经指月》《春秋衡库》《四书指月》等，他对儒家经典烂熟于胸，并自觉传播。他的“忠君”思想和“积极入世”的思想，正是儒家“经世致用”的体现。明朝灭亡之际，文臣武将多作鸟兽散，冯梦龙却以古稀高龄奔走呼号，为朝廷鞠躬尽瘁。《中兴伟略》引言中，七十二岁的冯梦龙还在呼吁南明统治者“招贤纳士，待天下之清，协扶幼主，中兴大务，恢复大明不朽基业，在兹举矣”[①]。诚然，他的行为近似于愚忠，但这也正是儒家忠君爱国思想的表现。冯梦龙的学生麻城人周应华在为冯氏《春秋衡库》做跋时，记言如下：“吾师常有言曰：‘凡读书，须知不但为自己读，为天下人读；即为自己，亦不但为一身读，为子孙读；不但为一世读，为生生世世读。作如是观，方铲尽苟简之意，胸次

① 杨晓东编著《冯梦龙研究资料汇编》，广陵书社，2007，第139页。

才宽，趣味才永。'"① 他读书不为自己，为天下读书、为后世读书，体现了一种以天下为己任的积极入世的心态。

在冯氏的作品中展现和颂扬的也是那些具有传统儒家思想的正面人物形象，强调儒学的价值观。

晚明经济十分发达，社会中的士农工商都有新的变化。冯梦龙用自己的作品证明了商人也是脱胎于儒家思想的商人，是具有入世价值观念的商人。明代社会变革带动商品经济迅速发展，商人社会地位明显提高，功利主义价值观开始广泛流行。诚信依然是很多商人经商的不二原则，儒家伦理中的"以义取利"被描写为商人崇高的准则，"诚信"被称为儒商的商魂，诚信不但是对传统道德的继承，而且是市民社会交往中的道德追求。尽管传统道德观、价值观受到社会变革冲击，但是小说家在"警世"理念的支配下，对儒家道德的追求并没有改变，只是增加了新的内涵，体现出一种与晚明资本主义萌芽相映衬的转折性的道德。以"三言"为代表的短篇小说中商人身上所折射出的诚信观正是当时社会现实的体现，其主要表现在以下四个方面。

第一，拾金不昧，见利不忘义。"以义取利"突出儒家重视伦理道德教化的价值观。孔子曰："君子喻于义，小人喻于利。"② "子：饭疏食，饮水，曲肱而枕之，乐亦在其中矣；不义而富贵，于我如浮云。"③ 汉郑玄注："富贵而不以义者，于我如浮云，非己之有也。"④ 南宋朱熹的《论语集注》中有："其视不义之富贵，如浮云之无有，漠然无所动于其中也。"⑤ 孟子说传统的儒家道德提倡仁、

---

① （明）周应华：《春秋衡库跋》，载高洪钧编著《冯梦龙集笺注》，天津古籍出版社，第22—23页。

② 杨伯峻：《论语译注》，中华书局，1980，第39页。

③ 杨伯峻：《论语译注》，中华书局，1980，第70—71页。

④ 十三经注疏整理委员会：《论语注疏（十三经注疏）》，北京大学出版社，2000，第100页。

⑤ （宋）朱熹撰《论语集注》，齐鲁书社，1992，第321页。

义、礼、智、信，强调人际和睦与社会的治安，儒家态度是“先义后利”“重义轻利”。在明末商品经济日渐发达的情况下，生活处处离不开商人，商人的行为处事原则，成为社会主流行为的标杆。商人基于儒家思想规范去经商做事、安身立命，这些在文本中都得到了充分展示。《警世通言》（卷五）的《吕大郎还金完骨肉》、《醒世恒言》（卷十八）的《施润泽滩阙遇友》、《喻世明言》（卷二）的《陈御史巧勘金钗钿》等都刻画了重仁义、讲道德、诚信持守的商人。文本中的主人公在经商过程中以儒家的“义”来要求自己，严格遵守“不义之财不可取”的基本原则，将经商原则和自身人格修养、伦理道德等紧密联系，在金钱、权势彰显巨大社会影响力的明代，仍然有一批信誉良好的商贾，这是传统儒家伦理思想在商人身上的外化。拟话本小说通过描述“还金完骨肉”的吕大郎、拾金不昧的施润泽、卖油小商贩金孝等，展示了在经济快速转型动荡的社会里，商人依旧能不欺暗室、笃厚忠诚的美好品德。虽然资本主义萌芽产生，但是商人和市民阶层仍未泯灭应有的良知，这与中国传统儒家道德的教化是分不开的。文本表现出小商贩及市民在社会交往中对忠义诚信的追求。这种追求也有反复，甚至掺杂着私心私欲，但在当时的社会现实中实则难能可贵。这些诚信不欺的道德伦理源于儒家传统精神及其形成的固有社会道德评价体系。我们可以认为中国儒家传统的义利观，深刻影响了明代商人，尽管资本主义萌芽敦促商人拼命追逐商业利润，但是其根本立足点，还是要依赖商人的勤劳所得。商人如果靠欺诈获得财富，“不义之财”会使其内心不安，同时也会受到社会舆论的谴责与唾弃。两者权衡取其利，商人会选择诚信经营。“仁义”是儒家思想的基本立足点，冯梦龙以此评判和界定作品中的商人，充分说明他是儒家思想忠实的继承者。

冯梦龙在拟话本小说中展现的商人的诚信观，体现了儒家“先义后利”“重义轻利”的价值观念。冯氏小说中商人形象是理想化的儒家新型商人，是经济繁荣背景下对社会丑恶现象的针砭，具有儒家道义的商人成为社会正能量的化身，体现了“仁爱利人、见利思义”的儒家思想。在这些被称颂的商人身上，体现了“钱财如粪土，仁义值千金”的精神，而这种精神体现了新的道德审美要求，赋予“仁义”以全新的内涵。

第二，诚信不欺，以德报怨。孟子说：“诚身有道，不明乎善，不诚其身矣。是故诚者，天之道也；思诚者，人之道也。”① 这说明人要使自身真诚是有方法可循的，不懂得区分善恶就不能够让自己变得真诚。《中庸》第二十章有言：“天下之达道五，所以行之者三。曰：‘君臣也；父子也；夫妇也；昆弟也；朋友之交也。’五者天下之达道也。‘知，仁，勇’三者，天下之达德也。所以行之者一也。”② 孟子提倡朋友有信，从道德范畴和行为范畴看，是一种对“诚”的外化，同时是道德行为社会化的体现。朋友之交应有义气。《吕氏春秋·贵信》中有：“言非信则百事不满也，故信之为功大矣。”③ 这颠覆了传统商人“无商不奸”的丑陋形象，诚信人品在此处也用到了商人的角色上。冯梦龙对人物刻画是以诚信为标准的，凡是诚信可靠都是儒商、最终获得丰厚利润；凡是弄虚作假、欺骗顾客的奸商都没有好结局。

“商人的积德行善，表现了儒家文化对商人生活的渗透，这说明儒家传统文化与商贾生活有一定的相容性，也就是说，中国传统文化中一些有生命力的精华对商贾生活同样具有指导意义，已经成为中国古代商人文化精神的重要组成部分。”④ 《卖油郎独占花魁》中既表现了秦重对花魁瑶琴诚笃的爱，也表现了秦重的做人诚实、做

① 《孟子》，梁海明译注，山西古籍出版社，1999，第119页。

② （宋）朱熹：《四书集注》，凤凰出版社，2008，第27页。

③ 陈奇遒：《吕氏春秋校释》，学林出版社，1984，第344页。

④ 邱绍雄：《试论“三言”中的商贾小说》，《云梦学刊》2001年第6期。

买卖童叟无欺。作为下层民众，其在遇到挫折的时候没有自暴自弃而是努力振作，靠卖油来维持生计，并且不计前嫌，以德报怨。秦重也谐音“情种”，这与冯梦龙的“情教”思想不谋而合。

《喻世明言》中的《蒋兴哥重会珍珠衫》非常典型地反映了商人的爱情生活，也反映了以商人为代表的市民阶层对待“失节”问题的重新认识。文本塑造的蒋兴哥是一个爱情志诚者，在此前的文艺作品中是很少见的。他突破封建贞节观束缚、对爱情进行了全新的诠释并赋予了新的内涵——爱一个人，就是要让对方真正获得幸福。最后，蒋氏夫妇历经波折破镜重圆，这是对新型市民的爱情观念的诠释，也是蒋兴哥以德报怨受到的奖赏。

第三，平等有信，共度商海风险。在等价交换为基础的商品经济社会，朋友间诚实守信、同舟共济是保证其在商海中获利的前提。如何正确处理人际关系是安身立命的核心问题。孔子强调“信近于义”“民无信不立”“言必行，行必果”，说明“信”是处理人际关系的重要准则。“信”要求人和人相处当诚信无欺、言行一致；“信”也是交友的基本要求，朋友之间应言而有信、互通有无，毫无私利地帮助对方。荀子言：“商贾敦悫无诈，则商旅安，货通财，而国求给矣。百工忠信而不楛，则器用巧便而财不匮矣。”[①] 这是说各行各业只有诚信不欺，才能相互协调没有忧患，大家都能从中获得经济利益。新兴市民阶层（以新式商人为代表），正是具有此种精神才能在凶险的商业竞争中勇往直前、获得利润。在冯梦龙编撰的拟话本中“信”也成为小商贩坚守的基本底线，冯梦龙对传统儒家“信义”思想的承继在对上述人物的勾勒中均可以表现出来。冯梦龙笔下诸多形象都源于现实生活，因此拟话本小说中的商人价值观——守信，就是当时中国社会“契约”观念的展现。《吕氏春秋·贵信》中有言

① 张觉撰《荀子译注》，上海古籍出版社，1995，第161页。

“交友不信，则离散郁怨，不能相亲”[①]，意思是说结交朋友要以能否守住诚信为标准，选择那些不诚信的人做朋友，将会给自己带来很多麻烦。《转运汉巧遇洞庭红　波斯胡指破鼍龙壳》写的是贫困落魄的“倒运汉”文若虚老实本分，在随众商人出海经商时，“与人交易知足而不强取，忠厚而不昧心，致富而不忘同伴”；《李秀卿义结黄贞女》中的黄善聪与李秀卿合伙做生意时，双方能够以诚相待，诚信无欺，既无欺自己也无欺对方，因此生意做得好且长久。这些商人都是靠着自身诚实守信、靠着朋友手足般情意，才获得最后成功。冯梦龙对这些商人“诚信守约”行为的肯定，说明当时社会主流思想仍旧是儒家思想。从冯氏作品中不难看出，明代商人正是靠着自身承袭前人的传统儒家道德，坚守诚实、信义等基本道德观念，才能在剧烈变动的经济转型时期取得巨大经济利益并最终提高自身社会地位。

二　晚明道家思想对冯氏的影响

（一）明代道家思想概况

同儒家哲学一样，道家哲学也是一种内圣及成德之学，它最终的关怀是个人的修养，以及如何成为一个有德之人。修道及成德无法脱离社会而完成，这套想法即是“无为而治”。道家内圣及形而上的理论，是叫人顺应自然、顺性而行。在庄子《刻意篇》中所列举的五种人——山谷之士、平世之士、朝廷之士、江海之士及道引之士，都是刻意而不顺性的，因此也非得道之士。庄子认为只有无极的圣人，才能做到“不刻意而高，无仁义而修，无功名而治，无江

---

① 张双棣等译注《吕氏春秋译注》，吉林文史出版社，1986，第690页。

海而闲，不道引而寿，无不忘也，无不有也。澹然无极，而众美从之”[①]。这样的人才能顺乎自然而得到自我解放。而天地之所以为大也在于它能顺应自然，因而成就万物。所以老子说：“生而不有，为而不恃，长而不宰，是谓玄德。”[②] 又说：“道法自然。”[③] 道家富于审美的气质，使其用更多审美的眼光观照天地万物。与此相关，道家所运用的概念、范畴在美学中更具普适性，“虚无”“尚真”的道家思想影响了冯梦龙的文艺思想。冯梦龙又将自己对于道家思想的理解投放到其文艺创作中去。

（二）道家思想对冯氏的影响

首先，“道法自然”使得冯梦龙的文艺思想充满了“尚真”元素。

“尚真”是道家思想的一个重要内容，它直接影响道家思想的每个具体方面。据台湾学者王煜统计，《庄子》一书中“真”字共出现了 66 次。庄子所说的“真”有以下两层意思。其一，“真”是道家思想的最高境界，体现“道”的重要特性。庄子“尚真”思想的一大主旨在于尊重事物的本真和自身规律。其二，“真”也是指人的真性情、真精神，它使得人在面对世事变迁、处理人伦关系时表现出真诚的情感态度，当然，这种真性情、真精神最终仍然是禀受于自然无为的“道”。冯梦龙文艺思想中最主要的“情真说”，主张文艺创作必须情感真挚，其哲学来源就是道家的“尚真”思想。庄子说：“真者，精诚之至也。不精不诚，不能动人。故强哭者虽悲不哀，强怒者虽严不威，强亲者虽笑不和。真悲无声而哀，真怒未发而威，真亲未笑而和。真在内者，神动于外，是所以贵真也。”[④] 这

① 陈鼓应注译《庄子今注今译》，中华书局，2020，第 393—394 页。

② （魏）王弼注《老子道德经注校释》，楼宇烈校释，中华书局，2008，第 24 页。

③ （魏）王弼注《老子道德经注校释》，楼宇烈校释，中华书局，2008，第 64 页。

④ 陈鼓应注译《庄子今注今译》，中华书局，2020，第 823 页。

种真性情、真精神从根本上决定着人外部的神采风貌，如果缺乏这种内在的真诚，那么在为人处世上任何外部表现都是虚伪、矫饰的。这种真性情、真精神乃是协调人际关系的最高律令。庄子提出“法天贵真”的口号，体现了他对于真性情、真精神的大力推崇。冯梦龙自许“子犹诸曲，绝无文彩，然有一字过人，曰真”[①]。这种“尚真”的本质论虽有其他思想为背景，但主要还是取源于道家思想。冯梦龙搜集民间诗歌“借男女之真情，发名教之伪药”，使得假道学在真性情照耀之下着实作伪困难。另外，冯梦龙整理的民间诗歌也正是以其“真”而成为古今文艺史通变的机枢，文人之作一旦失其“真”而趋于陈腐僵硬，路子便越走越窄，到了穷极而变、革故鼎新之际，往往是民间诗歌以其强大的生命力将文艺史领向一片光明阔大的新天地之时。冯梦龙指出：“文之善达性情者，无如诗，三百篇之可以兴人者，唯其发于中情，自然而然故也。自唐人用以取士，而诗入于套；六朝用以见才，而诗入于艰；宋人用以讲学，而诗入于腐。而从来性情之郁，不得不变而之词曲……则今日之曲，又将为昔日之诗。词肤调乱，而不足以达人之性情，势必再变而之《粉红莲》、《打枣竿》矣，不亦伤乎！”[②] 而他本人创作也开始有意识地效法自然率真，自觉地以真性灵、真感情为根基，《墨憨斋新定洒雪堂传奇》末尾题诗“谁将情咏传情人？情到真时事亦真”[③] 以晓喻其旨，反映其对于文艺创作之真谛的透辟洞察。

其次，冯梦龙在作品中大量阐释了自己对于道家的一些看法。《醒世恒言》中的《薛录事鱼服证仙》讲了这样一个故事，即唐朝时，进士出身的录事薛某发高烧，高烧到第七天，他渐入睡梦，梦中自己高热难耐，于是跃入水中，化为一条金色鲤鱼。看见渔

---

① 魏同贤主编《冯梦龙全集·太霞新奏》，凤凰出版社，2007，第166页。

② 魏同贤主编《冯梦龙全集·太霞新奏》，凤凰出版社，2007，第107页。

③ 魏同贤主编《冯梦龙全集·墨憨斋定本传奇》，凤凰出版社，2007，第930页。

翁垂钓，薛录事明明知道是钓钩，但鱼饵实在诱人，犹豫再三，闻得饵香，“便思量要吃他的”。只是到了口边，他想：我明明知道他饵上有个钩子，若是吞了这饵可不是被他钓了去？我虽然暂时变成了鱼，难道就不能到别处求食，偏要吃他钓钩上的饵吗？于是，到船周围游了一遭，怎奈那饵香得酷烈，恰似钻入鼻孔里一般，肚中又饥，怎再忍得住！最终，薛录事难忍鱼饵的诱惑，张嘴咬钩，结果被渔翁钓了上来。作者冯梦龙点评说，这叫“眼里识得破，肚里忍不过”。这里人化成鱼，是学习庄周梦蝶的创作手法。

可以说，冯梦龙文艺思想中的道家思想随处可见，特别是道家的“真”与文艺创作中“艺术真实”的普适性相对应，利于冯梦龙文艺思想的生成与传播。

三　晚明佛家思想对冯氏的影响

（一）明代佛家思想概况

佛教在明朝的发展整体是比较平稳的，在晚明有一段复兴的高潮。从开国皇帝朱元璋开始，就逐渐加强国家对佛教的控制。因为朱元璋是元朝末年战乱的亲历者，与佛教密切联系的“白莲教”在颠覆元朝政权时起到十分重要的作用。为了防止别有用心的人利用佛教来干预、动摇明朝基业，朱元璋加强对寺庙和僧人的管理，对于私自出家的人给予惩罚，对在册的僧侣进行统计和有效管理，总体上控制佛教的势力范围。明成祖在经历“靖难之变”后，更加推崇道教。在很长一段时间，儒家和道家思想占据明朝的主流位置。直到万历皇帝时，佛家地位逐渐上升，并在晚明时期实现了佛家的短暂复兴。佛家思想在晚明的复兴，一是由于统治阶级放松对佛教的控制，二是由于佛教中的禅宗思想适应“三教合一”的主流趋势。

佛教的复兴，对晚明文艺创作有深刻影响。首先，因果报应思想被应用于文艺创作中，创作者对于无法在现实社会中鞭挞的丑恶现象，在文本中用因果报应等佛教思想加以惩戒，让坏人恶事在另一个不可知的世界得到惩罚。其次，生死轮回诸如此类的思想能有效地预防一些罪行，劝善惩恶。冯梦龙和其他晚明作家一样，用佛教的思想对人想要“犯错”的思想加以震慑。他们将作恶多端的人物形象，设置于“地狱”“畜生道”等佛家语境下，加之以重刑，使其为自己的罪行“赎罪”。虽然这些在现实世界是不存在的，但是对于受众而言，佛教惩戒的手段和后果都令人不寒而栗，能有效预防一些罪行的发生。因此说，晚明佛教的复兴，对于丰富文艺创作素材、拓展文艺工作者的文艺思维都有积极有益的一面。

（二）佛家思想对冯氏的影响

冯梦龙编撰的作品中，有 25 篇以上的拟话本小说内容与佛家相关，直接或者间接地反映了佛家的思想，反映了民间最为看重的“因果报应”“戒酒戒色”等佛家戒律。

首先，冯梦龙的创作观念中体现了佛家的“因果报应”。冯梦龙在《蒋兴哥重会珍珠衫》结束语中总结道：“殃祥果报无虚谬，咫尺青天莫远求！”[①] 王三巧儿与陈姓商人偷情，到头来陈姓商人的老婆却阴差阳错地成为蒋兴哥的妻子。冯梦龙将这曲折的过程，巧妙地融合在一起，既彰显了因果报应，又起到了教化读者不做恶事的作用。但是有时候其作品过度渲染了因果报应，比如《梁武帝累修归极乐》中颠倒了梁武帝信佛饿死的事实，说其“累修归极乐”，这就过度宣扬了佛家思想。“有等善人，安乐从容，优游自在，仙境天堂，并无挂碍；有等恶人受罪，如刀山血海，拔舌油锅，蛇伤虎

① 魏同贤主编《冯梦龙全集·古今小说》，凤凰出版社，2007，第 334 页。

咬，诸般罪孽”[①]，在这里，冯梦龙又把人的幸福快乐，与前世今生的行为挂钩，反复强调“因果报应，果然不爽”。

其次，冯梦龙主张“戒色”，不能近色。佛教清规戒律严明，很多都是自律性的规则，比如戒酒。但是，冯梦龙很多小说是着眼于宗教信仰与人间欲望之间的矛盾，比如“色戒”，破色戒成为小说创作的吸睛点。这可以说是一种他律，宗教与人欲的交错矛盾，满足了受众窥探的欲望，也成为风靡一时的创作起源。冯梦龙在《月明和尚度柳翠》中描述了一个老和尚被小女子红莲诱惑，坏了修行，自己圆寂的事情。老和尚最终想知道红莲为什么要诱惑自己破戒？“再三逼迫，要问明白。红莲被长老催逼不过，只得实说：‘临安府新任柳府尹，怪长老不出寺迎接，心中大恼，因此使妾来与长老成其云雨之事。’长老听罢大惊，悔之不及，道：‘我的魔障到了。吾被你赚骗，使我破了色戒，堕于地狱。’”老和尚对于破戒十分懊恼，便写下八句《辞世颂》，曰：“自入禅门无挂碍，五十二年心自在。只因一点念头差，犯了如来淫色戒。你使红莲破我戒，我欠红莲一宿债。我身德行被你亏，你家门风还我坏。”随后老和尚（玉通禅师）便在禅椅上圆寂了。此番叙述告诫僧人是不能破色戒的，破了色戒就要下地狱，老僧自知罪孽深重，自杀了。这说明冯梦龙对于佛家思想的认同，在他笔下破戒就是犯了不可饶恕的错误，需要以死相抵。在《佛印师四调琴娘》中：

只见那佛印飒然惊觉，闪开眼来，壁上灯尚明。去那灯光之下，只见一个如花似玉女子，坐在身边。

佛印大惊道：“你是谁家女子？深夜至此，有何理说？”琴娘见问，且惊且喜，揣着羞脸，道个万福，道：“贱妾乃日间唱

① 魏同贤主编《冯梦龙全集·古今小说》，凤凰出版社，2007，第560页。

> 曲之琴娘也。听得禅师词中有爱慕贱妾之心，故寅夜前来，无人知觉。欲与吾师效云雨之欢，万乞勿拒则个。”佛印听说罢，大惊曰：“娘子差矣！贫僧夜来感蒙学士见爱，置酒管待，乘醉乱道此词，岂有他意。娘子可速回。倘有外人见之，无丝有线，吾之清德，一旦休矣。”琴娘听罢，那里肯去。佛印见琴娘只管尤殢，不肯去，便道：“是了，是了！此必是学士教你苦难我来。吾修行数年，止以诗酒自娱，岂有尘心俗意。你若实对我说，我有救你之心。如是不从，别无区处。”琴娘见佛印如此说罢，眼中垂泪道：“此果是学士使我来。如是吾师肯从贱妾云雨之欢，明日赏钱三千贯，出嫁良人。如吾师不从，明日唤管家婆决竹篦二十，逐出府门。望吾师周全救我。”道罢，深深便拜。佛印听罢，呵呵大笑。便道：“你休烦恼，我救你。”遂去书袋内，取出一副纸。有见成文房四宝在桌上，佛印捻起笔来。做了一只词，名《浪淘沙》：“昨夜遇神仙，也是姻缘。分明醉里亦如然。睡觉来时浑是梦，却在身边。此事怎生言？岂敢相怜！不曾抚动一条弦。传与东坡苏学士，触处封全。”佛印写了，意不尽，又做了四句诗：“传与巫山窈窕娘，休将魂梦恼襄王。禅心已作沾泥絮，不逐东风上下狂。”当下琴娘得了此词，径回堂中呈上学士。学士看罢，大喜，自到书院中，见佛印盘膝坐在椅上。东坡道：“善哉，善哉！真禅僧也！”①

这些参透佛法，看透前世今生的种种，都被冯梦龙搜集到自己的作品里加以宣扬。这说明他认同佛家的教义，同时也深受影响。

最后，冯梦龙创作的《明悟禅师赶五戒》中讲述了李源与僧人圆泽的因果故事，彰显“一切皆前定，万般是因果”的佛家思想。

① 魏同贤主编《冯梦龙全集·醒世恒言》，凤凰出版社，2007，第233—234页。

二人在一次外出游玩的时候，圆泽指着一位妇人说："此孕妇乃某托身之所也。明早吾即西行矣。"源愕然曰："吾师此言，是何所主也?"圆泽曰："吾今圆寂，自有相别言语。"[①] 随后发生的事情，都与圆泽和尚预测的一模一样。这种得道高僧对于自己前世今生了如指掌，显然是佛教的应有之义，冯梦龙对此加以传扬，这就是佛家思想见诸其文艺实践的一种体现。冯梦龙旨在传达一种思想，那就是得道高僧也无法摆脱命运轮回的安排。因此普通下层民众就要安分守己，遇到人生困顿时，也要坚持下去。这种观念虽然有封建宿命的因子蕴含其中，但对于那个时代的文艺家来说，佛家思想就是这样建构于他们的意识中的。

第二节　晚明时期文化思潮对冯梦龙的影响

冯梦龙所处的晚明是哲学思潮多元化时期，在众多思潮与流派的冲击下，冯梦龙选择了李贽的"童心说"及王阳明的"阳明心学"作为自己创作理论依据。"童心说"追求"赤子之心"、讲求"纯真"；"阳明心学"则主张"致良知"，从内心中寻找"理"，"理"全在"人心"。在知与行的关系上，强调"知行合一"，二者互为表里，不可分离。按照人物先后顺序，显然应该把王阳明排在李贽前面，但是按照其对冯梦龙影响的时序，显然应把李贽排在前面。因为冯梦龙前期和中期的文艺作品都讲求"情真理真"深受李贽影响；冯梦龙后期作品更多的偏向于"致良知"，不仅讲求"真情"，还要求能够解决问题，"知行合一"。

---

① 魏同贤主编《冯梦龙全集·古今小说》，凤凰出版社，2007，第442页。

一　阳明心学对冯氏的影响

阳明心学作为儒家思想哲学化的重要成果，对世界本源、社会道德、人性等都进行了考量，提出了“心即理”“知行合一”“致良知”等重要命题，具有广泛深刻的影响。

按照黄宗羲在《明儒学案》中的观点，阳明心学后来流传为浙中王门、江右王门、南中王门、楚中王门、北方王门、粤闽王门、泰州学派等诸多门派，随着社会环境的变迁和继承派别的侧重，这些文人学派对阳明心学有着各自的解释和主张，有的严格遵照客观唯心主义心学的观点，有的返古推崇儒家传统哲学思想，有的甚至出现反孔反儒的“异端邪说”，不同派别的碰撞、交流、争辩，形成了波澜壮阔的阳明心学思潮。

冯梦龙生活在明代后期，他的文学创作和思想观点明显受到了阳明心学的影响，具体来说，主要表现在以下几个方面。

第一，以心为本对冯梦龙宇宙观的影响。“心即性，性即理”，阳明心学主张心包含一切，主宰一切，身体受制于心，心形成意，心外无物的宇宙观对冯梦龙的文学创作倾向和观点具有明显影响，使冯梦龙的文学作品中充满了“心外无理，心外无物”的唯心主义观点，例如在《警世通言·庄子休鼓盆成大道》中，开篇词“莫把金枷套颈，休将玉锁缠身。清心寡欲脱凡尘，快乐风光本分”① 就表达了修身养性以达到成己成圣境界的人生观，庄妻死后，“把瓦盆为乐器，鼓之成韵，倚棺而作歌”表现了其对生死的独特看法，也倡导了心主导一切的哲学思想，关于庄子的故事流传很多，庄生丧妻的版本也有很多，阳明心学的宇宙观让冯梦龙笔下的庄子明显具有

① 魏同贤主编《冯梦龙全集·警世通言》，凤凰出版社，2007，第523页。

这一文学倾向。

另外，结尾处的诗句“手把青秧插野田，低头便见水中天。六根清净方为稻，退步原来是向前”，更是充满了玄学哲理，主张修心明理。正如王阳明所言：“心者身下主宰，目虽视而所以视者，心也；耳虽听而所以听者，心也；口与四肢虽言动而所以言动者，心也。”[①] 又如，在《醒世恒言·两县令竞义婚孤女》中，有“试看两公阴德报，皇天不负好心人”[②] 的诗句，也体现了阳明心学修心成贤成圣的思想。

第二，独立批判意识促使冯氏文学主体意识觉醒。明代商品经济的发展，资本主义萌芽的出现，加之传教士带来的西方意识形态，中国沿海局部地区人们的思想出现了个人主义色彩，商品经济活跃，交换价值为人关注，个体价值得到重视，出现张扬个性的叛逆人物和思想，王阳明以及后来的李贽、徐渭等人便是如此。阳明心学强调个体价值，反对权威，主张用个人独立的批判意识认识世界，“夫学贵得之心，求之于心而非也，虽其言之出于孔子，不敢以为是也，而况其未及孔子者乎？求之于心而是也，虽其言之出于庸常，不敢以为非也，而况其出于孔子者乎？”[③] 这有力地促进了冯梦龙世俗小说中主体意识的觉醒。这一点具有极其重要的意义，从某种程度来说，西方文化能进入工业社会的现代文明，并不是凭空而降的，而是源于意识上对个体价值的认同，中国传统文化和宗教恰恰是缺乏这一点的。

另外，冯氏自封情教教主，其文学世俗小说也充满了情教思想，阳明心学促使冯氏思想中的主体意识得到提升。他认为：“天地若无情，不生一切物。一切物无情，不能环相生。生生而不灭，由情不

① （明）王守仁撰《王阳明全集》，吴光等编校，上海古籍出版社，1992，第119页。

② 魏同贤主编《冯梦龙全集·醒世恒言》，凤凰出版社，2007，第16页。

③ （明）王守仁撰《王阳明全集》，吴光等编校，上海古籍出版社，1992，第76页。

灭故。”[①]“情”是产生万物的根源，也是贯穿万物的纽带，人生离不开情，然而情却是永恒的，可以脱离个人而独立存在，正所谓“人，生死于情者也；情，不生死于人者也。人生，而情能死之；人死，而情又能生之。即令形不复生，而情终不死，乃举生前欲遂之愿，毕之死后；前生未了之缘，偿之来生”[②]。

冯梦龙具有蔑视儒释道传统教化，不以孔孟言论为尊。《广笑府》序就将这一思想表现得淋漓尽致：“尧与舜，你让天子，我笑那汤与武，你夺天子，你道没有个傍人儿觑，觑破了这意思，也不过是个十字街头小经纪。还有什么龙逄、比干、伊和吕，也有什么巢父、许由、夷与齐，只这般唧唧哝哝的，我也那里工夫笑着你。我笑那李老耽五千言的《道德》，我笑那释伽佛五千卷的文字，乾惹得那些道士们去打云锣，和尚们去打木鱼……又笑那孔子的老头儿，你絮叨叨说什么道学文章，也平白地把好些活人儿都弄死。”[③]

第三，“致良知”论使冯梦龙的“以文教化”的理念形成。“良知”是王阳明从孟子思想中引申发展而来的，在阳明心学中，良知即内心的反省和道德，致良知即要求人不仅仅格物致知，而且要修养德行，对不同的社会关系来说，表现为仁爱、忠诚、孝悌、诚义等。“良知”是一切哲学问题的逻辑起点，是绝对存在的无关物我又包罗物我的。[④] 另外，王阳明认为人性的良知与万物的仁爱、灵秀是相通的，“而自然灵昭不昧者也，是故谓之明德”[⑤]。

良知就是辨别是非善恶美丑之心，它存于每个人心中，不分圣贤与愚夫愚妇，人心的公允和良知是社会稳定的根源，人要用至诚之心培养正义忠义之心，即“致良知”。在冯氏的文学思想中，“致

---

① 魏同贤主编《冯梦龙全集·情史》，凤凰出版社，2007，第213页。

② 魏同贤主编《冯梦龙全集·情史》，凤凰出版社，2007，第361—362页。

③ 魏同贤主编《冯梦龙全集·广笑府》，凤凰出版社，2007，第521页。

④ 马晓虹：《阳明心学与明中后期文学批评》，东北师范大学博士学位论文，2013。

⑤ （明）王守仁撰《王阳明全集》，吴光等编校，上海古籍出版社，1992，第968页。

良知”表现为对“情真”的崇尚。如《醒世恒言·卖油郎独占花魁》中的秦重这一人物形象的塑造，即是劝人为善，借花魁之口言说“难得这好人，又忠厚，又老实，又且知情识趣，隐恶扬善，千百中难遇此一人”[①]，不仅正面表现了秦重的“良知”，而且通过邢权和朱十老的侍女兰花的卑鄙龌龊反衬了良知的耀眼光芒。又如，《醒世恒言·佛印师四调琴娘》中佛印的形象，也明显是从“致良知”出发塑造而成的，体现了冯梦龙教化劝善的思想。

第四，阳明心学与儒家的关系使冯梦龙对儒家思想的看法具有二重性。阳明心学本属儒家，也出自儒家传统思想，所以它本身就具有深厚的儒家传统思维方式，这既包括积极合理的内容，也包括落后封建愚昧的观念。这对于冯氏的思想和创作也有明显的影响，冯氏思想也处于尊重儒家传统和反对儒家的矛盾之中。例如，冯氏在“三言”中对于男女情爱的描写，其中女性角色共有23人，周胜仙、王娇鸾、璩秀秀、潘寿儿、王三巧、顾阿秀、陈玉兰、贺秀娥、韩夫人、刘素香、刘慧娘、李莺莺12人几乎都是正面角色，是具有自主或反叛意识的女性角色。庄生之妻、蒋淑真、梁圣金、刘氏、庆奴、周氏、押司妻、皮氏、邵氏以及尼姑空照和静真11人是中性或反面形象。这一方面说明了其进步性和女性主权意识，另一方面，我们也应该看到，正面形象几乎都是未婚少女，而对于已婚妇女和尼姑，几乎都安排了中性和反面形象，仅仅从某一篇或几篇来看，当然不排除拟话本本身情节如此的事实，但从总体的统计结果可以明显看出冯氏对儒家传统观念的矛盾心理。

二　李贽学说对冯氏的影响

李贽在继承阳明心学和传统儒释道思想的基础上创立了“童心

① 魏同贤主编《冯梦龙全集·醒世恒言》，凤凰出版社，2007，第56页。

说”，在明末思想中独树一帜，颇具影响。其思想内容主要包括两个方面：其一，对自然本真的提倡，对纯情率真价值的赞扬；其二，反对封建思想桎梏，主张个性解放和人性自由。童心说对冯梦龙影响明显而深刻，本部分主要从以下几个方面加以论述。

第一，“童心说”促进了其情教观的形成。李贽高举人性自然的独特旗帜，其思想的批判性和张扬对于当时的封建思想是一种冲击，动摇了程朱理学的正统地位。在《答耿司寇书》一文中，李贽以富有挑战性的言辞，揭露了理学人士的虚伪，锋芒毕露，入木三分。“及乎开口谈学，便说尔为自己，我为他人，尔为自私，我欲利他；我怜东家之饥矣，又思西家之寒难可忍也；某等肯上门教人矣，是孔孟之志也，某等不肯会人，是自私自利之徒也，某行虽不谨，而肯与人为善，某等行虽端谨，而好以佛法害人。以此而观，所讲者未必公之所行，所行者又公之所不讲，其与言顾行、行顾言何异乎？”① 立新必先破旧，李贽的“童心说”为冯氏情教观的形成开辟了道路。

童心至真，童心是人性之至善至美，情教之成立，其重要的逻辑前提就是人有情，且人性的情是符合真善美的，要提倡“以情教化”。为了“以情感人，以文教化”，冯氏提出文学可以虚构的观点，这是很有价值的。另外，冯梦龙为何没有选择以理学之情教化世人呢？这是受李贽“童心说”的影响。他从李贽思想中认识到了人性本初真心的可贵和善良，故而在“三言”中塑造了善良真诚的杜十娘，并且让她在李甲背叛后跳水自杀，李甲就是卑鄙虚伪的封建理学的化身。另外，这一点也体现在“三言”的命名中，“喻”“警”“醒”的目的都在于喻劝、警诫、唤醒社会，有着集中而明确的价值取向。冯梦龙也在《古今小说》序中明确地论述了小说的社

① 张建业主编《李贽全集注（第一册）·焚书注（一）》，社会科学文献出版社，2010，第72页。

会意义是改造世人的精神道德。

第二，对复古运动和世俗小说的态度。李贽的“童心说”本质上属于哲学思想，但是它与文学有着密不可分的联系，李贽本人就有着丰富的文学理论观点。李贽反对用政治来限制文学，主张文学独立。文学即人学，其终极目的是表达人的思想，促进人的发展，如果以文学为政治集团服务，甚至为反对统治集团服务，就失去了文学的终极价值，文学就将面临灭绝的危险。李贽主张以童心本真的价值标准，反对“文必秦汉，诗必盛唐”的文学复古潮流，主张“诗何必古选，文何必先秦”[①]。这直接影响了冯氏对文学的价值取向。明清以前，世俗小说始终作为粗野俗物，不被认可，但是李贽及其后来继承者们主张“任性情之自然，而不拘于礼义”，肯定小说等世俗文学的价值，为其开辟了自然、蓬勃、健康发展的空间，书写最底层世俗百姓的生命体验和喜怒哀乐。冯梦龙对通俗文学的推崇不亚于李贽。他说：“令虽季世，而但有假诗文，无假山歌。”冯梦龙等人的推动，使小说脱离历史成为独立的文学形式，在实践上，冯梦龙在继承李贽文学观点的基础上又进行了新的推进，创作了大量小说，搜集整理了《挂枝儿》《山歌》等民歌集，也表达了更为完整的文艺思想。

第三，“童心”映射为“情真”。“童心”即人的真情实感。童心对抗假道学的过程中，就产生了明确的“求真”立场，“古之贤圣，不愤则不作矣。不愤而作，譬如不寒而颤，不病而呻吟也”[②]。冯氏继承了李贽观点，关注现实，书写现实，改良现实，真实再现了明末社会。世俗小说更是展现了民俗画卷，以求匡扶世风。在艺

① 张建业主编《李贽全集注（第一册）·焚书注（一）》，社会科学文献出版社，2010，第277页。

② 张建业主编《李贽全集注（第一册）·焚书注（一）》，社会科学文献出版社，2010，第30页。

术手法上，冯氏以“史传之笔”进行写作，开篇便交代主人公的姓名、地域、故事背景、时间等详细信息，给人以“确有其人”“确有其事”的真实感。这不仅是唐传奇以来的遗风，更是“童心说”对冯氏的文艺价值观的影响。

受李贽的“童心说”影响，冯梦龙认为“情真”是小说成功的前提，主张小说要表现情真，倡导情真，以真情感人，以真情教化。冯氏在“三言”中追求“情真”化世之效果，肯定男女之情，手足之情，这在《警世通言·俞伯牙摔琴谢知音》《喻世明言·羊角哀舍命全交》等中均可见到。

第四，“童心说”直接形成了冯氏作品中的自由平等观念。“童心说”本身就是极具叛逆特点的学说，反对封建等级制度，主张人性自由，思想解放，在李贽“童心说”的影响下，冯氏的文学作品充满了自由平等的进步观念。例如，在性别平等方面，冯氏有不少作品表现男女平等，在《醒世恒言·苏小妹三难新郎》中塑造了文采过人、知书明理且有血有肉的苏小妹，把她与秦观、苏东坡等男性角色摆在同样地位。又如赵秀儿、白娘子等人都是女主角，男性角色反倒退居其次，且能力和地位明显不如女性角色重要。在自由方面，《警世通言·崔待诏生死冤家》中的璩秀秀、《醒世恒言·闹樊楼多情周胜仙》中的周胜仙以及《警世通言·金明池吴清逢爱爱》中的爱爱等女性角色，都是勇于追求幸福爱情的代表，体现了对封建压迫的反抗和对自由的向往。

第五，“童心说”对冯梦龙的负面影响。任何事物都不是完美的，“童心说”也存在诸多问题，比如，李贽的“童心说”批判性有余，而建设性不足。另外，它对人性欲望的过度提倡，为纵欲淫乐之徒提供了借口，例如周应宾在《识小篇》中说：“贽尝言：‘本心若明，虽一日受千金不为贪，一夜御十女不为淫也。’士大夫乐其简便，皆受其学。”不得不说“童心说”过于叛逆的精神对冯氏的影响也是存在的。[①] 在文艺理论方面，人类的精神不能失去对于终极价值的追求，人类需要最高的精神引导，文学最终的意义正体现为这样一种终极关怀。“童心说”锋芒尖锐，极力批判封建规范，过于提倡文学的实用性，矫枉过正，使文学又走向了另一个极端，现在看来，虽然当时其对于打破封建统治枷锁具有进步意义，但是从长远来看，其对文学也是一种伤害，也容易导致一种以媚俗为上、幼稚为佳、肤浅为真的弊病。正如袁震宇、刘明今二位先生在《明代文学批评史》中对“童心说”的评论：“过分强调了最初一念的绝对纯真，使童心说带有一种任意的唯心的倾向。因此，用童心说来指导创作和批评，既可以造成蔑视一切传统束缚，无往不摧的精神力量，也容易在创作中形成一种以平庸为高，以浅率为真的弊病。”[②] 李贽本人的文艺作品就有平庸浅率之病，这也直接影响了冯梦龙的文学批评和创作水平，以至于冯氏作品中大多是对耳闻、前人流传或历史轶事的再创作，少有独立创作的全新作品。

---

① 厦门大学历史系编《李贽研究参考资料》（第二辑），福建人民出版社，1975，第 165 页。

② 袁震宇、刘明今：《明代文学批评史》，上海古籍出版社，1991，第 432 页。

第三章

冯梦龙基本文艺观——以“情教”为本

冯梦龙的“情教说”是其文艺思想的核心。冯氏哲学观是“情一元论”，他认为世间万事万物都起源于“情”。“情教说”主要来源于儒家的“性情说”，用“真情”去反对僵化死板的“理”。儒家本质是讲求“天人合一”的和谐理论，但是宋朝的程朱理学割裂这种天人关系——主张“存天理、灭人欲”。冯梦龙用自己的文艺思想有力回击了宋明“理学”，开始倡导“人的觉醒”。“情教说”认为万物有情，不仅是人类有“情”，自然界也充满了“情”。“情”是一种恒常的存在，作用于人的是“人伦之情”，作用于物的是“异化的情”。冯梦龙的“情教说”根本目的在于“教化人心”“用情化人”。

第一节　冯梦龙的哲学观——“情一元论”

冯梦龙的文艺思想本体，以其哲学观为基础。作为熟读经典的饱学之士，冯梦龙的哲学思想主要根源于儒家思想。在晚明“主情”思潮的作用下，冯梦龙结合自己的人生体验，提出了以“情”为本的哲学思想——“情一元论”。

本体论指一切存在的最终本性，这种本性需要通过认识论来认识，因而研究一切实在的最终本性的为本体论。冯梦龙哲学的本体论认为宇宙万物根源于“情”。他在《情史》叙中明确指出：

天地若无情，不生一切物。一切物无情，不能环相生。生生而不灭，由情不灭故。四大皆幻设，惟情不虚假。[①]

冯梦龙认为宇宙万物都是由“情”构成的，万事万物的本源是“情”。世界本源是什么，一直是人们追问的终极哲学问题。中国古代很长一段时间都处于唯心主义世界本源的思维中。在上古神话中，人们认为世界的本源是“气”（按：这种“气”与后世张载所说的“气”不同），轻的气体上升形成天，浊的气体下沉，沉积为大地。先秦时期，人们一度把“太极”作为世界的本源，宇宙的起点。老子在《道德经》中指出，世界起源于“道”，所谓“道生一，一生二，二生三，三生万物。万物负阴而抱阳，冲气以为和”[②]。在这里，世界起源于“道”，由“道”产生无数变化，最终形成了纷繁世界。《易传·系辞上传》描述宇宙的生成：“是故，易有太极，是生两仪，两仪生四象，四象生八卦，八卦定吉凶，吉凶生大业。”[③] 在这里，先秦的哲人们把“太极”作为世界的起源。除此之外，还有张载的“气一元论”、二程的“理一元论”等。在冯梦龙的哲学观中，把“情”定位为宇宙的起源，因此世间万物都脱离不了“情”。冯梦龙的“情一元论”哲学观的确立，促使他的文学本体论“情教说”生成。

---

① 魏同贤主编《冯梦龙全集·情史》，凤凰出版社，2007，第879页。

② （春秋）老子：《道德经》，江苏古籍出版社，2001，第117页。

③ （宋）朱熹：《周易本义》，李一忻点校，九州出版社，2004，第261页。

一　情生万物

“情一元论”的一个基本要素是“情生万物”。冯梦龙在《情史·情通类·总评》中写道：“万物生于情。”既然万物皆由情产生，作为“万物灵长，宇宙之精华”的人类无疑也是“情”的杰作，这一点冯梦龙直接肯定了前人的说法，他在《情史·情外类·总评》中说：“情史氏曰：饮食男女，人之大欲。”[①]《礼记·礼运》里讲：“饮食男女，人之大欲存焉。”[②] 这符合孔子对于人生的看法。凡是人的生命，都不离两件大事：“饮食”解决的是生存问题，“男女”解决的是繁衍问题。孔子将人生简单地概括为这两件事，而且是无法摆脱恒常存在的两件事。冯梦龙对于男女之事，没有特殊的看重或者轻视，他认同孔子“人之大欲”的说法。男女有情、男女交合方有孕育下一代的可能，放眼整个生物界，也是同理。因此，冯梦龙将“情”作为宇宙的起点，是具有现实意义的。甚至可以说，冯梦龙的“情一元论”，与现代理性科学有一定关联。如果没有两性的交合，哺乳动物就无法产生下一代。冯梦龙的“情一元论”，比既往一些哲学宇宙观念，更加切近生活实际。冯梦龙在自己的论著中这样写道：

> 情主人曰：草木之生意，动而为芽；情亦人之生意也，谁能不芽者？文王、孔子之圣也而情，文正、清献诸公之方正也而情，子卿、澹庵之坚贞也而情，卫公之豪侠也而情，和靖、元章之清且洁也而情。情何尝误人哉？人自为情误耳！红愁绿

① 魏同贤主编《冯梦龙全集·情史》，凤凰出版社，2007，第876页。

② 《礼记·礼运》，北京大学出版社，1999，第689页。

惨，生趣固为斩然。即蝶嚷莺喧，春意亦觉破碎。然必曰草木可不必芽，是欲以隆冬结天地之局。吾未见其可也！①

借由情主人口吻，冯梦龙阐述了两点：第一，草木要有情，才能生发，情动才能萌芽；第二，文王、孔子这样的圣人，也是有情的。如果没有“情”，世界将是一片荒芜，人间也将惨淡不已。既然情是世界的本源，是一切存在的基础，那么“情”一旦不依附于某一事物，该事物也将随之消失。“情”是事物存在的依据，一旦事物失去“情”，就难以存在，就好像人失去生命一样。

情史氏曰：万物生于情，死于情。人于万物中处一焉。特以能言，能衣冠揖让，遂为之长，其实觉性与物无异。是以羊跪乳为孝，鹿断肠为慈，蜂立君臣，雁喻朋友，犬马报主，鸡知时，鹊知风，蚁知水，啄木能符篆，其精灵有胜于人者，情之不相让可知也。微独禽鱼，即草木无知，而分天地之情以生，亦往往泄露其象。何则？生在而情在焉。故人而无情，虽曰生人，吾直谓之死矣！②

在这里，冯梦龙不仅阐述了万物“生于情”，也说明了万物“死于情”。人类与世界万物相通，唯一不同的是人类有语言，能够做出一些有理有节的事情，因此得以居万物之首。当“情”在的时候，人活着才有意义；如果人“无情”，即使存在于世间，也是苟延残喘，无异于行尸走肉。

综合冯梦龙的自述，不难看出，只有“情”能产生世间万物，

① 魏同贤主编《冯梦龙全集·情史》，凤凰出版社，2007，第961页。

② 魏同贤主编《冯梦龙全集·情史》，凤凰出版社，2007，第478页。

也只有“情”才能维系这种有意义的存在。比较以往的各种一元论的唯心主义世界观，哪怕王阳明的“阳明心学”也是主张“心外无物”，是以“心”为世界本体的一元论。而冯梦龙提出以“情”为本源，并有相应的阐释，因此，冯梦龙的哲学观与众不同，具有鲜明的开创意义。

二 情生不灭

冯梦龙的宇宙观既然是“情生万物”，那么“情”是怎样的一种存在呢？在冯氏看来，“情”是一种恒常存在，即所谓“情生不灭”。他在《情史》叙里写道：“天地若无情，不生一切物。一切物无情，不能环相生。生生而不灭，由情不灭故。”①

首先，冯梦龙认为“情”是“不朽”的。冯梦龙在《太霞新奏·情仙曲序》中称：“古有三不朽，以今观之，情又其一矣。无情而人，宁有情而鬼，但恐死无知耳。如有知，而生人所不得遂之情，遂之于鬼，吾犹谓情鬼贤于情人也。且人生而情死，非人；人死而情生，非鬼。”② 他把“情”与古代的“三不朽”并列，认为“情”是不可能磨灭的，并能永世流传的。春秋时期，鲁国大夫叔孙豹提出“立德”“立言”“立行”为人生三种“不朽”境界。冯梦龙则在之后加上一个“情不朽”。他认为做一个“无情”之人，还不如做一个“有情”的鬼。一个没有“情”的“活人”，远没有一个有“情”的“死鬼”有价值。这种“情不灭、情不朽”的理论，是对前人理论的发展。汤显祖是“至情论”的代表，《牡丹亭记题词》中说：“情不知所起，一往而深，生者可以死，死者可以生。生而不

① 魏同贤主编《冯梦龙全集·情史》，凤凰出版社，2007，第 879 页。

② 魏同贤主编《冯梦龙全集·太霞新奏》，凤凰出版社，2007，第 842 页。

可与死，死而不可复生者，皆非情之至也。”[①] 汤显祖也谈到了“情”可以令人生令人死，但是他没有说“情”是不朽的。汤的“情”理论是主张人只有达到至情的状态，才是“情”的最高境界，主体是“人”。冯梦龙则主张“万物如散钱，一情为线索”，在冯梦龙看来，世间万物是杂乱无章法的，靠着“情”这条线索，把这一切关联起来，主体是“情”。这种不朽的“情”，就构成了冯梦龙“情不灭论”的基础。

其次，冯梦龙认为“情”是永恒的，即“世代不能老”。在《情史·情鬼类·总评》中，冯梦龙阐释了“情不灭”的这种永恒特征。“情史氏曰：自昔忠孝节烈之士，其精英百代如生，人尸而祝之不厌。而狞恶之雄，亦强能为厉于人间。盖善恶之气，积而不散，于是凭人心之敬且惧而久焉。惟情不然，墓不能封，榇不能固，门户不能隔，世代不能老。”[②] 在这里，冯梦龙指出自古以来忠孝节烈之人，他们的灵魂世代不朽，千百年来形象仍存，百世流芳。后代之人，凭借着对这些忠孝节烈之人的崇拜，延续其香火。那些奸恶之人，活着的时候靠着自己的淫威称霸于世间，他们凭借人们对其敬畏与恐惧，长久地存在着。这些善与恶的气息，交织凝固在人世间，聚集而不散去。只有“情”是不受制于任何限制的，墓室不能封堵“情”、棺椁不能困住“情”、门户无法阻碍“情”，“情”世世代代不会改变，一直长存。冯梦龙的“情一元论”认定世间的万事万物，靠着“情”这种恒久不变的本体，演化生发出天地万物。

---

① （明）汤显祖：《牡丹亭记题词》，徐朔方、杨笑梅校注，人民文学出版社，1963，第321页。

② 魏同贤主编《冯梦龙全集·情史》，凤凰出版社，2007，第871页。

第二节　冯梦龙“情教说”的渊源

一　以情为本——对传统文艺表情论的沿革

（一）先秦唐宋文艺中的“情”理论

冯梦龙关于情的本体论的建立不是偶然的，它具有深厚的思想渊源。“情”是中国古代哲学甚为关注的对象。《礼记·礼运》云：“何谓人情？喜怒哀惧爱恶欲七者，弗学而能。”①

先秦儒家中，孔孟虽然很少论及“情”本身。但如孝、仁、礼、仁政、道等观念，都是以人们日常的世俗情感为关切点的。孟子主张：“恻隐之心，人皆有之；羞恶之心，人皆有之；恭敬之心，人皆有之；是非之心，人皆有之。恻隐之心，仁也；羞恶之心，义也；恭敬之心，礼也；是非之心，智也。仁义礼智非由外铄我也，我固有之也。”② 孟子将人的自然情感作为道德建立的前提。

汉代的董仲舒将阴阳五行说引入儒学，以阴阳说性情。唐代的李翱，吸收佛教的“一心二门”对立转换的结构，提出“灭情复性”的理论：“情者，妄也，邪也，邪与妄则无所因矣。妄情灭息，本性清明。”③ 到了宋明理学家那里，“性静情动”“性明情暗”“性善情恶”成为当时人们普遍接受的观念，并以“存天理，灭人欲”这种情理尖锐对峙的极端方式表达出来。同一时期的文学作品中，文人则给予情感表达足够的空间。以“言志”与“缘情”为标志的文学纲领确立了情在文学中的本体地位。

① 《礼记·礼运》，北京大学出版社，1999，第689页。

② （清）焦循《孟子正义》（上），沈文倬点校，中华书局，1987，第757页。

③ （唐）李翱：《复性书》，浙江古籍出版社，2012，第110页。

汉代《毛诗序》中有“情志一致”之说。《毛诗序》这一关于诗歌本质的理论，进一步发展了自荀子以来的情志结合的思想，比较明确地指出了诗歌通过抒情来言志的特点。所谓“诗者，志之所之也，在心为志，发言为诗。情动于中而形于言。言之不足故嗟叹之，嗟叹之不足故永歌之，永歌之不足，不知手之舞之，足之蹈之也”①。

西晋时期，陆机提出了“诗缘情”的主张。诗起源于社会生活，因劳动生产、两性相恋、原始宗教信仰等产生。从起源上讲，就应该是“诗缘情”。“诗缘情”是从诗的特征上强调了诗的艺术本质，此语出于西晋陆机的《文赋》。“诗缘情”既与《毛诗序》中“吟咏情性”之说一脉相承，又抛开了儒家的诗歌政教作用，只强调诗歌的审美特征。刘勰在《文心雕龙》中则说：“诗者，持也，持人情性。”② 又说：“情以物迁，辞以情发。”③ 情性之论，实际上已把文学回归到“人学”上来了，也就是说文学可以突破“止乎礼义”的束缚，实现作家主体性的发挥与个性的张扬。此后还有诸如“以情纬文”等一些提法。因而，后来之人顺理成章地以“情”来构建中国文艺思想史研究的框架。

唐宋文论中对“情”的主张也是颇为丰富的。唐代孔颖达曰：“此六志，《礼记》谓之六情。在己为情，情动为志，情、志一也。”④ 古人常常将性情并提，性与情的界限不甚明确。唐代韩愈曾提出“性三品”说，将“性”视为伦理本体，而“情”则专指人的自然情感。宋明理学详加辨析的“性情”“天地之性，气质之性”⑤“未发，已发”等概念，即是在阐明人的自然情感与伦理本体之间的

① 赵则诚、陈复兴和赵福海：《中国古代文论译讲》，吉林人民出版社，1984，第1页。
② （梁）刘勰：《文心雕龙》，郭晋稀注译，岳麓书社，2004，第43页。
③ （梁）刘勰：《文心雕龙》，郭晋稀注译，岳麓书社，2004，第379页。
④ （唐）孔颖达：《十三经注疏本（七）·春秋左传正义》，中华书局，1957，第159页。
⑤ 李晓春：《张载哲学与中国古代思维方式研究》，中华书局，2012，第289页。

关系。

宋代理学创立，程朱试图建立高悬于生活之上的天理。但轻视具体的知识与世俗情感之间的紧张，注定会导致巨大的冲突。这其实是所有的伦理本质中心主义路径都无法避免的结果，正如马克斯·韦伯所说的那样“经验的现实世界（基于宗教性的要求而形成的）与视此世界为一有意义之整体的概念之间的冲突，导致了人的内在生活态度及与外在世界之关系上、最强烈的紧张性”[①]。

宋元时期的主要代表人物是苏轼。苏轼一反“情者，性之动”之说，将“性”看成一个“体用不二”的整体，他从人的自然本性中抽出个体之情，并赋予其本体的意义，这样就将情的地位提高到了前所未有的高度。以此情本论为基础，苏轼诗学创作非常重视情的作用，不论是本原层面的还是功能层面的。“非能为之为工，乃不能不为之为工也。”他追求创作的无意、自然，“惟无常形，是以遇物无伤”[②]，以水喻文，强调的是心灵的自由与自足，情感的自然性与真实性。

总之，在明清之前，文人都认识到了“情”在文艺创作中不可或缺的作用。但是“情”的重要性是逐渐加强的，有一个循序渐进的过程。当历代重视“情”的观念叠加起来作用于明清时期，就水到渠成地出现“主情”的文艺思潮。

（二）明清时期的文艺“主情”论

为了消除朱子理性和感性割裂所造成的弊端，王阳明提出良知，重建心体，“无心则无身，无身则无心”[③]。阳明心学将个体视作普遍

① 〔德〕马克斯·韦伯：《宗教社会学》，康乐、简惠美译，广西师范大学出版社，2005，第75页。

② （宋）苏轼：《东坡易传》，龙吟点评，吉林文史出版社，2002，第245页。

③ （明）王守仁撰《王阳明全集》，吴光等编校，上海古籍出版社，1992，第91页。

的前提，也就必然包含着对人的感性情感之维的肯定，“喜怒哀惧爱恶欲，谓之七情，七者俱是人心合有的”，“七情顺其自然之流行，皆是良知之用。”[①] 阳明心学蕴含了对感性欲望肯定的因素。

明代中期以后，“情”的地位逐渐提高，“性”的本体地位受到挑战。徐渭指出：“人生堕地，便为情使。”[②] 汤显祖则高举“情”的大旗向“理”宣战，他宣称：“情有者理必无，理有者情必无”[③]，“第云理之所必无，安知情之所必有邪？”[④] 明末的尊情论者更是变本加厉，直接用“情”压倒了“理”和“性”。张琦说，“人，情种也。人而无情，不至于人矣”[⑤]。他视“情”为人的本根，不是以情达性、以理节情、性本情用，而是以情育性、理由情生。这与冯梦龙“情”的本体论的观点完全一致。他们也时常将性情并提，但这时的“性情”已不是先前的性情，而是与“情”画了等号。冯梦龙说：“文之善达性情者无如诗，‘三百篇’之可以兴人者，唯其发于中情，自然而然故也。”[⑥] 至此“情”取代了“性”的地位而成为本体。冯梦龙甚至还说：“古有三不朽，以今观之，情又其一矣。”情与性的这种变位，是明代尊情思想发展的必然趋势。冯梦龙的情教论继承和发展了晚明以来情学思想的成果，成为晚明尊情思想发展的高级阶段。

晚明时期的主情思潮，无论是李贽的“氤氲化物，天下亦只有一个情”[⑦]，袁宏道的“独标性灵”，还是汤显祖的“世总为情”，冯梦龙的“情生万物”等观念，在中国文艺思想史上都是一种全新的表述。一方面，它将原本在德行之下的“情”释放出来，使得原本

---

① （明）王守仁撰《王阳明全集》，吴光等编校，上海古籍出版社，1992，第 111 页。
② 傅合远：《论徐渭的艺术美学取向》，《山东大学学报》（哲学社会科学版）2012 年第 4 期。
③ （明）汤显祖：《汤显祖集》，中华书局，1962，第 1269 页。
④ （明）汤显祖：《牡丹亭》，人民文学出版社，1963，第 1 页。
⑤ 袁震宇、刘明今：《明代文学批评史》，上海古籍出版社，1991，第 169 页。
⑥ 李双华：《论冯梦龙之情教思想》，《辽宁师范大学学报》（社会科学版）2003 年第 1 期。
⑦ 傅小凡：《李贽哲学思想研究》，福建人民出版社，2007，第 250 页。

只在文学中居于主体地位的“情”扩展到整个社会层面，取代支配地位的“理”，跃升为个体和社会安身立命的依据；另一方面，此前被摒弃的个体的感性欲望，开始获得文艺工作者的肯定，他们肯定世俗生活和欲望的合理性，使得“情”具有一种强烈的人间色彩。晚明主情思潮对“情”最重要的发现是确立情的本体地位。在诗学的观念中，“情”具有本体意味，但完全是针对“诗”而言的，只是在文艺领域，“情”才拥有这种合法性，在中国历史上，对“情”的这种宽容和推崇很少越过文学的疆域。而在晚明的主情思潮中，“情”不只是文艺的先天依据，还是客观世界的依据。

“天地若无情，不生一切物。一切物无情，不能环相生。生生而不灭，由情不灭故。四大皆幻设，惟情不虚假。有情疏者亲，无情亲者疏。无情与有情，相去不可量。”① “人，情种也。人而无情，不至于人矣，曷望其至人乎？情之为物也，役耳目，易神理，忘晦明，废饥寒，穷九州，越八荒，穿金石，动天地，率百物，生可以生，死可以死，死可以生，生可以死，死又可以不死，生又可以忘生，远远近近，悠悠漾漾，杳弗知其所之。”② “上天下地，资始资生，罔非一情字组成世界。”③ 这个时期，人们开始在作品中大张旗鼓地谈“情”了。“情”成为超越生死、超越天地万物的恒常存在。晚明主情尽俗的风潮，淋漓尽致地呈现在诗词歌赋等各种样态文艺作品中，这成为晚明鲜明的特色。

在明朝的文艺形态中，类似的表述还有很多。这些表述对于先前的文艺而言是一种全新的言说方式，将“情”抬升到一种前所未有的高度，在形而上的层面确立了情的世界本体地位。当主情论者将“情”确立为人和世界的依据时，就已经越出了文艺的边界，显

---

① 魏同贤主编《冯梦龙全集·情史》，凤凰出版社，2007，第1页。

② 中国戏曲研究院编《中国古典戏曲论著集成》，中国戏剧出版社，1959，第273页。

③ （清）崔象川：《玉蟾记》，中国戏剧出版社，2000。

示了这不是单纯的文学思潮，而是社会革新的思潮。冯梦龙找到了“情”这个古老的资源，或者说重新发现了中国文化中的“情”。

二　教化功能——对传统文艺功用论的吸纳

“教化论”是以文艺的社会功能为中心的文学理论，在其发展的历史中衍生了许多理论命题，其核心范畴为“诗言志”“美刺说”“文以载道”，其他理论命题基本上是围绕这三个核心范畴展开的，可以说这三个核心范畴共同构成了整个中国文艺“教化论”的理论内核。

（一）“诗言志”开启传统文艺教化之门

作为中国古代诗学中最古老的诗学命题“诗言志”，在历史的长河中经受了许多诗论家的琢磨锤炼。清人刘毓崧和现代学者朱自清都将“诗言志”作为中国诗学的源头。前者认为：“千古诗教之源，未有先于言志者矣。”① 后者则说：“诗言志”是中国文学的“开山纲领”。② 他们的理论评价是共同的：“诗言志”是中国诗学的滥觞；“诗言志”具有浓厚的教化意味。作为传统诗学不可剥离的明代文学，更是讲求“教化”作用，冯梦龙主观上也是讲求文艺教化的。

在孔子的诗论中，虽未曾出现“诗言志”这个术语，但他的文学理论基本都是围绕“诗言志”展开的，成为“诗言志”核心理论范畴的重要组成部分。他为“诗言志”灌注了强烈的实用观念，规范了文学“教化论”发展的轨迹。在孔子之后，孟子的“以意逆志”说、荀子将“志”与圣人之道联系起来，都从不同角度充实了“诗言志”的理论范畴，但这些阐释，还是限定在孔子指出的路径

① 郭绍虞主编《中国历代文论选》，上海古籍出版社，2001，第 70 页。
② 朱自清：《朱自清全集》（卷六），江苏教育出版社，1996，第 127 页。

内。经孔子为代表的先秦儒家的发展、深化，“诗言志”开启了中国文学“教化论”的大门，其后2000多年，文学“教化论”的发展，始终沿着“诗言志”指引的方向前进。可以说，“诗言志”贯穿了冯梦龙文艺思想的始终。

（二）“美刺说”——发展了文艺教化论

“美刺说”首先出现在《毛诗序》中，其论“美”曰：“颂者，美盛德之形容，以其成功告于神明者也”①，将“美”与颂诗联系在一起，认为颂诗主要是赞美君主的功绩。《毛诗序》论“刺”则云：“上以风化下，下以风刺上，主文而谲谏……国史明乎得失之迹，伤人伦之废，哀刑政之苛，吟咏情性，以风其上，达于事变而怀其旧俗者也。”②“美刺说”主张文艺关注社会，关注现实，并且用文学手段干预社会现实，“诗言志”重在文学对个人道德的培养，强调的是对个体的教育感化，来培养社会需要的人才。“美刺说”重点为文艺与社会的关系，强调的是文学对社会的教育感化，希图通过文艺干预社会政治，改造社会现实。

遵循“美刺说”的原则进行文学创作实践，从理论上对“美刺说”进一步阐发拓展的高潮是在唐宋。唐宋以来，文人作为创作主体的地位得以确立，在文学“教化论”的影响下，更加自觉地通过文学来反映社会现实，“美刺说”要求文学真实反映社会，批判、干预社会政治成为理论的自觉。唐代白居易在《策林六十八·议文章碑碣词赋》中说道：“古之为文者，上以纫王教，系国风；下以存炯戒，通讽谕。故惩劝善恶之柄，执于文士褒贬之际焉；补察得失之端，操于诗人美刺之间焉。今褒贬之交无核实，则惩劝之道缺矣；美刺之诗

---

① 包兆会：《西汉初中期文艺思想研究》，南京大学出版社，2013，第184页。

② 包兆会：《西汉初中期文艺思想研究》，南京大学出版社，2013，第7页。

不稽政，则补察之义废矣。”[①] 他大声疾呼诗人要重现“美刺说”的精神，补察政治的得失，用“美刺说”的理论指导诗歌创作。

“美刺说”是继“诗言志”后文学“教化论”的又一个核心范畴，其在文学“教化论”中的地位丝毫不逊于“诗言志”。“美刺说”是中国文学教化论上重要一环，若抽出“美刺说”，则文学“教化论”就不能成为完整的文学理论，就没有生命力。

（三）“文以载道”——奠定教化论在文艺界的主流地位

“文以载道”是关于文学社会作用的观点。中唐韩愈等提出的“文以明道”，经宋代理学家的解释得到完善。“文以载道”是说“文”像车，“道”像车上所载货物，通过车的运载，可以到达目的地。文学也就是传播儒家“道”的工具。“文以载道”具有鲜明的教化意味。

“文以载道”是宋代古文家周敦颐提出的。他在《周子通书·文辞》中说：“文所以载道也，轮辕饰而人弗庸，徒饰也。况虚车乎？文辞，艺也；道德，实也。笃其实，而艺者书之，美则爱，爱则传焉。贤者得以学而至之，是为教。故曰：‘言之不文，行之不远。’然不贤者，虽父兄临之，师保勉之，不学也；强之，不从也。不知务道德而第以文辞为能者，艺焉而已。”[②] 这里所说的“道”，是指儒家的传统道德。周敦颐认为，文学创作的目的是要宣扬儒家的仁义道德和伦理纲常，为封建统治的政治服务；评价文章好坏的首要标准是其内容的贤与不贤，只是文辞漂亮，没有道德教化内容，这样的文章是不会广为流传的。

在“教化论”的理论中，“诗言志”“美刺说”“文以载道”是

---

① （唐）白居易：《白居易集笺校（一）》，朱金城笺校，上海古籍出版社，1988，第3547页。

② 解正明：《汉语语法语义应用研究》，世界图书出版公司，2013，第198—199页。

共生互补的关系。这三种文学功用理论都是一经产生，便成为文学“教化论”的理论内核不可或缺的部分。“美刺说”是对“诗言志”的发展，“文以载道”又是对“美刺说”的发展和超越。它们共同构成了文学“教化论”的理论内核，并由此确立了文学“教化论”在中国文学理论发展史上的主流地位。

三　重情轻性——对“性情说”的继承

冯梦龙作为一介儒生，深受儒家思想影响，他的“情教说”即根源于儒家思想。儒家思想注重人的性情，在历代传承的儒家思想中，先哲们从不同角度对“人的性情”加以阐发，这些都对冯梦龙产生了深刻的影响。“性情”从其内涵来说，主要有以下三个层面。第一个层面，先秦的诸子百家，多认为“性情”是人的禀性和气质。《易·乾》中言：“利贞者，性情也。”[①] 第二个层面，主要是思想感情。钟嵘在《诗品·总论》中言：“气之动物，物之感人，故摇荡性情，形诸舞咏。”[②] 杜甫在《赠王二十四侍御契四十韵》中言：“由来意气合，直取性情真。”[③] 冯梦龙本人，在“思想感情”这个层面也是着力最多的。第三个层面，是指性格、脾气。《宋书·沈文秀传》中有：“且此人性情无常，猜忌特甚，将来之祸，事又难测。”[④] 这涉及每个人的品行，每个独立个体的言论最终汇聚成整个社会的主流思想。中国传统的“性情说”对冯梦龙文艺思想产生极其深刻的影响。

冯氏的“情”本体论的建立并非偶然，它具有深厚的思想渊源。

---

① 郭彧译注《周易》，中华书局，2006，第348页。

② （梁）钟嵘：《诗品注》，陈延杰注，人民文学出版社，1961，第1页。

③ 萧涤非主编《杜甫全集校注》，人民文学出版社，2014，第424页。

④ （梁）沈约撰《宋书·卷八十八·沈文秀传》，中华书局，1974，第2222页。

“情”本就是中国古代哲学甚为关注的对象。儒家肯定“情”是人类的先天禀赋。《礼记·礼运》云：“何谓人情？喜怒哀惧爱恶欲七者，弗学而能。”[①]孔孟虽然很少论及“情”本身，但其对道德本体的建构却根源于人的自然情感。孝、仁、礼、仁政、道等观念，都以人们日常的世俗情感为关注点。在孟子那里，“恻隐之心，人皆有之；羞恶之心，人皆有之；恭敬之心，人皆有之；是非之心，人皆有之。恻隐之心，仁也；羞恶之心，义也；恭敬之心，礼也；是非之心，智也。仁义礼智非由外铄我也，我固有之也。”[②]可见，儒家先圣们都将人的自然情感作为道德建立的前提，冯梦龙继承了这一点，在“情教说”理论中以人的基本情感作为出发点。冯梦龙在《情史·情痴类·总评》中，以“情主人”身份指出：“人生烦恼思虑种种，因有情而起。浮沤石火，能有几何，而以情自累乎？自达者观之，凡情皆痴也，男女抑末矣。”[③]冯梦龙将人生的各种烦恼、疑惑，都归结于“情”。“浮沤”，是水面上的泡沫。泡沫易生易灭，好比无常的世事和短暂的生命。“石火”，是指以石敲击后迸发出的火花，其闪现的光芒极为短暂。在这短暂的人生旅途中，男男女女都为“情”所累。人们明知生命短暂，却不停地为情所困扰，为情痴狂。这与儒家经典大师的“性情说”一脉相承，只有“人”的最朴实、真挚的情感，才是一切道德伦理乃至人生喜乐的根源。这些平凡人的“情”被冯梦龙更细致地开掘出来，比前人所描述的“情”更加具体，承认人情的重要性，是对前贤思想的继承。

汉唐的儒家大师，从不同角度探讨“性情说”。从荀子开始，“情”作为“礼”的对立面被否定。汉代董仲舒将阴阳五行说引入儒学，以阴阳说性情。人有性有情好比天之有阴有阳，而性情之有

① 《礼记·礼运》，北京大学出版社，1999，第689页。

② （清）焦循：《孟子正义》（上），沈文倬点校，中华书局，1987，第757页。

③ 魏同贤主编《冯梦龙全集·情史》，凤凰出版社，2007，第821页。

善有恶，正是阴阳二气所致，“阳气暖而阴气寒；阳气予而阴气夺；阳气仁而阴气戾；阳气宽而阴气急；阳气爱而阴气恶；阳气生而阴气杀”[①]。可以说，一个人思想中积极的层面多一些，消极的层面就少一些；相反，一个人“性情”中，“阴气”多一些就会成为所谓的“恶人”。韩愈在《原性》中对人性和人情有自己的观点，他认为：“性也者，与生俱生也；情也者，接于物而生也。性之品有三，而其所以为性者五；情之品有三，而其所以为情者七。曰何也？曰性之品有上、中、下三。上焉者，善焉而已矣；中焉者，可导而上下也；下焉者，恶焉而已矣。其所以为性者五：曰仁、曰礼、曰信、曰义、曰智。上焉者之于五也，主于一而行于四；中焉者之于五也，一不少有焉，则少反焉，其于四也混；下焉者之于五也，反于一而悖于四。性之于情视其品。情之品有上、中、下三，其所以为情者七：曰喜、曰怒、曰哀、曰惧、曰爱、曰恶、曰欲。上焉者之于七也，动而处其中；中焉者之于七也，有所甚，有所亡，然而求合其中者也；下焉者之于七也，亡与甚，直情而行者也。情之于性视其品。”[②] 他认为人性是与生俱来的，人的“情”是与世界、人物接触以后产生的。因此，“性”是先天具有的，“情”是后天养成的。另外，韩愈还把“性”“情”进行了分类和排序，其根本思想是对抗佛家的“灭情见性”思想。韩愈主张人要有“情”，这是唐代儒家大师的观点，对后世的冯梦龙的文艺思想也有着深刻的影响。冯梦龙重现人与生俱来的“品性”，但他更加重视后天习得的“情”感因素，认为一个人“有情”胜于“无情”。

“性情”二字是明朝文人常挂在嘴边的字眼，最简单的理解就是：“性”，性格、禀性；“情”，思想、情感。冯梦龙的“性情”说更倾向于“情”，也就是人的思想感情。这种倾向虽然是后天感情的

---

① （汉）董仲舒：《春秋繁露》（卷十一），中华书局，2012，第198页。

② （唐）韩愈：《韩昌黎文集校注》，马其昶校注，上海古籍出版社，1986，第20页。

积淀，但是它也是对前代儒家大师思想的继承，只是侧重点不同而已。冯梦龙在《叙山歌》中指出：“自楚骚唐律，争妍竞畅，而民间性情之响，遂不得列于诗坛，于是别之曰：山歌。”① 这里的“性情”说，直接继承了儒家在楚汉唐的“性情”本义，但是他这里更强调普通民众的“性情”。他没有像韩愈那样把人按照性情分作三六九等，而是呼吁给普通民众思想感情一个出口。

四　以情反理——对情理观批判的汲取

在中国古代文学理论漫长的累积过程中，“情”一直占据主导位置。汉代《毛诗序》中提出了“情志统一”的文学创作主张；西晋时期，陆机在《文赋》中提出了“诗缘情”说；南北朝时期，刘勰在《文心雕龙》中提出“诗者，持也，持人情性；”② 沈约在《宋书》“谢灵运传论”中，提出“以情维文”的主张，他指出“至于建安，曹氏基命，二祖陈王，咸蓄盛藻，甫乃以情纬文，以文被质”③。在这些文艺思想里，人们将“情”与“文”联系起来。如果按照这个逻辑发展，冯梦龙提出的“情教说”，就是顺理成章、理所当然的事情。但是历史的发展常常要打一些回旋球，在宋明时期，理学的消极思想影响、阻碍了“情”范畴主导下的文学发展趋势。

二程建立的哲学体系，是“理”一元论的唯心主义体系，认为“天理”是自然万物和人类社会的根本法则。二程的理学确立以后，对中国社会各个方面产生了极其深远的影响。到了明朝，人们还是受制于理学的压迫，人的欲望和情感被深深压制在“理”的维度之中。在妇女贞操方面，程颐在《近思录》中有云：“‘孀妇于理似不

① （明）冯梦龙编纂《冯梦龙民歌集三种注解》，刘瑞明注解，中华书局，2005，第317页。

② （梁）刘勰：《文心雕龙》，上海古籍出版社，2015，第214页。

③ （梁）沈约撰《宋书·卷六十七·谢灵运传》，中华书局，1974，第1778页。

可取，如何？’曰：‘然。凡取，以配身也。若取失节者以配身，是己失节也。’又问：‘或有孤孀贫穷无托者，可再嫁否？’曰：‘只是后世怕寒饿死，故有是说。然饿死事极小，失节事极大。’”① 人性被“理性”碾压，在冯梦龙看来是无法容忍的。所以，在冯梦龙的作品里，被禁锢和压抑的人性是要找到一个出口来排解的。也就是说，冯梦龙作为编撰者，给故事里的人物一个合理而不违背人性的角色安排。冯梦龙总是将妇女的失节行为置于一种具体的复杂的矛盾关系中去表现，对于寡妇改嫁也表示出理解甚至赞同的态度。“三言”选《蒋兴哥重会珍珠衫》作为开篇，就足以看出冯梦龙冲破“一女不嫁二夫”的传统婚姻观念的勇气。明朝是一个对女性描写呈现两个极端的朝代，一部《明史》记录了很多贞洁的烈女；以徽州地区为代表的贞节牌坊，在明朝也很多见。可见，在明朝，人们对于妇女的贞洁还是很重视的。此外，以汤显祖、李贽、冯梦龙为代表的这些文艺工作者，主张真情流露、为情生死，女性开始大胆追求属于自己的爱情与幸福，这也说明当时社会反对保守、开明开放的一面。冯梦龙主张女性获得解放，女性不需要承载那些令人痛苦的道德与伦理枷锁。

在《情史·情贞类·总评》中，冯梦龙指出：“自来忠孝节烈之事，从道理上做者必勉强，从至情上出者必真切。夫妇其最近者也，无情之夫，必不能为义夫；无情之妇，必不能为节妇。世儒但知理为情之范，孰知情为理之维乎。男子顶天立地，所担者具咫尺之义，非其所急。吾是以详于妇节，而略于夫义也。”② 在这里，冯梦龙对“程朱理学”进行了反驳，他认为以二程为代表的儒学大师，重视“理”的作用，认为“理”是“情”的规范，但是没有认识到“情”对“理”的反作用。如果像二程那样的理学大师，只认定

---

① （宋）朱熹编《河南程氏遗书》（卷二十二·下），商务印书馆，1935，第328页。

② 魏同贤主编《冯梦龙全集·情史》，凤凰出版社，2007，第978页。

“理”，就会出现“饿死事极小，失节事极大”这种有悖人性的惨剧；反之，冯梦龙认为，理性之根本还在于“情”，如果失去人情，那么“理性”也就失去其应有的意义。这种重视人性、人情的思想，可以看作冯梦龙对程朱理学的反驳，也是以“情”反“理”的有力证据。

冯梦龙反对封建理学压制人欲、钳制人们的思想，但是，冯梦龙的文艺思想依然以儒家思想为基础。他秉持的还是儒家思想中的“性情说”。冯梦龙所处的时代，正是公安派的“性灵说”、李贽的“童心说”大行其道之时，这一时期，整个社会就是在一种反对封建“理性”的大环境下，肯定秦汉时期的哲学观、文学观。公安派倡言“文必秦汉，诗必盛唐”，“大历以后书勿读”的复古论调影响特别大，以至于“天下推李、何、王、李为四大家，无不争效其体”。[①] 因此，冯梦龙能提出一些属于自己的“情为理之维”的观点，也是基于这种早期儒家经典思想的积淀。

第三节　“情教说”基本观点与内涵

一　冯梦龙“情教说”的明确提出

冯梦龙出身于儒学之家，自幼熟读经史，传统的儒学思想沉潜于其心底。他的青年时期，正是王阳明、李贽的学说盛行天下的鼎盛时期，其学说强调“士君子立身天地间，惟出与处而已。出则发为经纶，思以兼善天下；处则蕴为康济，思善其乡以先细民”[②] 的理想人格，这种理想追求符合冯梦龙所期望的人生价值。他面对的晚

① （清）张廷玉等撰《明史·卷二八六·李梦阳传》，中华书局，1974，第7348页。

② （明）王畿：《龙溪王先生全集》，齐鲁书社，1997，第281页。

明现实比起王阳明生活的时期更加腐朽，社会矛盾日益尖锐，时时都有崩溃的可能。而冯梦龙作为一介士子，科举失败，不能通过政治的途径来匡正时弊，便采用立言的形式来关注社会。怎样更有效地匡正时弊，现实迫使他做出理性的思考。

冯梦龙为什么不以理学教化世人呢？冯梦龙生活在江南富庶之地，民智开化，追求“自我”。他认识到程朱理学的虚伪冷漠，虽然他没有明确指出程朱理学的“以理杀人”，但在他的作品中已不自觉地流露出来，像杜十娘、赵京娘这些美丽的女性都是在理学这把利剑之下香消玉殒。李甲作为贵公子与名妓杜十娘相爱，当他落魄之际，杜十娘拿出银两资助他，此时的李甲情绪激昂，坦诚相告，抒发挚情，“若不遇恩卿，我李甲流落他乡，死无葬身之地矣。此情此德，白头不敢忘也”①。当两人自由地走出京都，杜十娘沉浸在对新生活的憧憬之中，而李甲近乡情怯，黯然伤神，因为他无法平衡封建家庭和杜十娘的关系。在这种情况下，与盐商孙富相遇，孙以理学纲常质问李甲，致使李甲哑口无言。“尊大人位居方面，必严帷薄之嫌，平时既怪兄游非礼之地，今日岂容兄娶不节之人。”孙富以封建卫道士面孔出现咄咄逼人地质问李甲：“若挚之同归，愈增大人之怒，为兄之计，未有善策，况父子天伦，必不可绝，若为妾触父，因妓而弃家，海内必以兄为浮浪不经之人，异日妻不以为夫，弟不以为兄，同袍不以为友，兄何以立天地之间？”② 这些纲常名教，强调君君、臣臣、父父、子子，李甲没有勇气突破这一藩篱，最终无情地抛弃杜十娘。杜十娘的悲剧体现了理学的冷酷。如果说杜十娘死于礼教、孝悌观念，那么赵京娘则死于封建道义的虚伪。当赵京娘爱上勇敢、正直的赵公子时，赵匡胤拒绝京娘的理由是：“本为义气上千里步行相送，今日若就私情，与那两个响马何异，把从前的

① 魏同贤主编《冯梦龙全集·警世通言》，凤凰出版社，2007，第381—382页。

② 魏同贤主编《冯梦龙全集·警世通言》，凤凰出版社，2007，第385页。

一片真心，化为假意，惹天下豪杰们笑话。”① 这里的赵公子不是考虑京娘的情感，而是自己所追求的仁义之名是否受到损害，赵公子为了维护自己所代表的道义，牺牲赵京娘性命。冯梦龙由此提示了读者程朱理学的虚伪与无情。传统的儒学思想再加上阳明心学思潮的理论影响，强化了冯梦龙积极入世的信念。明代中后期的社会现状迫使他积极进取，为社会做一些切实的工作。以当时情势以理学匡正时弊是不可能的，于是冯梦龙采取以情教化世人。

冯梦龙在《情史》叙中提出情教思想，“我欲立情教，教诲汝众生”，使这个社会“无情化有，私情化公，庶乡国天下，蔼然以情相与，于浇俗冀有更焉”。冯梦龙是一位文学家，同时也是一个出色的文艺理论家。虽然，他没有出版专门的文艺理论著作，但是在《情史》叙中提出的“情教说”，是其文学本体论纲领性的宣言。他的“情一元论”，就是在《情史》叙中明确提出来的。

> 天地若无情，不生一切物。一切物无情，不能环相生。生生而不灭，由情不灭故。四大皆幻设，惟情不虚假。有情疏者亲，无情亲者疏。无情与有情，相去不可量。我欲立情教，教诲诸众生。子有情于父，臣有情于君。推之种种相，俱作如是观。万物如散钱，一情为线索。散钱就索穿，天涯成眷属。若有贼害等，则自伤其情。如睹春花发，齐生欢喜意。盗贼必不作，奸宄必不起。佛亦何慈悲，圣亦何仁义。倒却情种子，天地亦浑沌。无奈我情多，无奈人情少。愿得有情人，一齐来演法。②

在这里，冯梦龙明确了自己文学创作的目的是“我欲立情教”，

---

① 魏同贤主编《冯梦龙全集·警世通言》，凤凰出版社，2007，第228页。

② 魏同贤主编《冯梦龙全集·情史》，凤凰出版社，2007，第879页。

其作用在于“教诲诸众生”。作家把自己创作的内容以“情”加以呈现，进而反映社会生活。他认为“情是天地万物的根本”，“天地若无情，不生一切物”。在“情一元论”的思想指导下，冯梦龙提出了“情教说”，这也是他的文学创作本体论。

二　冯梦龙“情教说”的基本观点

文学“教化”论是贯穿于中国古代文学理论发展史上的一条主线，其核心范畴为“诗言志”“美刺说”“文以载道”。袁行霈先生认为，中国古代文学思想最根本的理念是“将文学视为崇高和永恒的事业”[①]。应该说，这个理念就蕴含在冯梦龙的文学“教化论”之中。冯梦龙强调文学教化作用，其理由有以下两个。一是，从历史延续性看，任何文学性都不可能是对传统的割断，处于晚明的冯梦龙的思想仍然是传统思想在时间上的位移。变形和位移会造成明代与前代的差异，但变形和位移会根据时代要求利用传统的教化理论根基。二是，作为中国古代文学理论的主流，文学“教化论”适应中国的文化土壤，有着顽强的生命力，一旦有适应的气候必然会滋生。

文学“教化论”是把“载道”作为文学最主要的社会功利目的，在冯梦龙的教化论中，基本观点是“主情”，用情去教化人。冯梦龙时时刻刻都在践行自己的“情教论”，不错过任何一个能够“以情化人”的机会。他谈道：“见一有情人，辄欲下拜，或无情者，志言相忤，必委曲以情导之。”[②] 冯梦龙的情教观的实用性非常强，万事万物都可以统一在他的“情教说”里。另外，在传统的

---

① 张德建：《中国古代文学思想与新世纪文学理念学术研讨会综述》，《文学评论》2002 年第 2 期。

② 聂付生：《冯梦龙研究》，学林出版社，2002，第 66 页。

“美刺说”中，古代文学“教化论”重点在“刺”，它是由对政治缺失的批判发展为对社会的批判和对民众的同情。冯梦龙的文本论则重点在“情”，即使是反映苦难，也最终会因为“情”化苦为甜，目的仍是通过对“无情”的诅咒，反衬“有情”的美好。明末，虽然资本主义萌芽出现，被看作启蒙主义兴起时期，在文学理论上仍然注重文学“适俗导愚”的社会功能，强调文学对现实社会的作用。冯梦龙重点放在文学对人及人性的全面反映上，在人文上突出文学对人的终极关怀。从冯梦龙与文学“教化论”的关系上看，他主张的“情教”文学价值的内涵已完全改变了，但对文学思考的思维范式仍然没有发生根本性的改变，还是更多考虑文学对社会的普遍教化意义。这可以看作冯梦龙情教思想“适俗导愚”作用的积极影响。

“情”与“情教”是两个不同层次的概念。明初，徐祯卿曾说：“情者，心之精也。”[①] 冯梦龙对“情”的理解更为宽泛，他不只是把它作为联系人与自然、人与社会的一条必不可少的纽带，而且将其提升到本体的高度，试图建立一套与儒教、道教、佛教并列，类似宗教的教化理论体系。冯梦龙曾在《情史》叙中说：

> 尝戏言：“我死后不能忘情世人，必当作佛度世，其佛号当云‘多情欢喜如来’。”有人称赞名号，信心奉持，即有无数喜神前后拥护，虽遇仇敌冤家，悉变欢喜，无有嗔恶妒嫉种种恶念。[②]

冯梦龙以“情”为出发点，把情看作决定一切的根源。他在《情史》叙中说：“天地若无情，不生一切物。一切物无情，不能环

① 李双华：《吴中派与中晚明文学》，中国社会科学出版社，2012，第276页。

② 魏同贤主编《冯梦龙全集·情史》，凤凰出版社，2007，第877页。

相生。生生而不灭，由情不灭故。四大皆幻设，惟情不虚假。”[①] 冯梦龙则彻底颠覆了先前的情理关系，提出：“世儒但知理为情之范，孰知情为理之维乎？”[②] 他主张“情为理之维”。他坚信：第一，人和世界诞生的本源起于“情”，因为“天地若无情，不生一切物”；第二，“一切物无情，不能环相生”，人类社会制度确立的依据发端于“情”；第三，审视和评判世界以及人的价值尺度是“情”，“无情与有情，相去不可量”；第四，能够具有永恒超越性质的还是“情”，因为“生生而不灭，由情不灭故”；第五，“情”本身具有生成和改变世界的能力，“四大皆幻设，惟情不虚假”；第六，“情”的最高的体现者是人，“有情疏者亲，无情亲者疏”，只有人才能真正体现出“情”的价值和意义。这段纲领性的阐述，给我们提供了两个很有价值的理论命题：“万物有情”与“情不灭”。这两个命题在宋明理学逐渐式微、王派左学蓬勃发展之时提出，有特殊意义。

冯梦龙用自己的文学作品去实践“情教”比“理教”更具有说服力。他在《寿宁待志》中说：“磨世砥俗，必章劝诫。”[③] 他的著名的“三言”从其取名即可看出“教化”的目的。冯梦龙说：“明者，取其可以导愚也；通者，取其可以适俗也；恒者，习之而不厌，传之而可久。三刻殊名，其义一耳。”[④] 就是说，他编撰、刊刻“三言”，目的是要适俗导愚，教化百姓。通观“三言”，差不多每篇都有“劝诫”之意，开头、结尾均引诗词，并在“入话”中概括地表明劝善惩恶的观点。而“劝”的工具便是“情”。相较以往“以理化人”的传统，“以情化人”是具有革新性质的文艺观念。

“情教说”的提出，利于文艺作品向市民倾斜，有助于新文艺观

---

① 魏同贤主编《冯梦龙全集·情史》，凤凰出版社，2007，第877页。

② 魏同贤主编《冯梦龙全集·情史》，凤凰出版社，2007，第877页。

③ 魏同贤主编《冯梦龙全集·寿宁待志》，凤凰出版社，2007，第714页。

④ 魏同贤主编《冯梦龙全集·醒世恒言》，凤凰出版社，2007，第414页。

念的形成，体现了“情”作用于文艺、作用于“人”的结果。在通俗文艺方面，包括编撰传奇、长短篇小说和山歌，冯梦龙是一位市民阶层文艺家，反映的是市民阶层的文艺思想，代表的是市民阶层的利益。他的“情教”观，实际上也就是市民阶层的思想和愿望在文艺观上的体现。按照儒家的传统观念，特别是在倡导“文以载道”的宋明理学家眼中，文艺领域并没有通俗文艺的地位，传奇、小说、山歌、戏曲都是不入流的市井文艺，更不必说从“情”的角度，把文艺的特性与理论联系起来进行分析和探讨。因此，冯梦龙的文艺实践活动，直接冲击着以“理”为标尺的文艺观念，特别是他的“情教观”，以“无情化有，私情化公，庶乡国天下，蔼然以情相与”为核心的新观念，更是与千百年来作为统治思想的封建伦理相对立，与宋明理学的主旨相悖。冯梦龙对通俗文艺的重视，及其在以“情教”为支柱的文学理论上的创造性成就，在当时历史条件下，是属于新的文艺观念范畴的，有助于新的文艺观念的形成。

三　冯梦龙“情教说”文艺实践及内涵

（一）冯梦龙“情教说”的文艺实践

冯梦龙为了把自己主张的“情教说”具体化，他用一生来创作并践行情教理论。冯梦龙充分利用文艺作品流传的广泛性为宣传自己创立的“情教说”服务。他把这一新的文艺思想融入每个文艺作品之中，要无处不在地宣传他的“情教”。

冯梦龙为了彰显“情教”无所不在的蕴含力，把儒家传统“六经”也纳入“情教”的范畴之中，他指出：“六经皆以情教也，《易》尊夫妇，《诗》有《关雎》，《书》序嫔虞之文，《礼》谨聘奔之别，《春秋》于姬姜之际详然言之，岂非以情始于男女?”[①] 冯梦龙借助“六经”的重要性来提升自己的“情教”主张，这对推动“情教”宣传起到了积极作用。万物之“情”均始于男女之“情”，肯定“情”，把“情”视为万物之情的基础，进而把男女之情视作“情教”的基石，冯梦龙就是“借男女之真情，发名教之伪药”[②]。“情”的重要作用靠什么来体现？“情”的作用何在？冯梦龙倡立“情教”的一个目的是以男女之情为载体、手段，去解放“理”对人的束缚。从而确立“情教”的重要作用和地位。

冯梦龙为了使他倡导的“情教”更加深入人心，充分利用当时风行一时的通俗话本小说，把他的“情教”理想融入话本小说的故事情节之中，让读者在阅读过程中受其感化。在冯梦龙编撰的“三言”中，凡是涉及男女爱情的话本小说均极力突出男女之情惊天地、泣鬼神的力量，以至于传统封建道德约束力在这种“真情”所产生的力量面前表现得如此渺小、如此不堪一击。这种“真情”的力量在小说《蒋兴哥重会珍珠衫》中表现得淋漓尽致。蒋兴哥与三巧儿原是一对恩爱夫妻，只因蒋兴哥外出经商，长久不归，三巧儿经不起引诱，红杏出墙。蒋兴哥得知事情的原委以后，非但不怪罪三巧儿，反而只怪自己“贪着蝇头微利，撇他少年守寡，弄出这场丑来，如今悔之何及!”[③] 当他得知被休后的三巧儿改嫁吴知县时，“临嫁之夜，兴哥顾了人夫，将楼上十六个箱笼，原封不动，连匙钥送到吴知县船上，交割与三巧儿，当个陪嫁”[④]。蒋兴哥身陷人命官司，三巧儿再次见到蒋兴哥时，吴知县了解到三巧儿与蒋兴哥从前恩爱，以及休妻再嫁之事，说：“你两人如此相恋，下官何忍拆开？幸然在

① 魏同贤主编《冯梦龙全集·情史》，凤凰出版社，2007，第3页。
② 傅承洲：《冯梦龙文学研究》，中国社会科学出版社，2013，第266页。
③ 魏同贤主编《冯梦龙全集·喻世明言》，凤凰出版社，2007，第15页。
④ 魏同贤主编《冯梦龙全集·喻世明言》，凤凰出版社，2007，第22页。

此三年，不曾生育，即刻领去完聚。”① 在这里，“理”让位于“情”，因此，蒋兴哥才能不计前嫌为妻子送嫁妆，“理”服从于“情”，唯此吴知县才能让他们团圆。男女真情主宰了所有人的行为。这篇小说是对冯梦龙“情教说”的最生动的诠释。

《杜十娘怒沉百宝箱》则从另一个角度对“情教说”进行了诠释。杜十娘是一个为了“情教”以身殉情的刚烈女性，不为情生，便为情亡。小说中，杜十娘与李公子真情相好，杜十娘见李公子忠厚志诚，便决心托付终身于他，而李甲最终屈服于“礼教”，在“理性”制约下把杜十娘让给别人。当杜十娘得知李甲把她让与孙富之时，她宁愿以身殉情，也不愿委身于无情之人。杜十娘以自己的生命谱写了一曲壮烈的“情教”颂歌。杜十娘完全靠“情”活着，一旦失去“情”的支撑，便丧失了继续活下去的勇气，而李甲的“情”却不可靠，是“伪情”，让杜十娘丧失对人间的留恋，导致悲剧发生。

冯梦龙在另一篇小说《乐小舍拚生觅偶》中进一步诠释了“情之至极，能动鬼神”的思想。小说中，乐和见顺娘被钱塘江潮水卷入江中，他也随之跳入江中救人，小说写道：“他那里会水，只是为情所使，不顾性命。”正因为他的真情感动了潮王，潮王让小鬼从神帐后面将顺娘送出，最后两人紧紧相抱，浮出水面。他俩被众人救醒之后，由安老三做媒，结为夫妻。冯梦龙最后评论道：“少负情痴长更狂，却将情字感潮王；钟情若到真深处，生死风波总不妨。”② 就如汤显祖在《牡丹亭》题词中所说：“情不知所起，一往而深，生者可以死，死可以生。生而不可与死，死而不可复生者，皆非情之至也。”③ 男女真情可以超越生死之界，似乎是荒诞的，但在冯梦

① 魏同贤主编《冯梦龙全集·喻世明言》，凤凰出版社，2007，第 27 页。
② 魏同贤主编《冯梦龙全集·警世通言》，凤凰出版社，2007，第 273 页。
③ （明）汤显祖：《牡丹亭记》（卷六），人民文学出版社，1963，第 321 页。

龙的“情教”理论指导下其文艺创作中融入大量为情生死的事情。在冯梦龙加工整理或创作的话本小说中，“情”作为一种无所不在的超自然力量，支配着人物的思想行动乃至人物命运，就如他在《情偈》中所说：“一切物无情，不能环相生。生生而不灭，由情不灭故。”冯梦龙正是从这种哲学观与世界观出发来观察解读人类社会以及整个世界，“情”是维持人类社会正常运转必不可少的非物质的力量。“情教说”实质上代表了冯梦龙一种全新的哲学观与世界观，这种哲学观与世界观与主张“发乎情，止乎礼”的程朱理学相反，开辟了以情为本的文艺新天地。冯梦龙的“情教说”是晚明思想流派，由于冯梦龙在晚明文艺领域取得的巨大成就，他的“情教说”在晚明文学思想领域中产生的影响是非常大的。

（二）冯梦龙文艺“情教说”的内涵

在晚明主“情”的文艺风潮中，各家立足点不同，对“情”展现的层面也各不一样。提出“氤氲化物，天下亦只有一个情”[①]的李贽，强调的是“情”之真，认为“至其真，洪钟大吕，大扣大鸣，小扣小应”，情感真挚与否，直接关系到受众对其接受的深浅程度。俱系精神髓骨所在，甘愿“为情作使”的汤显祖展现的是情之深，他认为“情”乃“不知所起，一往而深，生者可以死，死可以生”[②]。冯梦龙作为主“情”文艺风潮的后起之秀，首先对“情”持肯定的态度，他的“人生，而情能死之；人死，而情又能生之”[③]的论断，在其创作的文艺作品中有缜密的语言来论证情的本体论属性。冯梦龙对“情”充分肯定，不仅与前辈一脉相承，还更加深刻透彻。冯梦龙的“情教说”与晚明泛滥的“情欲”思想不同，冯梦龙

---

① 傅小凡：《李贽哲学思想研究》，福建人民出版社，2007，第250页。

② （明）汤显祖：《牡丹亭记》（卷六），人民文学出版社，1963，第321页。

③ 魏同贤主编《冯梦龙全集·情史》，凤凰出版社，2007，第340—341页。

的“情教说”的重点为纠正“情”带来的“情欲”泛滥。《情史》首卷专门设立“情贞类”等二十四类作品，篇末或卷末仿照《史记》“太史公曰”笔法，以“情史氏曰”“情主人曰”等形式加以评论，企图以司马迁在《史记》中的评论模式来展现情感的内在规律。具体而言，《情史》对“情”内在品性的呈现以及对“情”的规正主要表现在以下几个方面。

首先，“情”有不同表现形态，应该区别对待。冯梦龙主张应谨慎对待《情史》中“情豪类”“情痴类”“情秽类”“情外类”等卷目故事，正是对“情”的内在规律的生动阐释。在这些卷目的作品中，有人为情而豪，如“情豪类”《夏履葵商纣》中的夏履葵，为了情欲的满足，“殚百姓之财，为肉山脯林，酒池可运船，糟堤可以望十里，一鼓而牛饮者三千人”[①]；有人为情而痴，如“情痴类”《尾生》中的尾生，“与女子期于梁，女子不来，水至不去，抱梁柱而去”[②]；有人好淫之情，如“情秽类”晋贾后“荒淫放恣，与太医令程据等乱”。冯梦龙认为“情”与主人公的个性密切相关，是一种“匹夫自喻适志”的存在，同时指出“杨香情急于救父，故以孱女而扼虎；张俊情急于救妻，故以匹夫而毙虎，世上忠孝节义之事，皆情所激”（“情豪类”《张俊》的评语）。有情豪、情痴，才会做出情贞、情侠之举。当然从结局来看，主人公对“情”的追求并不都能带来美满结局，为之而丧身亡国者大有人在。在此情况下，对主人公故事结局进行考量，进而提醒人们对“情”慎而待之是冯梦龙惯用的调节“情”的方法。如在“情痴类”幽王篇中，面对周幽王因烽火戏诸侯而最终亡国的结局，冯梦龙于篇末发了这样一段议论：“宾媚人一笑，几亡其国。褒姒一笑，几亡天下。从来笑祸无大于此。然齐顷以媚其母，而周幽以媚其宠人，故幽竟见杀，而顷卒吊

① 魏同贤主编《冯梦龙全集·情史》，凤凰出版社，2007，第423页。

② 魏同贤主编《冯梦龙全集·情史》，凤凰出版社，2007，第226页。

死问疾，以兴其国，所由笑者殊也。”[1] 平常的“笑”并不会带来灾难，而周幽王痴迷褒姒，为博美人一笑，竟导致国家灭亡。这种“情”虽“痴”，却“傻”，是毫无原则的“情”冲动。

其次，情缘不可强求，“情”的付出和回报并不必然呈正比，所以对“情”的付出不应苛求回报。《情史》中“情缘类”“情憾类”“情仇类”“情累类”等4卷作品正是对“情”的这一特征的形象说明。《情史》中“情缘类”包括44篇小说，其中主人公或竭力追求心仪之人而终不能成合，或千方百计逃避其配偶而终不可得。《情史》中“情憾类”包括4篇小说，其中男女主人公两情相悦，但由于各种原因，最终劳燕分飞，天各一方，饱受相思离别之苦。《情史》中“情仇类”包括5篇小说，其中主人公原本相爱，但终因其中一人不能善始善终而最终结怨成仇。《情史》中“情累类”包括5篇小说，其中的主人公或因情而丢官免职，身陷囹圄，或因情而上当受骗，失去钱财。以上对于“情”结局的或无奈或消极的特征，冯梦龙在予以客观展现的同时，经常发出：“嗟，嗟！无情者既比于土木，有情者又多其伤感，空门谓人生为苦趣，诚然乎，诚然乎！”[2] 冯梦龙将世人行为分为三种：一种是“无情之人”毫无生机，犹如土地和树林，体会不到“情”给人带来的愉悦；第二种是“有情人”，却因感情过于丰富而常受伤害，感到伤心；第三种是出家人，物我两忘，将人生的“情劫”看作“苦海”，求解脱。在“情憾类”卷末，冯梦龙一再提出“啬财之人，其情必薄。然三斛明珠，十里锦帐，费奢矣。要皆有为为之。成我豪举，与供人骗局，相去不啻万万也。天下莫重于情，莫轻于财。而权衡必审，犹有若此，况于偾事败名，履危犯祸，得失远不相偿，可不

① 魏同贤主编《冯梦龙全集·情史》，凤凰出版社，2007，第229页。

② 魏同贤主编《冯梦龙全集·情史》，凤凰出版社，2007，第651页。

慎与?”① 冯梦龙认为财富没有“情”重要，过分看重“财富”的人是不能重视“情感”的。这些卷末评语，提醒人们在情的追求中，既应随遇而安，又应极为慎重。

最后，“情贞”与“情秽”之间没有不可逾越的鸿沟，用情稍有不当，情贞即会转化为情秽，对此，人们应提高警惕。《情史》中，冯梦龙对“情”这一特征的展现主要贯穿在“情秽类”“情妖类”“情外类”等卷目故事的叙述中。以“情秽类”中的河间妇为例，河间妇原是一个非常贞洁的妇人，嫁人之前，她鄙视乡里恶少们的丑行，绝不与他们有一言来往。嫁人后，其不仅恭敬地侍奉婆婆，与公公保持相当的距离，而且与丈夫相敬如宾，恩爱非常。后来，乡间恶少为破坏其贞洁，先是设计引诱，在引诱不成的情况下，就强行玷污了她。令人意外的是，在被玷污之时，她看上了乡间恶少的美貌，遂不能忘情。回家后，她看丈夫越来越不顺眼，并最终设计害死丈夫。丈夫死后，她不仅不穿孝服，甚至与恶少裸逐于家中。一年后，恶少精力衰退，河间妇便将其赶出家门，并遍招长安无赖男子，昼夜交欢，以致乡里品德最坏的人也羞于提到河间妇的名字。这里“情”退化为“秽”的层次，河间妇已没有廉耻可言，只求欲望宣泄，是冯梦龙所唾弃的。认识到了“情”易变的内在规律，在“情秽类”卷末语中，冯梦龙发了这样一段议论：“情，犹水也。慎而防之，过溢不上，则虽江海之决，必有沟浍之辱矣。情之所悦，惟力是视。田舍翁多收十斛麦，遂欲易妻，何者？其力余也。况履极富贵之地，而行其意于人之所不得禁，其又何堤焉。始乎宫掖，继以戚里，皆垂力之余而溢焉者也。上以淫导，下亦风靡。生斯世也，虽化九国而为河间，吾不怪焉。夫有奇淫者，必有奇祸。汉唐贻笑，至今齿冷。宋渚清矣，元复浊之。大圣人出，而宫内肃

① 魏同贤主编《冯梦龙全集·情史》，凤凰出版社，2007，第543页。

然，天下之情不波，猗与休哉！"[①] 他在议论中提醒人们对情应持以谨慎的态度。综上，《情史》评辑之所以分为24卷，既与冯梦龙对宋明以来"情"与"理"关系的哲学思考密切相关，也与其"无情化有，私情化公"之情之规正目的紧密相连。《情史》24卷作品的合力，即是对冯梦龙"我欲立情教，教诲诸众生"责任意识的共同承当，也是其创作内涵的所在。

第四节 "情教说"的特征与表现

一 "人"类"情"

"情"是什么呢？从字面来看，《说文解字》释曰："人之阴气有欲者。从心青聲。疾盈切。"[②] 这就是说，汉字中的"情"最初就代表着人的欲望、情感。董仲舒曰："情者，人之欲也。人欲之谓情，情非制度不节。"[③] 他也肯定"情"是人的欲望，董氏从儒家的角度看，要人们节制这种欲望，要求人们克制"情感、欲望"的诉求。

《礼记·礼运》曰："何谓人情？喜怒哀惧爱恶欲，七者，弗学而能。"[④] 这里具体指出了"情"的范畴，这七种情感是与生俱来的，无须后天习得。《左传》中指出："民有好恶喜怒哀乐，生于六气。"[⑤] 左丘明也认为"情感"的存在，是以情绪的形式加以展现

① 魏同贤主编《冯梦龙全集·情史》，凤凰出版社，2007，第10页。

② （东汉）许慎：《说文解字》，天津古籍出版社，1991，第217页。

③ （清）段玉裁注《说文解字注》，上海古籍出版社，1988，第502页。

④ 《礼记·礼运》，北京大学出版社，1999，第689页。

⑤ 杨伯峻编著《春秋左传注》（修订本），中华书局，1990，第1458页。

的。自古以来，中国就有关于“情”的认知，但是先哲们都认为情感的宿主是人，认为只有“人”才具备情。冯梦龙则不同，他赋予万事万物情感，有生命的主体、无生命的主体甚至是幽冥幻象都是具有“情”的。这便是冯梦龙与众不同的“情生万物”“万物有情”思想的体现。

用冯梦龙的视角来解读，“情”类似于“风”，他描述道：“情主动而无形，忽焉感人，而不自知。有风之象，故其化为风。风者，周旋不舍之物，情之属也。”① “情”是一种唯心的感觉，并非客观实际的存在，冯梦龙只好把“情”比喻为“风”，这种飘忽不定的感觉，只为自己中意的人或物停留。冯梦龙对“情”有着深刻而细致的研究，按照“情”发生主体的不同，将其分为三个层级。人与人之间的情感，是随时存在的，并且“情”根植、依附于“人”这个主体。人与人的情感主要分为亲情、爱情、友情。爱情，一般主体是男女恋爱双方。冯梦龙还依据现实生活，提出了同性之爱，更全面、多样地阐释了人与人的情感类型。

（一）重“亲情”

在《情史》叙中，冯梦龙指出：“六经皆以情教也。《易》尊夫妇，《诗》有《关雎》，《书》序嫔虞之文，《礼》谨聘奔之别，《春秋》于姬姜之际详然言之，岂非以情始于男女，凡民之所必开者，圣人亦因而导之，俾勿作于凉，于是流注于君臣、父子、兄弟、朋友之间而汪然有余乎！”② 在他看来，“六经”都非常重视“情”。为什么《六经》都以情言之，主要是因为民众相对愚昧，圣人要用自己的智慧开化民众，采用了以情导之的方法，并达到了事半功倍的效果。“情”，内涵博大而精深，君君、臣臣、父父、子子封建诸理

① 魏同贤主编《冯梦龙全集·情史》，凤凰出版社，2007，第145页。

② 魏同贤主编《冯梦龙全集·情史》，凤凰出版社，2007，第3页。

皆在其中。

君臣父子都包含在“情”之中，排斥人伦亲情的言论，在冯梦龙看来就是异端了。在《情史》叙中，冯梦龙犀利地批判了“异端之学，欲人鳏旷以求清净，其究不至无君父不止，情之功效亦可知已”①。在他看来，那些异端之学，想让人清心寡欲的学说，其最终是不能动摇君臣父子这种基本情感的，可见与生俱来的这份“亲情”是多么的重要。在《麟经指月》序言中，冯梦龙的弟弟冯梦熊详细地记叙了冯梦龙是如何学习经典的，并且阐释了哥哥在治学方面对自己的影响：“余受《春秋》于兄弟而同困者也，闻其言而共闵默焉。”② 兄弟之间一起学习经典，兄长为弟弟指点迷津的画面跃然纸上，兄弟间的手足亲情由此可见一斑。生活中的亲情，时时刻刻浸润着冯梦龙的内心，因此他不能接受那些斩断亲情以求自我发展的“异端之学”。

（二）厚“友情”

冯梦龙一生交友广泛，从现存文献可知，他的朋友“近百人”③。朋友们对冯梦龙的评价很高，可见冯梦龙本身就是一个重视友情的人。文从简在《冯犹龙》中这样评价：“早岁才华众所惊，名场若个不称见。一时名士推盟主，千古风流引后生。”④ 朋友的不吝称赞，既说明了冯梦龙的才华出众，也反映了二人友情的深厚。冯梦龙一生的走向都牵动着文从简。只有充分了解冯梦龙的人生经历和卓越的文学成果，才能用四句诗高度而又深刻地对冯梦龙的为人进行概述。王挺对冯梦龙也有很高的评价，他在诗中写道：“学道

① 魏同贤主编《冯梦龙全集·情史》，凤凰出版社，2007，第973页。
② 高洪钧编著《冯梦龙集笺注》，天津古籍出版社，2006，第17页。
③ 高洪钧编著《冯梦龙集笺注》，天津古籍出版社，2006，第333页。
④ 陆树仑：《冯梦龙研究》，复旦大学出版社，1987，第69页。

毋太拘，自古称狂士。风云绝等夷，东南有冯子。上下数千年，澜翻廿一史。”① 作为冯梦龙的挚友，王挺并未因科场上的失败而轻视冯梦龙，反而充分肯定其才学，认为他知识广博，是不可多得的人才。只有真正的朋友，才能给予他公正客观的评价。

冯梦龙对友情有着自己深刻而独特的认识。冯梦龙在《警世通言》中收录了“俞伯牙摔琴谢知音”的故事，他的友情观也寓于其中。小说开篇写道：“古来论交情至厚，莫如管鲍。管是管夷吾，鲍是鲍叔牙。他两个同为商贾，得利均分。时管夷吾多取其利，叔牙不以为贪，知其贫也。后来管夷吾被囚，叔牙脱之，荐为齐相。这样朋友，才是个真正相知。这相知有几样名色：恩德相结者，谓之知己；腹心相照者，谓之知心；声气相求者，谓之知音，总来叫做相知。”② 冯氏用管鲍的交情，来阐述友情的几个不同层级。道德观、价值观相近的朋友，可以称为“知己”；肝胆相照、荣辱与共的朋友，可以称为“知心”；声音、气味（脾性）相投的朋友，可以称为“知音”。高山流水般的“知音”式友情，也成了后世倾慕的典范。冯梦龙的友情观是很纯粹的，没有夹杂功利的内容。

冯梦龙的《喻世明言》（第七卷）中叙述了“羊角哀舍命全交”的故事，此故事也是以友情为主线的。小说开篇就引用了管仲和鲍叔牙的友情作为引子，引出了“偶然相见，结为兄弟，各舍其命，留名万古”③ 的左伯桃和羊角哀的故事。这两个人物，都用自己的生命去成全朋友。在故事的最后，冯梦龙感慨道：“古来仁义包天地，只在人心方寸间。二士庙前秋日净，英魂常伴月光寒。”④ 这是他的儒家正统思想的体现，以仁义为重的友情是儒家经典所歌颂

① 陆树仑：《冯梦龙研究》，复旦大学出版社，1987，第 70 页。

② 魏同贤主编《冯梦龙全集·警世通言》，凤凰出版社，2007，第 101 页。

③ 魏同贤主编《冯梦龙全集·喻世明言》，凤凰出版社，2007，第 232 页。

④ 魏同贤主编《冯梦龙全集·喻世明言》，凤凰出版社，2007，第 237 页。

的。冯梦龙通过左伯桃和羊角哀的故事，再次演绎和强调了“朋友有义”的重要性。

（三）尊“爱情”

首先，冯梦龙对于男女之间的爱情是给予充分肯定的。对于人世间最纯粹的男女之情，冯梦龙是有切身体验的。在悼念侯慧卿的诗文中，冯梦龙满怀深情地写道：“诗狂酒癖总休论，病里时时昼掩门。最是一生凄绝处，鸳鸯冢上欲招魂。”[①] 从现存典籍来看，冯梦龙是异性恋者，他本人对爱情的看法也经历了不同的阶段。

第一阶段，冯梦龙认为男女相悦，即可相爱。在冯梦龙初期的爱情观里，充斥了大量的郎才女貌、才子佳人的恋爱模式。比如在《卖油郎独占花魁》《杜十娘怒沉百宝箱》等拟话本中，女子都是美丽动人、色艺双全，男子要么是发达的商人，要么就是科举高中的读书人。恋爱中的双方，都处于人生最美好的巅峰时刻——年轻貌美、才华横溢。这与冯梦龙自己与侯慧卿的爱情经历有关。冯梦龙才华横溢，加上他能够创作一些适合青楼女子演唱的曲子，更是深受妓女们的喜爱。侯慧卿比冯梦龙更加了解现实社会的残酷，诚然她爱慕冯梦龙的才学，但是她更在意自己后半生的生活质量，所以，她义无反顾地嫁给了一个商人。通过自身的经历，冯梦龙最终明白这种才子佳人的爱情模式，最终未必都能有好的结局。卖油郎靠自己的诚意打动了花魁娘子，但这也是建立在卖油郎生意做强做大的基础上的。生活近似于残酷的真实，让冯梦龙感叹：“自来忠孝节烈之事，从道理上做者必勉强，从至情上出者必真切。”[②] 这一点从《庄子休鼓盆成大道》即可以获得印证。庄子在起死回生后，对妻子唱的歌词中就表达了自己的爱情观——“人之无良兮，生死情移。

① 魏同贤主编《冯梦龙全集·挂枝儿》，凤凰出版社，2007，第 857 页。

② 魏同贤主编《冯梦龙全集·情史》，凤凰出版社，2007，第 36 页。

真情既见兮，不死何为”①，意思是说没有真情的人，伴侣死去后就会移情别恋，而真心相爱的两个人，一个死去，另外一个人也必然没有办法活下去。到了这一层次，冯梦龙对于男女之间的恋爱关系有了新的认识，从最初的相悦即可以相爱，逐渐转向了对爱情忠贞与否的探讨。

第二阶段，从对爱情的忠贞性探讨到肯定男女情欲合理性的发展。随着年龄增长与阅历的丰富，冯梦龙逐渐摆脱了初级恋爱模式，进一步探讨爱情内部的合理性。首先，恋爱的双方应从道德上忠于彼此，用忠贞来维持爱情的纯粹。但实际上，通过上文所举的庄周鼓盆而歌就能看出来，要做到长久的忠贞是很困难的，这是对人性的一种挑战。恋爱的双方，会逐渐随着身体机能的衰退而变老变丑，对彼此失去吸引力，这时完全靠道德约束，既不可能实现也背离了爱情自愿的原则。为了社会道德而艰难捆绑在一起的死亡爱情，在冯梦龙看来是难以忍受的，因此他假借庄子之口喟叹：“大块无心兮，生我与伊。我非伊夫兮，伊非我妻。偶然邂逅兮，一室同居。大限既终兮，有合有离。”② 当两人的爱情不复存在的时候，冯梦龙认为就该潇洒地分手。情爱是不能脱离关系的一种相互依存。在情爱的维系中，性成为不可或缺的存在。明代虽然比照前代来说，人欲有所解放，但是在文学作品中，对于性的描述还是遮遮掩掩的。没有近似于白描式的性爱描写，不等于冯梦龙忽视男女关系中“性”的真实存在。人类的性爱，与动物有着本质的区别。除去暴力手段外，发生性关系的双方有选择的权利。在冯梦龙作品里，有一些对于偷情的描述，事实上它也是男女间爱情的一种。传统的媒妁之约，往往是乱点鸳鸯谱，造成了怨憎会、爱别离的凄惨悲剧。在婚姻之外，真心相爱的男女双方，以偷情的方式获得隐秘而又压抑的爱情。

① 魏同贤主编《冯梦龙全集·警世通言》，凤凰出版社，2007，第183页。

② 魏同贤主编《冯梦龙全集·警世通言》，凤凰出版社，2007，第189页。

冯梦龙的《山歌·嫁》中就有这样一对活生生被拆散的小恋人，“嫁出囡子哭出了个浜，掉子寸中恍后生。三月满月我搭你重相会，假充娘舅望外甥”①。这就是一对恋人被活活拆散的悲剧，二人以偷情的方式继续着无望的爱情。这说明冯梦龙对于男女之间的爱情观念，在后期有了转变。人世间的种种沧桑与莫测，不是凭道德就能驾驭的，在情与理的天平上，冯梦龙显然倾向于“情”的一端，将“理”搁置于一旁。

至此，冯梦龙对于男女之间的爱情，有了比较切合实际的感知与理解。他从最初的风花雪月般的简单爱情观，发展到了能为“情”而减少“理”的束缚，这是一种先进的爱情观念，也是明朝民风日盛的必然结果。

其次，冯梦龙对同性之间的“情 ”给予了梳理与点评，表现出超常的宽容。他在《情史》中开辟了专章，来梳理中国历史上比较有名的同性恋故事，统称为“情外类”。在冯梦龙之前，虽然一些书籍也有涉及同性恋的记叙，但是没有人把这种社会客观存在单独列为一类加以阐发，这是冯梦龙的进步之处。

在冯梦龙搜集的同性恋故事里，以帝王将相与男宠的“恋爱”模式最为常见。有代表性的如《龙阳君》《安陵君》，这两则故事都是讲君王宠幸的男子，男宠用自己特有的方式来获取君王的宠爱。魏阮籍《咏怀诗八十二首》为之感叹：

> 昔日繁华子，安陵与龙阳。夭夭桃李花，灼灼有辉光。悦怿若九春，磬折似秋霜。流盼发姿媚，言笑吐芬芳。携手等欢爱，宿昔同衣裳。愿为双飞鸟，比翼共翱翔。丹青著明誓，永世不相忘。②

---

① 魏同贤主编《冯梦龙全集·山歌》，凤凰出版社，2007，第 324 页。

② 倪其心译注《阮籍诗文选译 》，凤凰出版社，2011，第 22 页。

可以说，冯梦龙对于中国古代的同性恋故事有比较详细的梳理。结合明朝实际，冯梦龙笔下的同性恋主要具有以下几个特点。第一，同性恋主要是发生在男性之间。第二，恋爱双方，主动一方多为达官贵人，掌握话语权，这种恋爱是不对等的。第三，冯梦龙所处的时期男风大炽，社会民众对于同性恋行为司空见惯，态度大多比较宽容。冯梦龙对“同性恋”的关注是一种积极有益的文艺实践，更加完善了“情”的内涵。

二 “异”类“情”

除了探寻普通的人类世界情感外，冯梦龙对于自然万物的情感也十分感兴趣。他认为自然界的任何事物都有情感，只是表现形式和人类世界不同。如果说自然界动植物的情感具有一定唯物主义色彩的话，那么冯梦龙对于“人鬼恋”的书写则是唯心的。无论是形而上还是形而下，他都将这一切存在的属于异类的情感看作万物存在的原因，与他本人提出的“情一元论”的哲学思想紧密相连。

（一）人与自然，皆由情通

除了我们人类自身外，自然界其他存在是否也禀赋情感？这是一个深刻的哲学问题，千百年来，人们不断追寻着答案。冯梦龙对此也明确提出了自己的看法：“万物生于情，死于情。人于千万物中处一焉。特以能言，能衣冠揖让，遂为之长。”[①] 首先，冯梦龙还是说自己的世界观建立于“情”的基础上，其世界观与哲学观决定了冯梦龙认为万物有情。但是人之所以能够成为万物的主宰，主要是因为人具有语言功能而且穿上了衣服并有礼仪的约束。冯梦龙认为，

① 高洪钧编著《冯梦龙集笺注》，天津古籍出版社，2006，第142页。

人与动植物的情感是一致的，没有本质区别。这种情感的趋同性，被冯梦龙概括为“其实觉性与物无异”①。为了证明自己的观点，冯梦龙列举了自然界情感的呈现模式“是以羊跪乳为孝，鹿断肠为慈，蜂立君臣，雁喻朋友，犬马报主，鸡知时，鹊知风，蚁知水，啄木能符篆，其精灵有胜于人者，情之不相让可知也”②。冯梦龙把自然界的羊、鹿等动物具有情感含义的行为，归结为动物有情，甚至在某些方面，动物的情感更胜于人类。而这些充满情感的自然之物，一旦有了灵气便会与人发生交集，由此产生很多感人或是骇人的事情。

在《醒世恒言》卷二《三孝廉让产立高明》的入话中，有三兄弟分家产与门前紫荆树荣枯紧密相关的故事。兄弟三人自小一起长大，门前的紫荆树也合抱而生、枝繁叶茂。但是当兄弟们都长大成人要分割家庭财产的时候，紫荆树便枝叶枯死、濒临死亡。最终，兄弟三人和好如初，大树也重新茂盛起来。“紫荆枝下还家日，花萼楼中合被时。同气从来兄与弟，千秋羞咏豆萁诗。”③ 虽然冯梦龙本意是在兄弟和睦上着眼，但是大紫荆树的通人情令人唏嘘不已。除了以树木这种自然界最普通的植物的荣枯来映射兄弟情谊外，冯梦龙作品中还有很多关于异类之间情感的阐释。在这些作品里，人与异类或是和谐统一、达成美好愿望、实现幸福生活，或是与其发生矛盾，最终走向毁灭。比较著名的有《喻世明言》卷三十四的《李公子救蛇获称心》，《醒世恒言》卷五的《大树坡义虎送亲》、卷六的《小水湾天狐贻书》，《醒世恒言》卷二十的《计押番金鳗产祸》等。《醒世恒言》卷四的《灌园叟晚逢仙女》则尤为典型。在《灌园叟晚逢仙女》的入话中，叙述了爱花护花的崔玄微如何对抗风神

① 高洪钧编著《冯梦龙集笺注》，天津古籍出版社，2006，第142页。

② 高洪钧编著《冯梦龙集笺注》，天津古籍出版社，2006，第142页。

③ 魏同贤主编《冯梦龙全集·醒世恒言》，凤凰出版社，2007，第234页。

保护满园花朵的故事。最终，花仙子为了感激崔玄微对自己的仗义相救，让崔玄微服下花英，使其返老还童、长生不老。姑且不论其服药成仙的结局，单是一个护花的举动就展现出人类对于自然界美好事物的爱护，这种情是人类与生俱来的美好情愫之一。《灌园叟晚逢仙女》的正文叙述了秋先保护花朵免受张委等恶霸迫害的故事。在行文中，冯梦龙将自己对自然界植物的喜爱、珍惜之情，借助秋先的口吻加以阐述：

> 凡花一年只开得一度，四时中只占得一时，一时中又只占得数日。他熬过了三时的冷淡，才讨得这数日的风光。看他随风而舞，迎人而笑，如人正当得意之境，忽被催残。巴此数日甚难，一朝折损甚易。花若能言，岂不嗟叹？况就此数日间，先犹含蕊，后复零残，盛开之时，更无多了。又有蜂采鸟啄虫钻，日炙风吹，雾迷雨打，全仗人去护惜他，却反恣意拗折，于心何忍！

秋先体悟感人，他把花看作和人一样平等需要关爱的生物。在秋先的理念中，花开一季不容易，要忍耐三个寒冷的季节，才能娇美绽放。在花开期间，又有蜜蜂去采蜜、风吹雨打，能存活下来十分不容易。可是有的人却一时兴起，随意折断花枝，玩赏一会儿就丢弃路旁。秋先具有仁爱的意识，这与传统儒释道三家的思想相符。冯梦龙自然是仁爱之人，但是对自然界万物的喜爱以及爱护的理由，都阐释得如此细致入微，还是比较罕见的。另外，秋先的葬花、浴花细节对曹雪芹的《红楼梦》中黛玉葬花的描写有一定的影响。中国古人信奉上天有好生之德，人们朴素地认为自然界的万物都是有灵性、需要人爱护的。这是人与自然的和谐统一。冯梦龙借由一系列人与自然和谐相处从而获得善报的故事告诉读者，只有珍惜和爱护花草树木、飞禽走兽，世间才会祥和美好。

那么冯梦龙是不是完全地相信自然界具有特殊的魔力呢？人是不是要完全屈从大自然，甘心做自然的奴隶呢？当然不是。在《计押番金鳗产祸》中，计押番家破人亡，均死于非命。故事开始，计押番钓鱼时钓到一条金色的鳗鱼。金鳗鱼说自己是金明池掌，“汝若放我，教汝富贵不可言尽；汝若害我，教你合家人口死于非命”①。但是计押番妻子不知情，把金鳗作为食材吃掉了，这让计押番懊恼不已。冯梦龙是不是要读者完全迷信金鳗鱼具有无上魔力，能掌控凡人生死呢？显然不是。在这个小说的结尾，冯梦龙谈道：

> 后人评论此事，道计押番钓了金鳗，那时金鳗在竹篮中开口原说道：“汝若害我，教你合家人口死于非命。”只合计押番夫妻偿命，如何又连累周三、张彬、戚青等许多人？想来这一班人也是一缘一会，该是一宗案上的鬼，只借金鳗作个引头。连这金鳗说话，金明池执掌，未知虚实，总是个凶妖之先兆。计安即知其异，便不该带回家中，以致害他性命。大凡物之异常者，便不可加害，有诗为证：古李救朱蛇得美姝，孙医龙子获奇书。劝君莫害非常物，祸福冥中报不虚。②

由此可见，冯梦龙只是让人对自然万物多些怜悯之情，而非一味地去屈从。这也应了传统思想中的“积德累功，慈心于物……昆虫草木、犹不可伤”③。冯梦龙利用自己创作的文艺作品，宣扬人要爱万物的思想，以不爱自然界动植物而受到惩罚的人作为反面例子，教育和警醒后人。既要后人爱护自然界的万事万物，也警示读者自

---

① 魏同贤主编《冯梦龙全集·警世通言》，凤凰出版社，2007，第461页。

② 魏同贤主编《冯梦龙全集·警世通言》，凤凰出版社，2007，第462页。

③ 杨宗红：《〈三言二拍〉的生态伦理观念》，《中南大学学报》（社会科学版）2011年第6期。

然是具有一定反作用力的，随时可能会报复人类。冯梦龙将“情”浇注在世间万物之上，在《情史・情迹类》中“情史氏曰：鸟之鸣春，虫之鸣秋，情也。迫于时而不自已，时往而情亦遁矣。人则不然，韵之为诗，协之为词，一日之讴吟叹咏，垂之千百世而不废；其事之关情者，则又传为美谈，笔之小牍。后世诵其诗，歌其词，述其事，而相见其情，当日之是非邪正，亦因是而有所考也。人以情传，情则何负于人矣！情以人蔽，奈何自负其情耶！”[①] 这说明，自然界的动植物的“情”是有一定时效性的，随着时间流逝，动植物生命主体消亡，这种承载在其上的“情”就会消失；人类则不同，人类可以把自己的感情用文字形式加以记载，流传于后世。可以说，人的情感应该远高于自然界其他载体的“情”的存在模式。

（二）幽冥世界，人鬼情真

《情史・情妖类》中情史氏曰：“妖字从女从夭，故女之少好者，谓之妖娆。禽兽草木五行百物之怪，往往托少女以魅人。其托于男子者，十之一耳。呜呼！禽兽草木五行百物之妖，一托于人形，而人不能辨之。人不待托妖又将如何哉？武为媚狐，赵为祸水，郗为毒蟒，人之反常，又何尝不化而为禽兽草木五行百物怪也。”[②] 冯梦龙对于“情鬼”的定义无外乎是孤魂野鬼幻化成美丽女子，诱惑世间男子的一种幻想。冯梦龙大致把“情鬼”分为以下几种。第一类为“宫闱名鬼”，比如西施、昭君、张贵妃、孔贵嫔、卫芳华等。第二类为“才鬼”，代表人物是越王女、李阳冰女、薛涛等。第三类为“塚墓之鬼”，比如刘府君妻。第四类为“攒瘗之鬼”是指暂时浅埋、以待迁葬的死鬼，在汤显祖《牡丹亭・秘议》中叙述了杜丽娘“十八而亡，就此攒瘗”，在《情史・情妖类》中记叙了林知县

① 魏同贤主编《冯梦龙全集・情史》，凤凰出版社，2007，第324页。
② 魏同贤主编《冯梦龙全集・情史》，凤凰出版社，2007，第586页。

女等类似的故事情节。第五类为“旅榇”者，这是指那些客死他乡的人，比如任氏妻、符丽卿。第六类为“幽婚”，譬如崔少府女、田夫人等。第七类为“无名鬼”，这些连名字也不曾留下的冤魂在幽冥世界依旧困顿不已，比如小水人。这些被分为三六九等的鬼怪，多以女性居多，她们在现实生活中婚恋生活不幸，在幽冥世界寻求解脱，但往往事与愿违，依旧万般不如意。这些冤魂多是对“情”放不下，情网覆盖了这些女性的前世今生，无法开解；她们或是所遇非人或是永失佳偶或是求之不得或是得非所愿，在尘世中无法解脱。

冯梦龙对这些受困于“情”的鬼魅，充满了同情和欣赏。比如无名鬼“小水人”居住在河边，暗恋一个在河边值守的男子。但是男子对水怪很排斥，其根本原因在于“无情”，年轻男子怀疑小水人是异类，想将其置于死地。面对向自己袒露爱慕之情的小水人，男子非但没有半分怜爱之意，反而是念佛经、敲庵钟，迫使小水人灰飞烟灭、神形俱损。面对这个自己暗恋已久却毫无人情的男子，小水人慨叹：“郎在妾心头，郎身隔万里……莫打五更钟，打得人心碎。”[①] 这个无情的男子，毁灭了一个少女对爱情的全部幻想。冯梦龙点评道：“人鬼之厄，岂必在情哉！道家呼女子为粉骷髅，而悠悠忽忽之人，亦等于行尸走肉，又安在人之不为鬼也?”[②] 那些没有“情”的人，即使活着也跟死去是一样的，他们没有感知到这个世界的真情，不过是“活着”的“死人”，这种人没有“情鬼”价值高。

第五节　“情教说”之功用——“以情导愚”

冯梦龙生活的晚明时期，社会思想比较开放，人们本能地排斥

① 魏同贤主编《冯梦龙全集·情史》，凤凰出版社，2007，第814页。

② 魏同贤主编《冯梦龙全集·情史》，凤凰出版社，2007，第815页。

那些僵化的“理学”。顺应这种主情求自由的思潮，冯梦龙用“情”来教化人，这种生动活泼的“情”打破了“存天理、灭人欲”的理学桎梏。对于“情”教化人的功能，冯梦龙进行了区分。在《情史》中，冯梦龙将“情”分为24类，这种划分比较详细。但是在《情史》叙中，冯梦龙将“情”教化人的功能归纳为11类。

首先，冯梦龙认为情“始乎‘贞’，令人慕义”[①]。显然，冯梦龙把儒家思想中的“仁义”的“义”作为“情教化人”要达到的首要目标。夫妇也要讲求“义”。“义”的繁体字是“羊”“我”（義）结构，在古代“羊”代表“真善美”，可见“义”代表着自我的完善。“贞”代表着“坚贞、有节操”。冯氏期许依靠“情”使人能够坚守自己的节操，从而完善自我、与他人和谐相处。如果没有“情”做导引，那么“贞”与“义”都将无所附着。“彼以情许人，吾因以情许之；彼以真情殉人，吾不得复以杂情疑之。”[②] 冯氏将“情”摆在与“义”同等重要的位置，是人安身立命之根本，“人情”与“义理”达到和谐。

其次，“继乎‘缘’，令人知命。”[③] 缘是指人与人之间命中注定的遇合机会，无论是“无缘再见”，还是“再续前缘”，都是一种偶然因素。冯氏把“情缘”看作一种不可预测的上天安排，他阐释道：“缘定于天，情亦阴受其转而不知矣。吁！虽至无情，不能强缘之断；虽至多情，不能强缘之合。”[④] 这也是一种教化，让受众“知命”“认命”，主观上的“情”是随着客观的“缘”变更的。这样一来，那些痴男怨女对于求而不得的情感，才有了放弃的凭证——缘分不到，命中注定。

---

① 高洪钧编著《冯梦龙集笺注》，天津古籍出版社，2006，第133页。
② 高洪钧编著《冯梦龙集笺注》，天津古籍出版社，2006，第23页。
③ 高洪钧编著《冯梦龙集笺注》，天津古籍出版社，2006，第133页。
④ 高洪钧编著《冯梦龙集笺注》，天津古籍出版社，2006，第51页。

再次，“‘私’‘爱’以畅其悦”[①]。冯氏认为“情私”是指那些见不得光的感情，是要遮掩不能为外人所知的暗黑存在。但是“情私”也是要有结局的，因此崔莺说：“必也君乱之，君终之。”[②] 崔莺希望张生能有始有终，不要始乱终弃。但是，这种私情具有胎带的弱势——“名不正，言不顺”，结局也多是“始乱终弃”，致使世间有更多怨女。冯梦龙对这种“情私”是不认同的，其虽然能带来短暂的欢愉，但后果也是沉重的。因此，他教育世人“我辈人亦有我辈事，慎勿以须臾之欢，而误人于没世也”[③]。无论是世间男子辜负了女子，还是相反，都是不负责的行为。冯梦龙年轻时曾在秦楼楚馆接触过很多痴男怨女，这里不乏各种私情，冯梦龙结合实际教导人们不要再做这种辜负他人之事。至于“情爱”，冯氏认为：“情生爱，爱复生情。情爱相生而不已，则必有死亡灭绝之事。”[④] 情爱之间没有界限，是相互生发的作用，但是情爱一旦遇到阻碍，就会被割裂至消逝。世人经常把“情爱”看作一切事情失败的缘由，冯氏则认为情爱本身是无过错的。譬如，夫差亡国是他穷兵黩武的结果，为什么都要降罪于西施？是夫差与西施的爱情导致吴国灭亡？显然不是，这不过是人们用“情爱”作为借口，遮掩一些不甘心的失败。在此，冯梦龙希望读者正确地去认识“情”生发“爱”，其本身是独立的，无对错之分。人们不能武断地将情爱划分成“正确的情爱”和“错误的情爱”，这是有悖于“情”本身的。

最后，除了上述三种用情化人的方法外，冯梦龙还提出八种方法来达到自己“以情化人”的目的。“‘仇’‘憾’以伸其气”[⑤]，意味着欢喜冤家也有由“情”生“仇”的时候，而因“情”生“憾”

---

① 高洪钧编著《冯梦龙集笺注》，天津古籍出版社，2006，第133页。
② 高洪钧编著《冯梦龙集笺注》，天津古籍出版社，2006，第133页。
③ 高洪钧编著《冯梦龙集笺注》，天津古籍出版社，2006，第43页。
④ 高洪钧编著《冯梦龙集笺注》，天津古籍出版社，2006，第136页。
⑤ 高洪钧编著《冯梦龙集笺注》，天津古籍出版社，2006，第133页。

导致才子佳人难成眷属。“‘豪’‘侠’以大其胸”[①]，冯氏心中的“情侠”的男性代表是虬髯客、昆仑奴等豪侠之人；女性是以冯燕、荆娘为榜样。这些人都是“情”深不已，情激发义，最终做出天下奇事，其根源在于情。“情豪”是指那些“彼以勇获伸其情者”[②]，靠着自己的勇气争取爱情，是冯梦龙所鼓励的。他鄙视那些没有勇气追求真爱的人，甚至批判道：“无情者又能勇乎哉!”[③] 此外，他还指出，“‘灵’‘感’以神其事”“‘痴’‘幻’以开其悟”“‘秽’‘累’以窒其淫”“‘通’‘化’以达其类”“‘芽’非以诬圣贤”“‘疑’亦不敢以诬鬼神”[④]，凡此种种，不一而足，主要就是用自己创作的文艺作品来凸显“情”的重要性，从而“感化”人、“教育”人。

① 高洪钧编著《冯梦龙集笺注》，天津古籍出版社，2006，第133页。
② 高洪钧编著《冯梦龙集笺注》，天津古籍出版社，2006，第122页。
③ 高洪钧编著《冯梦龙集笺注》，天津古籍出版社，2006，第122页。
④ 高洪钧编著《冯梦龙集笺注》，天津古籍出版社，2006，第122页。

第四章

冯梦龙的小说理论

冯梦龙在小说领域实践成果很多，最著名的当属“三言”。冯氏根据自己创作实践提出的小说理论具有很强的实用性。在长篇历史小说创作论方面，他结合自己编创《新列国志》的经历，提出了“恪守史实”的观点。拟话本小说是冯梦龙最擅长的领域，也是其将理论与实践结合的最完美的一部分，他提出创作拟话本小说的理论是“适俗导愚”“情真理真”。此外，冯氏在传奇笔记方面也有很多实践，形成了一套实用而完整的小说理论。

第一节　历史演义的创编理论——“恪守史实”“敷演增色”

自从罗贯中的《三国演义》问世以来，效仿者甚众，几乎各个历史时期都被写成小说。比较常见的有《夏书》《商书》《列国》《两汉》《唐书》《残唐》《南北宋》等。这些作品在艺术成就和影响力方面，都没有超过《三国演义》。作为一位通俗小说大家，冯梦龙深刻地认识到编撰历史演义小说的重要性。而如何以小说家的笔法去演绎历史，如何去权衡历史构造与文学想象之间的关系，对于历史演义作者们来说是一个大命题。冯梦龙认为，编著历史演义小说“凡列国大故，一一备载，令始终成败，头绪井如，联络成章，读者无憾”①，而这种创作观念在其编撰的《新列国志》中体现得最为明显。

《新列国志》之“新”是相对于一部已有相当影响力的旧作而言的。在冯梦龙之前，已有余邵鱼的《列国志传》，故而，很多人认为冯作是对余作小说的改编。但事实上，该书是冯梦龙根据东周史实进行的再创作。这样说有两点依据。首先，《新列国志》和《列国志传》截取的历史时期不同。冯氏的《新列国志》始于《周宣王童谣发令　杜大夫厉鬼报冤》，止于《兼六国混一舆图　号始皇建立郡县》，主要描写从西周宣王时期直到秦始皇统一六国这五百多年的历史，字数多达七十余万。而余氏的小说，起于《苏妲己驿堂被魅　云中子进斩妖剑》，终于《李信以众征楚国　王贲诈巡抚燕地》，主要着眼于西周，共计二十多万字，笔法相对粗糙，远不能与《新列国志》比美。所以，《新列国志》不能简单看作对《列国志传》的改写，而应是一种近乎全新的创作，这其中充分展现了冯梦龙对于历史演义小说“多角度全景展现”的独特观念。

冯梦龙在《新列国志》凡例中谈到“旧志事多疏漏，全不贯串，兼以率意杜撰，不顾是非”②。面对这种不顾是非与历史客观现实的文学状况，冯梦龙以《左传》《国语》《史记》为主要依据，以史实为蓝本进行创作。冯梦龙精于《左传》，对春秋时期的历史非常熟悉，他无法忍受历史演义小说中的错误，把“临潼斗宝”看作“尤可喷饭”的大笑话。冯梦龙不否认小说的虚构性，对于历史演义小说，他采用写史般的考证和推敲是出于对历史的尊重。从小说创作角度分析，《新列国志》的情节过于拘泥于历史实际，但正是他这种羽翼信史的态度，才使得该书在同时期演义小说中具有重要的地

① 魏同贤主编《冯梦龙全集·新列国志》，凤凰出版社，2007，第102页。
② 魏同贤主编《冯梦龙全集·新列国志》，凤凰出版社，2007，第101页。

位和作用，这也与冯梦龙本身的文史修养分不开。

一 “恪守史实”

首先，冯梦龙梳理了演义小说应有的历史脉络。在按鉴演义的思维下，冯梦龙重视每个小国家经历的大事件，对这些重要的事件加以记录和剖析，整理出清晰的脉络，以便读者阅读。冯梦龙小说的情节基本是有史可依的。如，《新列国志》第五十一回《责赵盾董狐直笔诛斗椒绝缨大会》：

> 赵盾终以桃园之事为歉。一日，步至史馆，见太史董狐，索简观之。董狐将史简呈上。赵盾观简上明写：“秋七月乙丑，赵盾弑其君夷皋于桃园。”盾大惊曰：“太史误矣！吾已出奔河东，去绛城二百余里，安知弑君之事？而子乃归罪于我，不亦诬乎！”董狐曰：“子为相国，出亡未尝越境，返国又不讨贼，谓此事非子主谋，谁其信之？”盾曰：“犹可改乎？”狐曰：“是是非非，号为信史。吾头可断，此简不可改也！”盾叹曰：“嗟乎！史臣之权，乃重于卿相！恨吾未即出境，不免受万世之恶名，悔之无及！”自是赵盾事成公益加敬谨……有赞云：庸史纪事，良史诛意。穿弑其君，盾蒙其罪。宁断吾头，敢以笔媚？卓哉董狐，是非可畏！①

从冯梦龙对董狐秉笔直书的赞赏态度就不难看出，冯梦龙对于史实是十分重视的。他在创作演义小说的时候，严格按照史书记载来编织主线。用这种近于修史的方法来写小说，与冯梦龙治经的学

① 魏同贤主编《冯梦龙全集·新列国志》，凤凰出版社，2007，第493页。

术经历是分不开的。他创作的时候，将人名、事件先后顺序、古代战车的规制、地名等都做了考证，用严谨的态度来写历史演义小说。这样的创作，既能够给读者一种历史知识上的正确引导，也能使得受众有身临其境、穿梭于历史长河之感。可以说，用注重史实的方法来写作演义小说，对提升小说的可读性有十分重要的作用。因为历史演义小说毕竟不是神话传说，可以天马行空地去编造。在小说人物设置上，他采用了考据的手法进行创作。比如，“尉缭子为始皇谋臣，去孙膑百有余年，而谓缭为鬼谷子弟子，载膑入齐，何不稽之甚也！兹编凡有名史册者，俱考订详慎，不敢以张冒李”[①]。尉缭子本是秦始皇的大臣，与孙膑不是同一个时期的人，却被描述成鬼谷子的学生，带着孙膑入齐国，成了很滑稽的事情。冯梦龙把《列国志传》中能考证的人物，按照史料记载，还原至各自的历史时空，避免张冠李戴的事情发生。由于冯梦龙对春秋的历史非常熟悉，他将每个时空错乱的人物，都归位到其所处的历史时期，这是一项繁杂的工作，他却在创作中一一订正。在厘清历史事件并按时间编排后，在人物的安排和订正上，冯梦龙做了很多工作，这就使得历史演义小说看起来很有条理性、逻辑性。

其次，冯梦龙根据史实建构演义小说正确的文本架构。在《新列国志》之前，最为成功的历史演义小说当属《三国演义》，但是《三国演义》仅仅描写从东汉末年到西晋初年之间的历史故事。冯梦龙的《新列国志》则囊括了东周五百年的历史，其驾驭难度可想而知。冯梦龙具有扎实的治“春秋”学术功底，对东周历史了如指掌。否则，任何作家都无法完成这样的鸿篇巨制。第一，在创作一部跨越五百年、涉及成千上万重要历史人物的历史演义作品时，冯梦龙以时间为主线，将东周统一年号作为纪年的纵坐标。创作任何一段历史

---

① 魏同贤主编《冯梦龙全集·新列国志·凡例》，凤凰出版社，2007，第1页。

时期的章节，冯梦龙都没有采用诸侯国的年号，而是完全采用周王朝纪年，不会让读者产生错乱的感觉。第二，在《列国志传》中那些平铺直叙、近于流水账的创作手法，被冯梦龙摒弃，他开始突出重点历史时期和知名历史人物。实际上，全书七十多万字，很多是用在春秋五霸的刻画上，战国七雄次之。这就列出了文本的横坐标。在时间的纵坐标和人物的横坐标交汇点上，我们清晰地看出影响东周历史走向的大事件、大人物。这就很好地引导受众抓住故事核心，切中历史要害。冯梦龙在时间、人物上采用了"统一纪年，突出重点"的创作方法，非常利于驾驭长篇历史演义小说创作，意义重大，为后世树立了范本。

总之，冯梦龙是以"为正史之补"的心态创作历史演义小说。对于这部据史实创作的小说，有评论者认为拘泥于历史让文本显得呆板，鲁迅先生也认为《新列国志》在艺术效果上，远不及《三国演义》。"大抵效《三国志演义》而不及，虽其上者，亦复拘牵史实，袭用陈言，故既拙于措辞，又颇惮于叙事。"[①] 是什么原因，使得冯梦龙这位善于写作通俗作品的作家，在编著这部历史演义小说时采用了拘谨的创作方式呢？鲁迅给出了答案："蔡奡《东周列国志读法》云，'若说是正经书，却毕竟是小说样子……但要说他是小说，他却件件从经传上来。'本以美之，而讲史之病亦在此。"[②] 鲁迅认同蔡奡的观点，《新列国志》并不是学术著作，应遵循文学的规律来创作。严谨固然是好事，但太详细、太拘泥于历史又显得琐碎，不够生动活泼。诚然，冯梦龙据史实创作历史演义小说有他的弊端，但是，在长篇历史演义小说特别是时间跨度大的历史小说创作中，他所采取的创作思维逻辑和方式方法，无疑是成功和有效的。

---

① 鲁迅撰《中国小说史略》，上海世纪出版集团，2006，第 94 页。

② 鲁迅撰《中国小说史略》，上海世纪出版集团，2006，第 94—95 页。

二　“敷演增色”

作为一名出色的小说家，冯梦龙在创作历史演义的时候，并不是简单地流水账。加上很多历史事件本身就具有一定的传奇色彩，冯梦龙创作起来得心应手。细读冯梦龙的历史小说，会发现他对事件的铺陈、人物的刻画都是专门设计并使之更加利于读者接受。比如在描写郑庄公与母亲掘地相见的故事时，《左传》中只用了600余字。而在《新列国志》里，这样一个掘地见母的简单故事，被冯梦龙在情节上加以丰富和细化、人物塑造上突出个性，他一共写了3000多字（两原文对比详见附录二）。

通过这个历史故事的改写，我们可以看出冯梦龙非常注重细节。他抓住生活中细微而具体的典型情节，加以生动细致的描绘。在《左传》中一句带过的事情，往往被冯梦龙用人物生动的对话、行动填补，使得苍白的人物有了鲜活的生命力，如在目前。比如姜氏在生了二儿子后，看着帅气有才干的小儿子，“心中偏爱此子：‘若袭位为君，岂不胜寤生十倍？’”[①] 很显然，这种心理描写，是冯梦龙结合人物性格和时间地点自己创作出来的。在《新列国志》序里，吴门可观道人小雅氏点评道：“虽敷演不无增添，形容不无润色，而大要不敢尽违其实。”[②] 可以说，没有冯梦龙将经典读本向民间通俗读本的转化，东周这一段历史就远没有现在这样吸引受众，直到今天还有编剧以此为素材进行影视作品的创作。

冯梦龙非常注重细节，细节是小说创作的基本构成部分，可以说，任何文学作品没有细节就没有艺术价值。同样，没有细节描写，就没有活生生的、有血有肉有个性的人物形象。比如，颍考叔设计

① 魏同贤主编《冯梦龙全集·新列国志》，凤凰出版社，2007，第32—33页。

② 高洪钧编著《冯梦龙集笺注》，天津古籍出版社，2006，第100页。

让郑庄公与母亲在地下相见，郑庄公与颍考叔有问有答、条理清晰，由于郑庄公当年老死不相见的尴尬誓言，对话的成功描写会让读者印象深刻，提高文章的可读性。

可以说，冯梦龙是明朝历史演义小说编创的一个鲜明代表。他代表的不是那种天马行空、任意演绎的“虚构派”，而是根据历史基本事实去进行细节创作的“按鉴派”。他以一个小说家的身份，用经学家的考据手法创作了一部可以补充正史的《新列国志》，其学术价值、艺术价值都很高。从冯梦龙的作品中我们也可以看出，他在创作历史演义小说的时候，秉承和把持的历史尺度是十分严格的，是“按鉴派”的标志性人物。这种创作历史小说的方法，可以很好地从整体上把握篇幅过长、人物众多的长篇历史小说，不会造成时空错乱、人物张冠李戴的现象。

第二节　拟话本的创编理论——“适俗导愚”“情真理真”

一　明朝拟话本的繁兴

拟话本小说是指文人模仿说书人创作底本样式编写的小说，鲁迅在《中国小说史略》中最早使用这一名称。它们的体裁与话本相似，首尾有诗，语言多用日常口语。但拟话本与话本又有很大不同，“近讲史而非口谈，似小说而无捏合”[①]，“故形式仅存，而精采遂逊”[②]。鲁迅先生认为拟话本是由话本向后代文人小说过渡的一种中间形态。宋元以来，俗文学的两大代表——通俗小说与戏曲愈来愈

① 鲁迅撰《中国小说史略》，上海世纪出版集团，2006，第 74 页。

② 鲁迅撰《中国小说史略》，上海世纪出版集团，2006，第 74 页。

猛烈地冲击着正统的雅文学。明初至清中叶，雅文学与俗文学博弈更加激烈，其最终结果是通俗文学大获全胜，在文坛上占据重要地位进而飞跃式向前发展。随着资本主义萌芽的出现，晚明城市繁荣，俗文学日盛，冯梦龙所处时代“市民文学”兴盛。这些通俗文学主要面向市民阶层，此时文艺作品由说书人的底本逐渐转变为文人创作的拟话本，其内容大多迎合市民的审美需求。随着明朝市镇的发展，市民受教育的机会增加，大批读书认字的市民需要适合自己生活的精神食粮。与此同时，印刷技术进步，大量通俗小说刊行，促进俗文化产品的传播，拟话本开始流行。基于以上两点，冯梦龙应书商之约，将前代说书人的底本整理为“三言”。这种从口头文学转向案头文学的样式，广为市民阶层接受。“三言”也因其优秀的选本和编撰者良好的文学素养，一举成为拟话本的代表作品。

拟话本小说与传统高雅文学的对立主要表现在审美趣味方面。海德格尔认为，艺术结晶的存在就是真理的显现，存在的澄明，艺术创作的本源就是对被遮蔽的存在的本质的揭示①，这其实也是高雅文学的本质特征之一。俗文学并不指向任何超出作品本身之外的大义，它的全部内容只等于其作品自身。传统的诗、词、歌、赋关注的是审美的永恒价值，明代拟话本小说则以创造流行时尚为主，类似于今天的网络小说。当时的拟话本小说只求快速满足人们当下的阅读需求，不考虑是否可以“传之久远”的问题。高雅文学以“雅趣”为主，拟话本小说则以“畸趣”为主；高雅文学追求严肃性，而通俗的拟话本小说则追求适俗性、猎奇性。在明代市民文学的接受上，拟话本小说以其新奇的文学样式、通俗易懂的内容，加上色情、凶杀、黑幕等噱头满足了市民猎奇的心理需求。这种文学需求使拟话本迅速发展壮大，占领当时的图书市场，尤其是以冯梦龙为

① 〔德〕马丁·海德格尔：《格中路》，孙周兴译，上海译文出版社，2004，第2—3页。

代表创作的“三言”成为拟话本经典，一时洛阳纸贵。明朝拟话本小说准确地迎合了广大市民的审美心理，成为通俗文学战胜高雅文学的最好范本。

拟话本小说的兴盛，不是凭冯梦龙一己之力就可以完成的。晚明阶段，文坛活跃着一批从事拟话本小说创作的文人，形成了拟话本小说作家群。冯梦龙、凌濛初有相似的人生际遇，进步的文艺思想使二者成为晚明文坛两颗璀璨的巨星，这两位作家以自己的聪明才智去观察、感受和认知晚明这个变化纷繁的时代，创造出了既具时代特征又充满民间气息的拟话本作品集——“三言二拍”，成为拟话本作家群的领军人物。从现存文本推断，在这期间从事拟话本创作的作家至少有上百人。这个创作群体多与冯梦龙、凌濛初生活经历、思想体系相近，而且都受到晚明思潮的影响。除去冯、凌二公外，周清原和李渔也是拟话本创作高手。从这一群体创作的拟话本作品来看，其文艺创作宗旨基本为广大市民阶层服务。总之，拟话本从萌芽、兴起、发展，至明末清初达到全盛，对冯梦龙创作思想有着深刻的影响。冯梦龙能编撰出“三言”这样脍炙人口、影响深远的拟话本作品，与这个拟话本繁兴的时代息息相关、密不可分。

冯梦龙的代表作《喻世明言》《警世通言》《醒世恒言》编撰于不同时期，但是所有文本伊始，都有一段关于小说的论述。经陆树仑、袁行云、傅承洲等先生考证，这些分别署名为“绿天馆主人”“无碍居士”“可一居士”① 的序言，均出自冯梦龙之手。这些序文、加上小说内部的眉批、点评，构成了冯梦龙对于拟话本小说的一个基本理论依据。

---

① 陆树仑：《三言序的作者问题》，《中华论文史丛》1985 年第 4 期；袁行云：《冯梦龙〈三言〉新证——记明刊〈小说〉（五种）残本》，《社会科学战线》1980 年第 1 期；傅承洲：《冯梦龙文学研究》，中国社会科学出版社，2013，第 25 页。

二　“小说之资于通俗者多”

冯梦龙编撰的第一本拟话本小说集，名为《古今小说》（又名《七才子书》），后又改版为《喻世明言》。在这部小说的序言中，冯氏提出对于拟话本小说的核心认识：小说要通俗。他论述道：“大抵唐人选言，入于文心；宋人通俗，谐于里耳。天下之文心少而里耳多，则小说之资于选言者少，而资于通俗者多。”[①] 冯梦龙站在接受者的角度分析，普天之下，真正懂得高雅文学（即“文心”）的人毕竟占少数，那些普通的市民阶层（即“里耳”）需要更多的通俗读物。因此，冯梦龙认为作家在进行拟话本小说创作的时候，要尽量模拟说书人的语气和表达方式，即以市民熟悉的方式去讲述故事。

第一，冯梦龙主张拟话本小说用白话文进行创作，即“话须通俗方传远，语必关风始动人”[②]。冯梦龙生活在经济富庶的江南地区，市民阶层的精神生活伴随物质的发展有了新的需求。虽然说书人能给听众带来很多愉快的精神享受，但是苦于说书一旦结束，这种精神愉悦就戛然而止，市民需要一种可以随时取阅的案头文本。冯梦龙在创作时尽力去还原说书现场，尽力使用通俗语言，以便于人们阅读。通俗白话的使用既是拟话本小说源起的一个先天需求，也是其能持续发展的一个必然因素。因为当时江南地区能上升为市民阶层的，无外乎两类人：一类是原先就生活在城镇中的人，有意无意地接触过通俗出版物，对于拟话本易于接受；另一类是在乡村有一定经济基础，进军到城市发展的新兴小市民，有时候是出于附庸风雅的目的来买书阅读，而其文化修养有限，语言浅俗的拟话本成为其购书首选。冯梦龙采用了吴地方言，“虽小诵《孝经》、《论语》，

---

① 高洪钧编著《冯梦龙集笺注》，天津古籍出版社，2006，第 80 页。

② 魏同贤主编《冯梦龙全集·警世通言》，凤凰出版社，2007，第 162 页。

其感人未必如是之捷且深也。噫！不通俗而能之乎？”[①] 这说明通俗语言在小说里的应用比生硬的文言经典更能教化下层民众，从而达到“适俗导愚”的作用。

第二，冯梦龙主张拟话本小说的结构应简明精炼。冯梦龙在《古今小说》序言中，简要概括中国小说的发展历史。“始乎周季，盛于唐，而浸淫于宋。”[②] “暨施、罗两公，鼓吹胡元，而《三国志》、《水浒》、《平妖》诸传，遂成巨观。要以韫玉违时，销镕岁月，非龙见之日所暇也。”[③] 这是说《三国演义》《水浒传》《平妖传》的出现，这些动辄逾百万字的鸿篇巨制，虽然语言上通俗，可是市民阶层还要忙于生计，没有更多闲暇时光去细读文本。虽然“三言”很多故事的篇幅较长，但是和长篇小说的结构相比，人物设置比较单一，故事一般是双线结构，不会给读者眼花缭乱的感觉。这也与拟话本小说脱胎于说书人底本有关。说书人一般会说“花开两朵，各表一枝”，这就奠定了拟话本小说基本的双线结构，主要人物也基本是两到三人而已。简单的文本结构、易于辨识的人物设置，都能快速吸引读者进入故事中并顺利地进行阅读。冯梦龙这种将拟话本和历史演义严格区分的理论，对其本人及后世白话小说创作都有着深远的影响。对比前文的《新列国志》，冯梦龙构建了上百个历史人物，纵横交错地黏贴在历史坐标的横纵轴上。相比之下，拟话本创作就要简单得多。很显然，冯梦龙的历史演义小说的受众不是普通市民，而是有一定文化修养的读书人，是一群讲史论经、谙于旧章典故的人。否则，上百位历史人物、众多典故，故事情节起伏跌宕、环环相勾，没有基本文史知识的人是无法阅读与品评的。冯

① 高洪钧编著《冯梦龙集笺注》，天津古籍出版社，2006，第 80 页。

② 高洪钧编著《冯梦龙集笺注》，天津古籍出版社，2006，第 80 页。

③ 高洪钧编著《冯梦龙集笺注》，天津古籍出版社，2006，第 80 页。

梦龙自己也说，他编撰的拟话本小说就是“抽其可以嘉惠里耳者”①，为普通市民所创作的易于接受的通俗文学。

三　“事真而理不赝，即事赝而理亦真”

关于艺术真实和生活真实，自古就有不同的说法。冯梦龙作为一个文学家，他无法绕开这一创作必经的理论关口。艺术创作的“真”与“赝”，究竟该如何拿捏？是完全忠实于客观现实？还是信马由缰地创作？冯梦龙在《警世通言》叙中，比较集中地阐释了自己的观点。

第一，冯梦龙追求通俗化的艺术真实。“野史尽真乎？曰：不必也。尽赝乎？曰：不必也。然则去其赝而存其真乎？曰：不必也。”②很显然，冯氏所追求的艺术效果不是生活的真实，而是艺术的真实。野史很多体现在历史演义小说、拟话本小说中，历史经过文艺工作者的加工，在案头或场上呈现一种合乎历史却又不必恪守史实的艺术效果。在历史真实和艺术之间，没有绝对的真实，艺术创作可以附着在历史基础上衍生开来，而无须拘泥于史实。冯梦龙认为儒家经典已经很多，教人向善的文章也不胜枚举。现实生活不是书本般诗话写意，“理著而世不皆切磋之彦，事述而世不皆博雅之儒”③，世俗的民众并不都是饱读诗书、关心国事的精英，还有很多不问世事，只关心眼前小事的人。“于是乎村夫稚子，里妇估儿，以甲是乙非为喜怒，以前因后果为劝惩，以道听途说为学问，而通俗演义一种，遂足以佐经书史传之穷。”④ 在现实社会中，特别是封建社会中，

① 高洪钧编著《冯梦龙集笺注》，天津古籍出版社，2006，第80页。
② 高洪钧编著《冯梦龙集笺注》，天津古籍出版社，2006，第82页。
③ 高洪钧编著《冯梦龙集笺注》，天津古籍出版社，2006，第83页。
④ 高洪钧编著《冯梦龙集笺注》，天津古籍出版社，2006，第83页。

下层民众接触精英文化有限，他们基本生活在鸡犬之声相闻的小圈子中。这些村妇、村夫，在娱乐方式有限的情况下，喜欢以数长道短、传播坊间奇闻轶事为消遣。普通的市民阶层，经常是看到好人做善事有了好的回报，或者恶有恶报，把这些道听途说的事情作为自己的道德规范加以传扬。市民阶层把口耳相传的历史故事作为日常谈资。久而久之，这些日常谈资裹挟着历史小故事，慢慢积淀呈现在各种演义小说之中，通俗的话语、简单的思维模式，构成适于市民阶层接受的通俗文学。其中，历史的真伪已经难辨，但是教给市民的道德观念效果却比传统的经典、正史要好很多。从受众接受过程和思想变化角度来看，只要“情真”“理真”，读者都是喜闻乐见的。

第二，冯梦龙的“真赝论”，以“适俗导愚”为目的。冯梦龙提出文艺创作中“人不必有其事，事不必丽其人”，这是难能可贵的。这说明冯氏在文艺虚实的问题上，有着清醒的认识。在艺术形象的塑造过程中，文艺创作者不能拘泥于历史真实。艺术家以生活中的真实人物或者事件为基础，按照生活发展的必然逻辑和自己的美学理想，对生活现实进行艺术提炼、加工和概括，以反映生活的本质真实。冯梦龙提倡艺术创作理论是“其真者可以补金匮古室之遗，而赝者亦必有一番激扬劝诱、悲歌感慨之意”①。真实的事情可以更好地帮衬文艺作品进行完善，而那些并不真实的艺术虚构往往可以感慨悲歌——既能对受众起到教化作用，又能将文艺创作者的思想进行物化传递。冯梦龙对“真”与“赝”、“虚”与“实”的关系，有着深刻而清醒的认识——生活真实不等同于艺术真实，艺术真实服务于艺术创作。无论是哪种真实，只要能够起到传递“情真”“理真”的社会教化作用，就能达到其艺术目的，就都是好的

① 高洪钧编著《冯梦龙集笺注》，天津古籍出版社，2006，第83页。

艺术创作手法。在现代文艺理论中，艺术的真实是对现实生活真实的净化、深化和美化，它比生活的真实更集中，也更能深刻地显示社会生活的本质。它是艺术家主观思想和客观生活真实辩证统一的结晶。它源于真实生活，又高于真实生活。早在300多年前，冯梦龙用“理真”来展现这种艺术的真实，这是高于生活的真实。以《庄子休鼓盆成大道》为例，世界上哪有能让人“死去活来”的幻术？世界上哪有食用人脑治愈疾病的疗法？冯梦龙不过借由这些问题，来阐述夫妻的情分远没有许诺的多，不过是当面一套背后一套罢了。冯梦龙用艺术的真实，解构了生活“真实”的虚伪性，这也正是他提倡不求文学完全遵照现实生活的意义所在。如果只是简单地作为生活的复制品，把生活照搬成文字，文学作品就不会有震撼人心的力量。

冯梦龙追求的不是形式上的“真”，而是道理上的“真”。他不是简单地整理文本，而是用文艺作品来传播自己的思想。最简单的例子莫过于他对里中小儿的描写了：“里中儿代庖而创其指，不呼痛。或怪之。曰：吾顷从玄妙观听说《三国志》来，关云长刮骨疗毒，且谈笑自若，我何痛为?”[①] 小孩手被割破，从生活常识来说，一定很疼，但是这个孩子却受到关羽刮骨疗毒的影响，佯装不疼，以显示自己的英雄气概。孩子天真可爱的一面，被冯梦龙描述得淋漓尽致。这就是文艺价值所在，能够启发人、教育人，这也就是“理真”的意义所在。冯梦龙对于这种“夫能使里中儿顿有刮骨疗毒之勇，推此说孝而孝，说忠而忠，说节义而节义，触性性通、导情情出”[②] 的教化作用十分看重，在他看来，文艺最终的功用还是劝人向善。这种“真、善、美”就是“理真”所在，是冯梦龙文艺思想的最终旨归。

---

① 高洪钧编著《冯梦龙集笺注》，天津古籍出版社，2006，第83页。

② 高洪钧编著《冯梦龙集笺注》，天津古籍出版社，2006，第83页。

四 “天不自醉人醉之，则天不自醒人醒之”

明末清初，市民阶层开始自我觉醒。这种“人”的觉醒，是经济高度发达、民众自觉的开始。冯梦龙“三言”中最后一部——《醒世恒言》主要是辑录明朝的拟话本小说。一是因为前两部拟话本集，已经囊括了宋元旧作；二是作为明代通俗作家，冯梦龙在最后一部拟话本中，编写了一些自己身边的故事，尽量模拟前代的作品。这些模拟之作，却时时刻刻流露出明代人的思想，展现了“人”本身的自我觉醒意识。

首先，冯梦龙文艺思想肯定了“人”的自我觉醒。“人”不是简单的动物性存在，本小节探讨的“人”都是带有鲜明市民意识、能够在外因启发下觉醒的具有敏锐思想觉悟的人。明末以来，中国社会迈入封建末世，资本主义萌芽产生，新兴市民阶层开始活跃于历史舞台。这一时期哲学思想空前活跃，哲学家们开始抨击程朱理学，大胆开展对个人主义、人道主义的讨论和研究。整个社会在各种活动中都主张实现个人的价值。“个人的问题包含在整个明代自我的见解中。”[①] 新兴的市民阶层在与生活的斗争中，逐渐意识到了个体存在的价值，产生极为朦胧的自我意识。这种自我意识的产生，具有特定的社会文化背景。在明末哲学思潮的影响下，市民阶层开始关注自身，甚至不惜以生命为代价，孜孜以求地向外探险。市民阶层渴望凭借努力，来改变自身的政治经济地位。市民开始对传统说教产生怀疑，担心自身价值会被封建伦理束缚所消融。具有代表性的思想家李贽说：“仲尼虽圣，效之则为颦，学之则为步，丑妇之贱态。”[②] 李贽在《答耿中丞》中阐述：“夫天生一人，自有一人之

---

① DeBasy, W. T., *Self and Society in Ming Thought* (Columbia University Press, 1970).

② （明）李贽：《李贽文集》，社会科学文献出版社，2000，第364页。

用，不待取给于孔子而后足也，若必待取足于孔子，则千古以前无孔子，终不得为人乎。”这种不高视圣人的观点，把“自我”提升到了很高的地位。冯梦龙在《醒世恒言》里提出：“天不自醉人醉之，则天不自醒人醒之。以醒天之权与人，而以醒人之权与言。”[①]在这里，冯梦龙具有同时期西方思想家同质的哲学思想，要求“人”自醒、“言”亦醒。冯梦龙看到人能够自我觉醒，是具有重要意义的。“人”的自我觉醒，要有一个传导媒介，那就是“言”自醒：发出自己的声音、表达自己的主张。

在这种自我意识高扬的社会文化背景下，出现了崔宁、杜丽娘等一系列具备自我意识的人物形象。这些小人物打破儒家传统伦理的思维模式，挣脱了历史的约束性，跳出封建集体的拘宥，展现出了人的力量，暗示市民阶层的觉醒。朦胧的自我意识和自我价值观还表现在对人的智慧的肯定和称赞上。“三言”里，有很多故事讴歌人的智慧和才干，显示人的力量与价值。在冯氏看来，智慧乃是人类区别于禽兽的根本标志。他提出“人有智而五常立”的命题，肯定人的智慧和价值。“人有智犹地有水，地无水为焦土，人无智为行尸。”[②]其智已超出了五常中“智”的含义，不再是实现“德”的手段，而是人的价值的外化。在传统文化中，人的智慧、才能、价值受到扼杀。冯氏将“智”视为评价人的标准，这无疑是对人的“自我”的一种回归。冯氏充分肯定人在社会生活中的主导地位，认为历史兴亡取决于人的智力的较量，而与德之有无、大小无关。他对人的肯定在作品中处处可见。冯梦龙的拟话本小说大量描写市民发迹变泰的故事，他们凭借自己的力量终成一番事业，主人公们在奋斗中形成自我意识。如《汪信之一死救全家》中的汪革，只带着一把雨伞闯江湖，抱着“不置千金，誓不还乡”的信念，他进行“铁

① 高洪钧编著《冯梦龙集笺注》，天津古籍出版社，2006，第84页。
② 魏同贤主编《冯梦龙全集·智囊》，凤凰出版社，2007，第364页。

治”方面的创业，最终“数年之间，发个大家事起来”。汪革的发迹变泰，主要靠自身的勇气和勤奋，显示了市民阶层的远见卓识和踏实肯干的精神。《徐老仆义愤成家》的阿寄靠贩漆起家，辛苦运营，从一个奴仆晋升为一个出色的商人。他不仅挣到了巨额财富，还赢得了社会地位和人格尊严。王阳明说：“人胸中各有个圣人，只自信不及，都自埋倒了。”① 市民用自己的实际行动证明了存在的价值和意义，促进了自我意识的觉醒。

其次，冯梦龙文艺作品反映了“人”的政治觉醒。特别是明朝后期市民阶层的政治意识的觉醒。随着经济发展，市民阶层初步形成自己的价值观，对政治问题敢于正视并参与其中。晚明爆发的反税斗争体现了市民阶层对政治问题的大胆批判，显示其政治意识的觉醒。冯梦龙将谴责的矛头对准最高统治者，这是新兴市民阶级崭新的政治观。如《醒世恒言》中的《隋炀帝逸游招谴》批判了隋炀帝谋逆篡位、荒淫无度的生活。再如《史弘肇龙虎君臣会》中的周太祖郭威未发迹时与流氓史弘肇结为兄弟，“日逐趁赌，偷鸡盗狗，一味乾颡不美，蒿恼得一村疃人过活不得，没一个人不嫌，没一个人不骂”②。《赵伯升茶肆遇仁宗》中的成都秀才赵旭赴京应试，因故被废科名荒落街头，宋仁宗因枕中一梦，紧急召见，任以高官，使其衣锦还乡。这即是专制时代的真实写照，昭示了皇帝喜怒无常、荒唐可笑的丑态。“真命天子”在这里被写成了市井无赖，显示了具有民主色彩的市民意识的初步形成。冯梦龙深刻感受到市民阶层的政治自觉。他希望用文艺作品对市民阶层的思想加以引导。因此，他将“三言”成书定义为：“明者，取其可以导愚也；通者，取其可以适俗也；恒者，习之而不厌，传之而可久。三刻殊名，其义一

① （明）王阳明：《传习录》，南南译注，中国画报出版社，2014，第127页。

② （明）冯梦龙编《古今小说》，人民文学出版社，1958，第114页。

耳。”[①] 他希望文艺能起到适应社会的作用，用文艺反映生活，影响受众，从而改变社会。

从冯梦龙存世文艺作品中，后人可以看到当时文士骚客的真实风貌，以及蠡测处于文化转型但未完成建构的明代市民阶层自我意识的伟大觉醒。

第三节　传奇笔记的创编理论——“益智疗腐”“情为理维”

冯梦龙是一位文学创作的多面手，他的作品题材涵盖广泛，雅俗兼济，既有《麟经指月》这样的经学著作，亦有拟话本小说集“三言”、民歌集《挂枝儿》与《山歌》、戏曲作品《双雄记》与《万事足》等通俗作品，体现了冯梦龙上能达雅下可戏谑、刚柔并济的创作能力，反映了他刺世嫉邪、传道疗俗的文艺创作思想。除此之外，冯梦龙还搜集整理了很多笔记小说，这些小说深受读者喜爱，体现了冯梦龙的小说创作思想。

一　“不笑不话不成世界”——《笑府》《古今谭概》

（一）“古今世界一大笑府”——《笑府》

《笑府》一书，所收录笑话近六百条，按内容可分十三卷：古艳部、腐流部、世讳部、方术部、广萃部、殊禀部、细娱部、刺俗部、闺风部、形体部、谬误部、日用部、闰语部。每卷一部，最后一部为前面所记内容之补缺，每部开篇有小序，部分笑话篇后也有批语

① 高洪钧编著《冯梦龙集笺注》，天津古籍出版社，2006，第84页。

或附录，其体例大致与《古今谭概》相似。

《笑府》所收笑话之来源：一是摘自前人笑话集；二是源于民间讲述；三是冯氏自作。无论源出何处，都充分表达了冯梦龙“不笑不话不成世界”的思想。他在序中说明创作《笑府》的用意，“古今来莫非话也，话莫非笑也。两仪之混沌开辟，列圣之揖让征诛，见者其谁耶？夫亦话之而已耳。后之话今，亦犹今之话昔。话之而疑之，可笑也；话之而信之，尤可笑也。经书子史，鬼话也，而争传焉；诗赋文章，淡话也，而争工焉；褒讥伸抑，乱话也，而争趋避焉。或笑人，或笑于人，笑人者亦复笑于人，笑于人者亦复笑人，人之相笑宁有已时？《笑府》，集笑话也，十三篇犹云薄乎云尔。或阅之而喜，请勿喜；或阅之而嗔，请勿嗔。古今世界一大笑府，我与若皆在其中供人话柄。不话不成人，不笑不成话，不笑不话不成世界。”① 在这篇序中，冯梦龙认为对于经书子史、诗赋文章等大宗文体持不可侵犯、不容置疑的态度，可笑至极。这些大宗文体是“鬼话”、是“淡话”、是“乱话”，这非常不敬的话在冯梦龙的表述中很罕见。那么，应该如何理解它们的准确含义呢？他真的是在否定上述文体的权威性吗？是否可以因此说冯梦龙已经抛弃儒家思想的传统呢？其实并非如此，综观冯梦龙一生，虽通俗作品甚夥，但他在骨子里还是一个传统的儒家文人，他思想中的儒家正统思想根深蒂固，即使利用小说、笑话等讽刺嘲弄各种社会不良现象，也是本着“美刺说”的思想原则。他在这篇序中有此言论，意在肯定小说笑话等通俗文学的社会功能，进而提升其文化地位。提高通俗文学的地位，利用通俗文学宣传儒家思想，这是冯氏文学创作思想的一个鲜明特征。

《笑府》一书，最大的特点是其内容的俚俗性。无论是摘抄前人所录笑话集，还是记录民间讲述抑或是自创笑话，冯梦龙都很好地

① 魏同贤主编《冯梦龙全集·笑府》，凤凰出版社，2007，第178页。

照顾到受众，最大限度地满足他们的审美需求。如果说《古今谭概》中的文人性成分居多，那么《笑府》就是百姓生活的生活再现。书中有不少荤笑话，以闺风部居多，很多笑话对性的描写与阐述十分露骨。这些荤笑话来自民间，反映了人类最直接的生理、生存本能，在民间拥有广阔的市场。同时，《笑府》非常注重娱乐性。如果说在《古今谭概》中传达“美刺说”思想的痕迹还比较明显，那么在《笑府》中则弱化许多。很多时候冯梦龙只是单纯地讲述一个笑话，博人一笑，而无更多深意。很多西方学者曾说中国没有幽默，那是不正确的。冯梦龙用自己传世的作品，很好地诠释了中国人的幽默，中国的笑话也有很好的艺术效果。

（二）认真不如取笑：富有深意的笑——《古今谭概》

《古今谭概》是冯梦龙从历代正史、野史、笔记、民间传说等多种体裁文学作品中采撷大量笑话汇集而成的一部笔记小说。全书所收故事2000余条，分为36部：迂腐部、怪诞部、痴绝部、专愚部、谬误部、无术部、苦海部、不韵部、癖嗜部、越情部、佻达部、矜嫚部、贫俭部、汰侈部、贪秽部、鸷忍部、容悦部、颜甲部、闺诫部、委蜕部、谲知部、儇弄部、机警部、酬嘲部、塞语部、雅浪部、文戏部、巧言部、谈资部、微词部、口碑部、灵迹部、荒唐部、妖异部、非族部及杂志部。在每一部类中，大多数笑话是有关社会痼疾、陋习丑相的，表现出冯氏对所记录事件以“贬”为主的态度。以内容来分，可分为摘录体、笑话体与实录体三类。摘录体的内容主要来自历代笔记，篇幅短小但涵味隽永，颇有《世说新语》之遗风。笑话体故事在书中数量最多，因此在流传过程中曾有《古今笑史》之别名。故事主人公既有达官贵人，亦有贩夫走卒，一个个令人啼笑皆非的故事背后隐藏着冯氏针砭时弊的深层用意。实录体故事很多是冯梦龙亲眼所见、亲耳所闻之事，具有很强的时代感，通过这种类型的故事可以了解明末社会之世态人心。三种类别的故事拥有不同的讽刺角度，既可独立成体，又有一定联系，来源虽各不相同，但所记内容大致关涉街谈巷议、百姓生活，因此具有很强的社会感染力。

在《古今谭概》中，冯梦龙表现出了杂糅史统道义与民间谑浪的复杂情绪，以小说发扬“美刺说”传统是他小说创作的一个鲜明标志。

首先，冯梦龙遵循尊重儒家史统道义。冯梦龙早年曾经醉心经学，曾自言：“不佞童年受经，逢人问道，四方之秘笈，尽得疏观；廿载之苦心，亦多研悟，纂而成书，颇为同人许可。”[①] 其一生撰写了《麟经指月》《春秋衡库》《春秋定旨参新》《春秋别本大全》《四书指月》等著作，在经学领域苦心经营且颇有心得，儒家传统思想深深扎根在冯梦龙的心中。

其次，冯梦龙所处时代要求通俗文艺。冯梦龙生活的晚明时期，长期处于政治底层、经济底层、文化底层的市民阶层以前所未有的姿态崛起，他们的思想、意识成为时代主流。晚明社会思潮由此强调“性灵”，重视人情，有一定文化但抑郁不得志的文人成为表述市民阶层思想意愿的最佳代言人，能够表现市井民心的小说是很有代表性的通俗文学。

最后，冯梦龙综合文化渊源、时代精神等因素，将“美刺说”作为小说创作宗旨。无论是他在“三言”中强调因果轮回、果报不爽的观念，还是在笑话集中以笑含贬，都可见“美刺说”这种源于先秦时期的儒家精神所发挥的特殊作用。《古今谭概》围绕一个“笑”字展开，这个“笑”寓意颇丰，除了简单嘲笑蠢人愚行外，更多地含有贬义，鞭笞社会不良现象，谴责道德败坏之人，以此观

---

① 高洪钧编著《冯梦龙集笺注》，天津古籍出版社，2006，第12页。

风俗、正人心。

二　运用之妙，在于一心——《智囊》

《智囊》是冯梦龙所编撰的一部专题性小说集，成于明熹宗天启六年（1626年），“忆丙寅岁，余坐蒋氏三径斋小楼近两月，辑成《智囊》二十八卷”①。全书分为上智、明智、察智、胆智、术智、捷智、语智、兵智、闺智、杂智十大类，每部前有总叙，对本部分内容进行简要的介绍，每卷附有评论，很多条目的后面还有评论及按语。冯梦龙从各个角度对故事进行评价说明。故事所录内容上至先秦，下逮明季，包罗了各个时代人物的机智妙语，选取范围包括正史杂传、传奇笔记、历史传说以及当代见闻等，表现了冯氏的崇智思想。

首先，冯梦龙推崇智慧。他在《智囊》一书的自序中开宗明义地指出智慧的重要性：“人有智，犹地有水；地无水为焦土，人无智为行尸。智用于人，犹水行于地。地势坳则水满之，人事坳则智满之。周览古今成败得失之林，蔑不由此。何以明之？昔者桀纣愚而汤武智，六国愚而秦智，楚愚而汉智，隋愚而唐智，宋愚而元智，元愚而圣祖智。”② 他认为智慧不仅仅是判断一个人头脑是否清晰、思维是否缜密的标准，更将其视作关乎国家生死存亡的重要条件。历史上许多亡国之君之所以走上末路，就是因为缺少思维缜密的头脑与智慧性的治国方针。在《智囊》中，有帝王将相安邦定国之谋略，有地方官吏审恶锄奸的手段，亦有文人雅士的聪慧戏谑。这些历史名人的言行举止既引起了受众的阅读兴趣，又能借助他们的知名度更好地传播故事，阐述作者观点。因此，阅读《智囊》在一定程度上为统治者提供了治国策略与历史借鉴，也帮助民众了解事件

---

① 魏同贤主编《冯梦龙全集·智囊》，凤凰出版社，2007，第3页。

② 魏同贤主编《冯梦龙全集·智囊》，凤凰出版社，2007，第1页。

的原委。

其次，冯梦龙指出了增长智慧的几个途径。冯氏推崇智慧，那么，如何才能让头脑更聪明呢？学习！“智犹水，然藏于地中者，性；凿而出之者，学。”[①] 只有通过那些充满智慧的故事一步步引导，才会使人们的大脑得到不断的训练，从而变得严谨聪颖。智慧与观察力、胆略、反应速度等有关，在书中的察智部、胆智部、捷智部中有非常详细的阐述。冯氏希望借助这本《智囊》，能够开启民智、益智疗俗。书中所录，除了博得大家一笑之外，作者更希望受众能够学习利用这些智慧经验，“善用之，鸣吠之长，可以逃死；不善用之，则马服之书，无以救败”[②]。可见，习智不仅能使自己在日常生活中更加聪慧，正确判断事物，更有裨益于国家。

最后，对故事主人公的选择表现了冯梦龙的智慧观。人们常常认为只有正直正义的人所做出的机智言行才能称为智慧，奸佞小人的聪明之举只能是诡计。冯梦龙在《智囊》中恰恰选取了诸如秦桧这样声名狼藉之人的事例入书，他解释为：“吾品智，非品人也。不惟其人惟其事，不惟其事惟其智。虽奸猾盗贼，谁非吾药笼中硝、戟，吾一以为蛛网而推之可渔，一以为蚕茧而推之可宝。譬之谷王，众水同归，岂其择流而受！”[③] 最后一句话道出了冯梦龙如此选择的原因：他对智慧本着兼容并蓄的态度，只强调智慧本身，不论持有者的身份。可以说，冯梦龙的智慧观更加豁达，有海纳百川的气度。

三　“芟繁就简”，以古讽今——《太平广记钞》

《太平广记钞》共八十卷，分为仙、女仙、道术、幻术、异人、

① 魏同贤主编《冯梦龙全集·智囊》，凤凰出版社，2007，第 2 页。
② 魏同贤主编《冯梦龙全集·智囊》，凤凰出版社，2007，第 3 页。
③ 魏同贤主编《冯梦龙全集·智囊》，凤凰出版社，2007，第 2 页。

异僧、释证、报恩、冤报、徵应、定数、名贤、高逸、廉俭、器量、精察、俊辩、幼敏、文章、才名、博物、好尚、知人、交友、义气、侠客、贡举、氏族、铨选、职官、将帅、骁勇、褊急、酷暴、权幸、谄佞、奢侈、贪、吝、谬误、遗忘、嗤鄙、轻薄、嘲诮、诙谐、谲智、诡诈、无赖、妖妄、算术、卜筮、医、相、妇人、仆妾、酒食、乐、书、画、伎巧、梦、神、灵异、鬼、神魂、冢墓、铭记、再生、天、地、宝、花木、禽鸟、兽昆虫、龙、水族、夜叉、妖怪、蛮夷、杂志部类，所录内容来自《太平广记》。

北宋太平兴国年间由李昉等人编修的《太平广记》是一部文言小说总集，收录了汉代至宋初的野史传说、道藏经典、佛宗释义。所收录的内容十分丰富，在流传过程中不断被各类作家利用，特别是小说家，因此《太平广记》被称为“荟萃说部菁英”“小说家之渊薮”。但此书在流传的过程中因为刊刻的原因，谬误极多。“昔有宋混一天下，乃聚胜国词臣，高馆隆糈，耑局分曹，裨以渔猎群书为务，用而不用，盖微权也，于是乎《御览》书成，而笔其余为《广记》凡五百卷。以太平兴国年间进呈，故冠以‘太平’字。二书既进，俱命镂板颁行。旋有言《广记》烦琐，不切世用，复取板置阁。民间家藏，率多缮写，以故流传未广。至皇明文治大兴，博雅辈出，稗官野史，悉傅梨登架，而此书独未授梓。间有印本，好事者用闽中活板，以故挂漏差错，往往有之。万历间，茂苑许氏始营剞劂，然既不求善本对较，复不集群书订考，因讹袭陋，率尔灾木，识者病焉。昔人用事不记出处，有问者辄大声曰：‘出《太平广记》。’谓其卷帙浩漫，人莫之阅，以此欺人。”① 如果按照这样的情况继续发展，这部类书很快就会失去它原本的魅力。“夫《广记》非中郎帐中物，而当时经目者已少，若讹讹相仍，一览欲倦，此书

① 魏同贤主编《冯梦龙全集·太平广记钞（上）》，凤凰出版社，2007，第1页。

不遂废为蠹糒乎?”[1] 有感于这部类书的坎坷命运，冯梦龙决心对此进行重新整理。“予自少涉猎，辄喜其博奥，厌其芜秽，为之去同存异，芟繁就简，类可并者并之，事可合者合之，前后宜更置者更置之，大约削简十（什）三，减句字复十（什）二，所留才半，定为八十卷。”[2] 冯梦龙在这里阐述了他对《太平广记》一书的改进方式。第一，合并同类，将同类的进行合并、将类别不同但事件内容相同者进行合并，做到删繁就简。第二，删减篇目及篇幅。根据傅承洲先生的统计，《太平广记》中收录的野史小说近 7000 篇，经冯梦龙删选之后，剩 2600 余篇，他删减掉 60% 以上的篇目。[3] 除此之外，他还对小说的篇幅进行了删减，在主体内容不改变的前提下减少部分小说的字数。比如《老子》一篇，就被他从 2100 多字删减到 500 字左右。第三，在选订的过程中利用批语等形式对《太平广记》中的谬误进行改正。

在进行了上述一系列巨大的改动后，终成《太平广记钞》。那么，冯梦龙为何耗费如此大的气力进行这项浩大工程呢?“呜乎！昔以万卷辐凑，而予以一览彻之，何幸也！昔以群贤缀拾，而予以一人删之，又何僭也！然譬之田畴，耘之艺之，与民食之，或者亦此书之一幸，而予又何妨于僭乎?宋人云：‘酒饭肠不用古今浇灌，则俗气熏蒸。’夫穷经致用，真儒无俗用；博学成名，才士无俗名。凡宇宙间龌龊不肖之事，皆一切俗肠所构也。故笔札自会计簿书外，虽稗官野史，莫非疗俗之圣药，《广记》独非药笼中一大剂哉!”[4] 冯梦龙对编选这部类书深感荣幸，可以说，他是带着极强的社会责任感来进行这项工作的。

---

① 魏同贤主编《冯梦龙全集 · 太平广记钞（上）》，凤凰出版社，2007，第 1 页。

② 魏同贤主编《冯梦龙全集 · 太平广记钞（上）》，凤凰出版社，2007，第 1 页。

③ 傅承洲：《冯梦龙〈太平广记钞〉的删订与评点》，《南京师大学学报》（社会科学版）2012 年第 6 期。

④ 魏同贤主编《冯梦龙全集 · 太平广记钞（上）》，凤凰出版社，2007，第 1 页。

首先，他在小说的评点中指出了一些小说创作中的规律。一是世情民风与小说的关系，“女仙”部中收录了女仙与凡间男子相爱的故事，冯梦龙认为，既然仙女已经位列仙班、超脱尘俗，为何还要与人间男子缱绻旖旎？为何文人雅士要不断创作这类故事？盖“大抵唐风多淫，自明河问渡，椒风不警，而桑中濮上，靡然成俗。一时文士游戏，皆借天上以喻人间”[①]。明末，社会思潮中涌动着解放情欲的因子，诸多放浪形骸的文人因此被称为雅士，他们的生活被投射到小说中。可以说，如果没有社会思想的影响，绝不会出现这种类型的作品。二是注意小说人物的特点。中国小说发展受史传传统影响颇深，在处理虚实的问题时难免受到史传文学尚实主张的影响，与小说特有的尚虚风格相冲突。冯梦龙在评语中借助人物形象的真实性发表了他对小说创作虚实关系处理的看法。

其次，冯梦龙在《太平广记钞》中表现了一个文人对社会的强烈责任感。作为社会精英阶层的文人在中国古代社会中发挥着智囊的作用，只有他们自觉肩负起社会历史使命，民智才能得到开化、社会才能进步。冯梦龙利用评点，以古讽今，借题发挥，对各种社会丑态进行鞭挞，对现实问题发表看法。这种思想贯穿在冯梦龙通俗文学创作的始终，他的《古今谭概》《智囊》都是典型代表。

四 “我欲立情教，教诲诸众生”——《情史》

在晚明时期，没有任何一个人如同冯梦龙这样，既大力提倡情感自由、外露，又带着封建传统士人的迂腐之气要求情感合乎规矩。他提倡爱情至上，主张“情生万物”；他又宣传忠孝节义，以此为标准来衡量各种各样的“情”。在他的思想中，宣扬人性自由、平等与

① 魏同贤主编《冯梦龙全集·太平广记钞（上）》，凤凰出版社，2007，第161页。

提倡“适俗导愚”杂糅交错，奔放的与压抑的因子交替闪现。可以说，冯梦龙是一个内涵深厚且复杂的文化符号，足可代表晚明时期知识分子特有的文化人格与心态，其所著之《情史》即为此复杂心态、复杂哲学思想的集中展现。

《情史》，全称《情史类略》，又名《情天宝鉴》，是冯梦龙辑评的一部专题性笔记小说。在此书中，作者特地选出“情”这一在历代不断被提及、描述的人类特殊思想，以此为突破口，阐述自己的哲学思想。全书共分为情贞、情缘、情私、情侠、情豪、情爱、情痴、情感、情幻、情灵、情化、情媒、情憾、情仇、情芽、情报、情秽、情累、情疑、情鬼、情妖、情外、情通、情迹 24 类。

第一，“情教说”的提出与内涵。《情史》一书的产生，与晚明社会思潮有很大的关系。晚明社会因“阳明心学”的影响，民众思想得到极大的解放。李贽认为天下万物中，只有一个真情而已。汤显祖展现了情深意切，“不知所起，一往而深，生者可以死，死可以生”，具有促使人生死的伟大力量。凡此种种，不一而足。冯梦龙也有着与汤显祖极为相似的观点，“人，生死于情者也；情，不生死于人者也。人生，而情能死之；人死，而情又能生之。即令形不复生，而情终不死，乃举生前欲遂之愿，毕之死后；前生未了之缘，偿之来生。情之为灵，亦甚著乎！夫男女一念之情，而犹耿耿不磨若此，况凝精翕神，经营宇宙之瑰玮者乎！”① 但冯梦龙比这些前辈更进一步，提出了“情教说”，将情提升到无以复加的崇高地位。

“天地若无情，不生一切物。一切物无情，不能环相生。生生而不灭，由情不灭故。四大皆幻设，惟情不虚假。有情疏者亲，无情亲者疏。无情与有情，相去不可量。我欲立情教，教诲诸众生。”② 冯梦龙将情视为天地间万物生存、互相联结的纽带，是宇宙的根本，

① 魏同贤主编《冯梦龙全集·情史》，凤凰出版社，2007，第 361—362 页。
② 魏同贤主编《冯梦龙全集·情史》，凤凰出版社，2007，第 101 页。

这与道家所推崇的“道”非常相似，他在试图建立一个具有类似宗教性质的“情教”，也就是与儒教、佛教、道教并列的教化理论体系。

冯梦龙所提出的“情教说”，进一步发展了李卓吾、汤显祖的主情思想。汤显祖认为情与理是一对不可调和的矛盾形态，《牡丹亭》是他真情至上、以情反理的代表。冯梦龙显然不愿完全按照汤氏的“唯情”模式进行创作，他在肯定汤氏的基础上努力把传统伦理、时代思潮调和为一体。他认为情、理不是处在天平两端不可统一的产物，带有真情的忠孝节义是最好的处理方式，这样做既能考虑到传统道德文化的影响，又能“合理”地阐述真情。

宋代理学兴起后，在实际的发展过程中“理”与“情”之间的矛盾逐渐加大，乃至于有“存天理，灭人欲”的口号。当理学成为统治御用思想、占据话语权的主导位置后，情、理之间的紧张对峙似乎时刻都在上演。作为一个常年接受封建正统教育、深受理学思想浸淫的士大夫，冯梦龙既想继续宣传以理学为代表的正统思想，又希望照顾到晚明解放思想影响下的民众心理，提出一种能够消弭二者之间矛盾状态的理论体系。讲述各类感情故事，宣传“情教”之说，同时表现出强烈的教化意味，这就是冯梦龙的具体实践方式。不唯在《情史》中，他的《古今谭概》《笑府》等，都是秉承此原则创作的。

第二，“情教说”在《情史》中的具体表现。冯梦龙“情教说”中的“情”，内容极为广泛，既有亲情、友情，也有爱情，显然后者更为广大读者所津津乐道。《情史》所述基本上都属于爱情范畴，冯梦龙以 24 大类概括了爱情的内涵，通过一个个跌宕的故事，对“情教说”进行了多方位的阐释。

首先，若是出于真情，完全可以做到忠孝节义，符合传统道德要求。“自来忠孝节烈之事，从道理上做者必勉强，从至情上出者必真切。夫妇其最近者也，无情之夫，必不能为义夫；无情之妇，必不能为节妇。世儒但知理为情之范，孰知情为理之维乎……古者聘为妻，奔为妾。夫奔者，以情奔也。奔为情，则贞为非情也，又况道旁桃李，乃望以岁寒之骨乎！春秋之法，使夏变夷，不使夷变夏。妾而抱妇之志焉，妇之可也。娼而行妾之事焉，妾之可也。彼以情许人，吾因以情许之。彼以真情殉人，吾不得复以杂情疑之。此君子乐与人为善之意。不然，舆台庶孽，将不得达忠孝之性乎哉！"① 冯梦龙认为，虽奔者、妾等皆为理学规定之不入流者，但如果这些人是出于真情行事，那么不必苛求。相较于那些恪守理范却无真意者，前者更为可贵，在融入礼教体系后，她们会做得更好。

其次，准确认识"情"及其表现。《情史》第一卷是"情贞类"，这是冯梦龙最为推崇的，既有真情，也会符合道统要求。但是，并非所有冠以"情"字的事件、感情都是正确的，它们需要被很好地区别出来。书中的"情豪""情痴""情秽""情外"等部类都是"情"的特殊表现，往往不能给人带来好的结局。"情豪"中的商纣王、"情痴"中的尾生、"情秽"中的飞燕合德、"情外"中的龙阳君等，都不能代表真情。其不仅危害别人的生命，也在葬送自己的生命；不仅没有表达真情，反而大开欲念。因此，需要谨慎看待"情"的内涵，"天下莫重于情，莫轻于财。而权衡必审，犹有若此，况于偾事败名，履危犯祸，得失远不相偿。可不慎与?"② 他再次提醒人们，在追求"情"时，一定要慎重小心，区分打着真情幌子的"假情"，也不必过于强求姻缘，随遇而安其实更佳。

再次，把握"真情"与"滥情"之间的尺度。"真情"不是一旦拥有就不再改变的，随着时间环境的变化，感情也会发生变化，有时甚至走向对立面。"情，犹水也。慎而防之，过溢不上，则虽江

① 魏同贤主编《冯梦龙全集·情史》，凤凰出版社，2007，第36—37页。

② 魏同贤主编《冯梦龙全集·情史》，凤凰出版社，2007，第631—632页。

海之决，必有沟浍之辱也。情之所悦，惟力是视。田舍翁多收十斛麦，遂欲易妻，何者？其力余也。况履极富贵之地，而行其意于人之所不得禁，其又何堤焉。始乎宫掖，继以戚里，皆垂力之余而溢焉者也。上以淫导，下亦风靡。生斯世也，虽化九国而为河间，吾不怪焉。夫有奇淫者，必有奇祸。汉唐贻笑，至今齿冷。宋渚清矣，元复浊之。大圣人出，而宫内肃然，天下之情不波，猗与休哉!"[①] 这里先是以水喻情，讲述过犹不及的道理。继以田舍翁之例鞭挞饱暖思淫欲的思想，看似有情有义，实际滥情不堪。最后，他指出这种变化出于上层贵族的不良风气，上行下效后恶果连连。

在《情史》中，冯梦龙对感情有区别、有肯定、有贬斥，无论哪种情况，都是他"情教说"的有机组成部分，无论哪种态度都是他在结合道统原则与社会风气后所做出的明确判断。他的褒贬、他的劝诫，都是出于教化人心的目的，以"情"为突破口，更易于被人接受，更易于宣传发扬。因此，《情史》一书，能够集中体现他的"我欲立情教，教诲诸众生"的思想。

① 魏同贤主编《冯梦龙全集·情史》，凤凰出版社，2007，第631—632页。

第五章

冯梦龙的戏曲理论与民歌理论

冯梦龙在戏曲上主要有两方面贡献：一是在戏曲创作中他讲求合律依腔，叙事上则采用双线结构和虚实相间的创作手法；二是在戏曲改编、导演方面有自己的独到见解。至于民间文学观，他借民歌的搜集整理，揭发“名教”的虚伪，肯定“男女”的真情，提出“借男女之真情，发名教之伪药”。冯梦龙对保存及发展晚明的戏曲和民歌做出了巨大贡献，这种贡献不亚于其在小说领域的作为。

第一节　冯梦龙的戏曲创作理论

冯梦龙作为一代文学巨匠，涉猎广泛，参与了各种形式的文艺创作，戏曲即其中一体。戏曲发展到明朝，以传奇剧为主体，而冯梦龙所在的晚明时期正是明传奇最兴盛的阶段。目前能认定为冯梦龙创作的两部作品《双雄记》《万事足》都属于传奇。

一　冯梦龙戏曲创作的音乐基础——合律依腔

冯梦龙在创作戏曲的时候，有自己的主张，那就是要改变南音中的“或因句长而板妄增，或认调差而腔并失”[①] 的情况。换言之，冯梦龙希望自己创作的戏剧能够合乎声律、依凭宫商，即“合律依腔”。

冯梦龙开始创作传奇的时候，戏曲界已经呈“吴江派”和“临川派”二分天下之势。以沈璟为代表的“吴江派”精通音韵、讲求音律，要求创作必须严格按照声律的既定模式进行。而“临川派”代表人物汤显祖则主张自然而然，传奇创作可以不受音律约束，不注重唱词，文学性更强。汤、沈各持己见，一时间形成了戏曲史上著名的“汤沈之争”。冯梦龙属于“吴江派”，这并不是简单的因为冯、沈二人有过戏曲上的切磋与交流，而是冯梦龙看出“戏曲”创作模式存在很多问题，他要用自己创作的戏曲来告诉世人——按照曲律音调进行创作不仅能创作出好的作品，还更利于戏曲的发展。

首先，冯梦龙在《双雄记》的序言中阐释传奇必须要改正曲律的理由。冯梦龙在二十七八岁时，创作了一部两卷共计三十六出的《双雄记》。在表演过程中，其最重视的就是“唱”和“念”。万历末年，南传奇代表剧种“昆曲”，经扬州传入北京、湖南，跃居各腔之首，成为传奇剧本的主流唱腔。这是“南曲”比“北曲”成功的标志。但是，在“南戏”表演传奇的时候，还是有很多表演者对剧本的改动过于随意，这是冯梦龙所不能认同的。在《双雄记》的序言中，冯梦龙犀利地指出南方戏曲的弊病：“《中州韵》不问，但取口内连罗；《九宫谱》何知，只用本头活套。作者愈乱，歌者愈轻，调罔别乎宫商，惟凭口授；音不分乎清浑浊，只取耳盈。”[②] 这一时期的传奇，不再对唱词的音韵有要求，只凭演唱者的随意发挥。谱曲也是不按照应有的套路来进行，只是套用一个躯壳后任意编排。

① 高洪钧编著《冯梦龙集笺注》，天津古籍出版社，2006，第197页。

② 高洪钧编著《冯梦龙集笺注》，天津古籍出版社，2006，第197页。

创作者对于戏曲穿凿得不严谨，增加了戏曲表演者表演时的随意性。在演唱的音调上，表演者已经不再遵循“五音”的原则，不再按照曲谱演奏的唱和，只是依靠师徒之间的口耳相传。戏曲表演者唱腔并不清晰，要靠观众去辨析和择取自己想要的信息。作为“吴江派”的一员，冯梦龙把这些戏曲界存在的问题一一指出。戏曲创作者、表演者的过度自由发挥，违背了戏曲应有的规律，出现了一些弊病。“弄声随意，平上去入之不精；识字未真，唇舌齿喉之无辨。语云：‘童而习之，白首不解。’南词之谓与！”① 冯梦龙看到南方戏曲的痼疾，随意地演唱，不按照曲谱和唱词的准确发音，吐字不清，戏曲的表演者没有字正腔圆地演唱，很含糊地在唇舌之间一带而过，有损戏曲本身最为重要的“唱腔”。“唱腔”和“念白”的含混不清，使得很多表演者少年时期学的戏，到自己白发斑斑的时候还不能完全理解，连表演者都不知所云的戏曲表演，显然是要破坏受众的审美接受了。这一时期的冯梦龙还很年轻，他转益多师，将自己的作品呈给沈璟批阅。在沈璟的指点下，冯梦龙继承“吴江派”重视声律的特点，继续在自己的戏曲理论阐述与创作实践的道路上不断前行。

其次，冯梦龙阐述戏曲创作必须遵守词曲既定原则的重要性。冯梦龙作为一个成熟的文艺家，他对艺术创作的基本规范要求十分严格。在传奇流行达到艺术顶峰的时候，剧本的创作和表演，出现过于松散的状态，这一点是冯梦龙所不认同的。冯梦龙在《太霞新奏》中写道：“又或运笔不灵，而故事填塞，侈多闻以示博；章法不讲，而短订拾凑，摘片语以夸工。此皆世俗之通病也。”②当时戏曲创作的弊端为：“当行也，语或近于学究；本色也，腔或近于打油。”③

---

① 高洪钧编著《冯梦龙集笺注》，天津古籍出版社，2006，第 197 页。

② 高洪钧编著《冯梦龙集笺注》，天津古籍出版社，2006，第 176 页。

③ 吴毓华编著《中国古代戏曲序跋集》，中国戏曲出版社，1990。

从写作剧本时来看，如果语言上过于咬文嚼字，则学究气息太浓；如果过于通俗化，就又给人一种打油诗般的草率和无序感。在故事情节上，故意用很多深奥的典故将情节连缀起来，给人一种貌似作者博闻强识的错觉。戏剧设置缺乏应有的章法，拼凑痕迹明显，语言也不能令人满意。在《太霞曲语》中冯梦龙提出"韵可偷而调必不可改"①。这阐明了冯梦龙的观点：戏曲中用"韵"可以改动，调却是不能变更的。韵在戏曲演唱中也是刻苦训练的一种技巧。孔子曾经在听到美妙音乐后感叹："余音绕梁，三日不绝。"这就是谱曲者在韵味上所做的文章。冯梦龙认为"韵"可以根据需要进行变换，他以《金钗记》中的"平生颇读几声书，微名幸登龙虎榜"为例，其中"榜"用韵。而《琵琶记》中"高堂已添双鬓雪"涉及的四曲都没用韵。这就说明"韵"是可以按照表演者的需求来变化的。但是正如上文所言，曲调是不能变化的，"曲"与"歌"相对，主要是用乐器来演奏的。如果乐器演奏的曲，总是任性地不停变化，显然是不符合实际演出需要的，因此"曲"是不能变的。可以说，冯梦龙对于艺术表演者自己本身在舞台上能够控制的部分，给予一定自由创作发挥的空间。但是，对于乐器演奏的"曲"，冯梦龙主张不能变动，严格按照谱子演奏。这种严守"曲律"的做法，充分体现了冯梦龙"吴江派"的风格。在给王骥德《曲律》作叙的时候，冯梦龙系统地阐述了严格按照既定曲律进行戏曲创作的重要性。"然自此律设，而天下始知度曲之难；天下知度曲之难，而后之芜词可以勿制，前之哇奏可以勿传。悬完谱以俟当代之真才，庶有兴者！"②

---

① 高洪钧编著《冯梦龙集笺注》，天津古籍出版社，2006，第 180 页。

② 高洪钧编著《冯梦龙集笺注》，天津古籍出版社，2006，第 193 页。

二　冯梦龙戏曲创作的叙事特点——双线结构、虚实相间

戏曲结构设计和叙事中虚实的交替，都是必不可少的。冯梦龙所创作的戏曲，有记载的是《双雄记》和《万事足》，在这两部传奇里，他都采用了双线叙事方法，多角度去架构文本的维度，从而强化戏剧的冲突，使剧情更具有张力，有效引导观众走进编剧设计的情节中去。冯梦龙在戏曲剧本叙述上，采取虚实相间的手法，既有历史与现实中存在的人物，又有不拘泥于现实的情节虚构，从而实现了戏曲的剧情复杂化。

第一，冯梦龙戏曲的双线结构的设计使得每个行当的演员都能有所展示。冯梦龙作为“吴江派”的代表人物，他的戏曲创作带有自己流派鲜明的印记。王骥德的《曲律》就指出“吴江守法……临川尚趣。”①“吴江派”在戏曲创作的时候从不恣意妄为，而是有理有据、按部就班地进行创作，戏剧程式化的一面比较明显。双线结构不是冯梦龙的独创，但他在自己创作及改编的传奇中，大量使用了这种叙事结构，说明冯梦龙认同这种模式。双线结构从舞台表演来说，能赋予“生旦净末丑”更多的展示机会，增加一条叙事线索，就必须增加角色对应的人物。以《双雄记》为例，这是一部讲述抗倭名将的传奇。丹信和刘双是好朋友，二人在克服重重艰难险阻之后，为国出征、抗击倭寇，是侠肝义胆的“双雄”。如果整部传奇只是丹信、刘双两位主要人物反复出现，舞台会没有生气，观众易产生审美疲劳。一旦加上了丹信的“敌人”——心术不正的叔叔“丹三木”，矛盾顿时产生，让观众带着一种“正义战胜邪恶”的期许去观看，戏剧就有了吸引力，不会流于简单的视觉参与。因此，这

① 都兴宙：《沈宠绥音韵学简论》，《青海师范大学学报》（哲学社会科学版）1994年第4期。

部传奇的第一条线索就是丹信与叔父丹三木的矛盾。在戏曲的舞台上，如果只是男人们的恩怨情仇，显然单调乏味。要使戏剧更有看点，就不能缺少女性的参与，因此刘双与黄素娘的爱情成为第二条线索。这样一来，既丰富了故事情节，又使得舞台上的每个行当都有参演机会，丰富了观众观看戏剧的看点。有的观众注重第一条线索——正义与邪恶的较量；有的观众注重第二条线索——爱情的力量。这样，两条线索、四个主要人物，就把整个戏曲横向、纵向的情节勾连起来，在纵横交错的舞台表演中，把人世间的爱恨情仇展现于观众面前，任人评说。

《万事足》也采用双线结构，这部戏讲述了同榜进士陈循、高谷二人在纳妾生子等一系列问题上跌宕起伏的故事。高谷的妻子善妒，在自己不能生育的情况下，坚决不允许丈夫纳妾。作为高谷的朋友陈循看不下去了，一次在高家做客的时候，陈循痛斥高妻不能生育、按照“七出”之名理应赶出家门，并借机狠狠教训了“妒妇”。因此，戏曲的主要线索一目了然，就是高谷在陈循的帮助下，制服自己的妻子，最终纳妾生子。第二线索是陈循的妻子也无法生育，但是陈的妻子梅氏特别贤惠，主动劝丈夫纳妾生子。陈循表现出高姿态，对于妻子逼迫自己纳妾之事，始终不同意。最后，梅氏出于无奈，用酒将陈循灌醉使之就范。最后，陈循与婢女生下儿子，应了“有子万事足”的古语。显然《万事足》是封建男权社会的一个缩影，作者把支持“纳妾生子”作为主要线索进行铺设，这出戏的副线是一个封建“贤良淑德”的女性典范和一个“妒妇”的比较。一个为自己不能生育感到愧对丈夫，违背内心真实意愿去为丈夫纳妾生子，另外一个为了维护自己的尊严，不愿“二女共侍一夫”，从而被设计陷害。这两个截然相反的女性，构建了整部戏曲冲突的副线。两条线索、两对夫妻截然不同的人生态度，因为生育下一代而交织在一起，演绎了一幕幕活生生的伦理教化剧。冯梦龙利用戏剧舞台表演的特性，设置了极端对立的两个家庭，在短时间内让矛盾集中爆发。

在冯梦龙创作的两部作品中，双线结构使得情节更加跌宕起伏，紧紧抓住了观众的兴奋点，收到了意想不到的效果。因此，我们说，冯梦龙戏曲中的双线结构的设置，充分发挥了演员舞台表演的优势，易于角色展现，利于观众接受，双线结构是成功的情节结构模式。

第二，冯梦龙戏曲创作采取了“虚实相间”的叙事手法。冯梦龙在《警世通言》叙中说：“人不必有其事，事不必丽其人。”[①] 冯梦龙在创作传奇的时候，虚实相间，既涉及身边人物又有历史人物，但是这些人物的设计又不是写实，比如《双雄记》中的刘双和黄素娘是真实存在的人。《太霞新奏》卷十二收有冯梦龙散曲《青楼怨》，冯梦龙在这个序中写道：“余友东山刘某，与白小樊相善。已而相违，倾偕余往。道六年别意，泪与声落，匆匆订密约而去，去则复不相闻。每瞯小樊，未尝不哽咽也。世果有李十郎乎？为写此词。”[②]《青楼怨》讲述的是冯梦龙的刘姓朋友，与妓女白小樊相恋的曲折故事。后来《双雄记》中的刘双和黄素娘就是以这两个人为原型，敷衍铺陈开来的。在《青楼怨》曲后有记载：“子犹又作《双雄记》。以白小樊为黄素娘，刘生为刘双，卒以感动刘生为小樊脱籍。”[③] 在戏曲创作的时候，冯梦龙为配合剧情的需要，将现实生活中真实存在的一对痴男怨女加以改编，形成了戏剧中的另外一条线索，有力地推动了情节的发展。这是一种类型性的真实改编，把符合人物情节的现实存在加以改编，为情节需要所用，起到了很好的艺术效果。同样是在《警世通言》叙中，冯梦龙这样阐释自己文

① 魏同贤主编《冯梦龙全集·警世通言》，凤凰出版社，2007，第663页。

② 魏同贤主编《冯梦龙全集·太霞新奏》，凤凰出版社，2007，第210页。

③ 魏同贤主编《冯梦龙全集·太霞新奏》，凤凰出版社，2007，第1321页。

艺创作的虚实观念——“事真而理不赝，即事赝而理亦真”[①]。冯梦龙的创作是虚实结合的，有的人物源于现实，有的故事情节源于现实。这种从现实中汲取养料的做法，是非常适合受众去欣赏的。因为艺术源于生活，如果只是简单的空想，脱离现实生活的依凭，观众观看戏剧时就会觉得虚无缥缈、莫名其妙。如果一味地盲目追求现实，那么观众又无法体味到戏剧的高妙之处，将现实和艺术混为一谈，从而降低了艺术的可欣赏价值。

《万事足》中的两位高官，是史书中记载的真实人物。但是正史中并没有二人纳妾生子之事，可见这是冯梦龙化用了这两位知名人物，用具有影响力的代表人物来表明自己主张的正确性。虽然我们知道男权社会对女性的压制是毫无道理的，但是在封建社会，冯梦龙用统治阶层知名人物的生活作为创作蓝本，无非要印证这种“有子万事足”的价值观的正确性。虚实结合是冯梦龙在戏曲创作中的惯用手法，他恰如其分地进行虚实结合，使得观众融入其中，毫无违和之感。同年进士出身的陈循和高谷的正妻均不能生育，这件事本就不太可能发生。但是观众不会在真实与否上计较，观众在意的是戏剧冲突的焦点——两位正室夫人对待丈夫纳妾生子的态度。显然，陈循的妻子更加符合封建传统道德，她高尚无私地“强迫”丈夫与其他女性生育了儿子。诚然，这不符合人性，却符合传统的封建道学家的伦理理想。实际上，明朝也确实有很多这样的“忠贞贤惠”的案例，因此观众不会觉得虚假，反而认为其真实可信。

冯梦龙在进行戏曲等文艺创作的时候，思想是比较复杂的。由于他是“吴江派”的成员，他严格遵循曲律、唱词的固有模式，对声律有更高的要求，这促进了昆腔传奇的快速发展，但是从另一个方面也限制了词曲的自由发挥。从叙事方式和创作手法来看，冯梦

① 魏同贤主编《冯梦龙全集·警世通言》，凤凰出版社，2007，第663页。

龙的虚实结合也是为了更好地展现戏剧冲突。他的思想有矛盾之处，《双雄记》歌颂刘双和黄素娘不顾一切的爱情，显然是开放的、进步的；到了《万事足》，他又把纳妾生子看作理所当然，甚至将梅氏助夫纳妾生子的事情做了广泛宣扬。冯梦龙戏曲创作在音乐基础、叙事结构上具有独特的模式，其戏曲创作较为成功的经验为他的戏曲改编打下了基础、拓宽了思路。

第二节　冯梦龙的戏曲编导理论

冯梦龙的戏曲理论建树主要体现在两个方面：一是戏曲的改编理论；二是戏曲导演理论。结合冯梦龙的实践经验，本部分从他的剧本、点评找出重要理论依据，进行研究与阐述。

一　冯梦龙的戏曲改编理论

冯梦龙的戏曲改编理论，主要体现为两点：一是情节崇尚新奇；二是曲律合乎规矩。他在《双雄记》叙里指出，“余发愤此道良久，思有以正时尚之讹。因搜戏曲中情节可观而不甚奸律者，稍为窜正”①。这似乎与冯梦龙的戏曲创作理论不谋而合，或者说从戏曲改编的角度也能佐证冯梦龙对情节、曲律的重视。

首先，冯梦龙在戏曲改编时重视情节的新奇与完整。冯梦龙改编的剧本，大多见于《墨憨斋定本传奇》。冯梦龙在戏曲改编时重视情节的新奇与完整，是有迹可循的。比如根据张凤翼的《灌园记》传奇更定《新灌园》，就能比较直观地看出冯梦龙对于情节的重视。

① 高洪钧编著《冯梦龙集笺注》，天津古籍出版社，2006，第193页。

冯氏的《智囊·王孙贾母》附注中云："张伯起作《灌园记》传奇，只谱私欢，而于王孙贾母子忠义不录，大失轻重，余已为改正矣。"[①]这说明冯梦龙对那些简单的私情描写不满意，他需要戏剧体现自己的文艺主张，即前文阐释的"情教说"。冯梦龙删去原作《园中幽会》《朝英夜候》《朝英寻簪》《君后自责》四出过分描写私情而无现实教化意义的戏，使君后与齐世子田法章只有简单的婚姻盟誓，而无伤风化的私情淫滥，以便维持"以情化人"的文艺功用。为了使戏剧更加具有教化作用，更有益于观众道德素质的提高，冯梦龙增加了《私闺推食》《法章夜祭》《登楼遣怀》这三出戏。作为戏剧家，冯梦龙更加关注"情教"的现实意义。前文阐述的多是冯梦龙"情教说"在小说中的运用，但是研读他改编的戏文，同样可以发现处处有用"情教说"的痕迹。小说的受众多是文人士子，戏剧就不同，即使目不识丁的童叟也可以通过观赏戏曲来获得精神上的满足。不仅情节的新颖、奇特是冯梦龙关注的重点，戏剧的连贯性、完整性也是他非常重视的。因此，冯梦龙又参考历史，增写了《贤母训忠》《王孙讨贼》《途中巧逅》几折。这样一来，整部戏曲前后勾连完整，而且说服教育意义更加明显。作为戏剧改编者，只是简单地增加几出剧目，是不够的。因为在戏曲的流传过程中，由于表演者的不断加戏，有很多累赘的部分。对于这一部分不利于戏剧演出或者影响欣赏效果的，冯梦龙果断地进行删减。比较典型的是《牡丹亭》原本第十五出《虏谍》。此剧主要是讲金主出场，封李全为溜金王，命其进犯军事重地淮扬一事。冯梦龙指出："李全原非正戏，借作线索，又添金主，不更赘乎？"[②]冯梦龙改编的时候只是对这件事情一带而过，将第十五出《虏谍》整个删掉。只有革除这些冗长的戏剧桥段，作品才不会被细枝蔓节冲淡主题，也有利于突出中心

① 魏同贤主编《冯梦龙全集·智囊》，凤凰出版社，2007，第263页。

② （明）冯梦龙：《墨憨斋定本传奇》，中国戏剧出版社，1960，第98页。

人物，有利于情节的贯穿与发展。冯梦龙深谙戏曲的每一个细节，因此才有大刀阔斧改编的勇气，才能取得丰硕的成果。作为一个面向大众具有浓厚商业背景的剧作家，冯梦龙特别能站在观众的角度去审视问题，他设置的情节、角色、宾白都符合戏曲演出规律，因此他创作或改编的剧本极具生命力，能够传演至今。目前昆曲中的《牡丹亭》等著名唱段，都与冯梦龙的改定相关。冯梦龙对于南戏情节的准确把握，奠定了南戏的地位，为昆曲的更快更好的发展开辟了前行的道路。

其次，冯梦龙在改编时严格遵循曲谱音律。冯梦龙作为“吴江派”的成员，遵循曲谱改编是无可非议的。虽然以汤显祖为代表的“临川派”当时很受欢迎，相对于“吴江派”而言，“临川派”更重视戏曲的文学性与戏剧性，因此戏曲流传下来的不多。以“临川派”为蓝本的戏曲即使能够表演，也仅靠演员揣摩而来，没有明确的文字曲谱依凭。“吴江派”则不同，他们重视曲律，主张演员要按照既定的曲谱音律表演，这样就能使戏剧内容保存相对完整，唱腔也更为准确。《墨憨斋定本传奇·楚江情》第六折《妓馆怀笺》中于叔夜有一段白和唱，基本反映了冯梦龙的这一主张：“（白）歌之所重，大要在识谱。不识谱不能明腔；不明腔，不能落板。往往以衬字混入正音，换头识为犯调。颠倒曲名，参差无定。其间阴阳平仄换押转点之妙，又尽有未解者……（唱）蘸彩毫，费良工推与敲，入平去上都相拗，改正了方协调，羽越清脆，黄钟最浊，正宫雄壮，商角冷落，这其间就里多微妙。”[①] 在这里，冯梦龙提出了表演者必须认识曲谱，不识谱就不能准确地控制自己的唱腔。如果只是简单按照师徒口耳相传的做法，随着时间推移唱腔可能会产生较大差异。如果表演者不识曲谱，就没有办法配合演奏者的拍子，唱和不协调，

① 魏同贤主编《冯梦龙全集·墨憨斋定本传奇》，凤凰出版社，2007，第263页。

就会影响表演效果。而且宫商角徵羽规定的音高、音色是相对固定的，只有在这样一个共同的约定下，表演者、演奏者才能共同完成声律和谐的表演。冯梦龙所处的时代，正是北曲衰落、南曲全面勃兴的时代。但是由于南戏发展过于迅猛，人们开始随意改变唱腔，甚至是在舞台上也改来改去，整个戏曲界到了一种“《中州韵》不问，但取口内连罗；《九宫谱》何知，只用本头活套”[①] 的地步，因此，冯梦龙在曲谱音律上对此前剧本进行改编具有十分重要的现实意义。冯梦龙在改编张凤翼的《红拂记》时曾指出：“世行张伯起本，将徐德言所有《金镜记》兼而用之，情节不免错杂，韵有不严，调有不叶，盖张少年试笔。”[②] 冯梦龙认为张凤翼的《红拂记》在曲调韵律上都不够严格和规范，只能看作张凤翼年少时期的游戏之笔。《墨憨斋定本传奇·楚江情》第二十三折《素徽矢节》中【江神子】曲有眉批道：“此曲照《沈谱》‘莫不是咱无福分消’曲而作，然实误也，《新谱》已辨之详矣。”[③] 冯梦龙对于曲谱熟烂于心，对于改编校对也是有理有据，能做出令人信服的曲律改编。

冯梦龙在戏曲创作和改编方面都取得了不俗的成绩，但是比较而言，冯梦龙的戏曲改编成就更大。他的改编使得南戏发展脉络有据可查，历代表演者也因循他重情节、尚音律的主要观点，将南戏比较完好地保存并流传下来。

二　冯梦龙的戏曲导演理论

按照现代导演理论划分，导演可以分为影视导演和舞台导演。

① 刘召明：《晚明苏州剧坛传奇创作重心的下移及原因》，《南京师大学报》（社会科学版）2007 年第 3 期。

② 李志远：《冯梦龙戏曲序跋研究》，《中华戏曲》2008 年第 1 期。

③ 李志远：《冯梦龙戏曲序跋研究》，《中华戏曲》2008 年第 1 期。

舞台导演的工作是贯穿全程的，从研读剧本、选择演员到布置舞台空间、安排服装道具等，到处可见导演的身影。在导演诞生之前，组织演出的工作由剧作家、富有经验的主要演员或剧院经理来担任。冯梦龙虽然不是导演或者戏班的组织者，但是他从一个剧作家的角度，提出很多导演理论，这些理论对于舞台导演有着重要而深远的意义。

冯梦龙主张角色设置全面、人物主次分明。冯梦龙在更定《墨憨斋定本传奇》时就体现了这一主张。在这部著作里，除比较常见的生、旦、净、丑外，还有小生、老旦、贴旦、小净、小旦、副净、副丑等小角色。这些角色的设置，对于作家来说，能扩大戏曲故事的表现范围。对于演员表演来说，当主要演员表演疲惫的时候，就可以用这些小角色来做一个小的穿插，让主演得到适当的休息。不仅如此，丰富的角色配置可以使观众对戏剧情节有更加深入细致的了解，不会局限在一两个主演的身上。但是，冯梦龙是具有丰富戏剧经验的剧作家，他在改编戏曲的时候，还删除了很多不必要的小角色，以免冲淡主题。在改编汤显祖的《牡丹亭》时，作品中本来的设计是两个贴旦——春香、梅花庵小姑姑。在实际表演中，按照原来剧本就需要两位女演员来扮演有着类似戏剧功能的角色，这既增加了演员的工作量，又分散了主角的吸引力。因此冯梦龙改编本便特意安排春香出家当尼姑的情节。春香和梅花庵小姑姑的角色合二为一，都由春香来表演。这样的改编既适合戏曲表演的实际需要，又使情节迅速推进。

冯梦龙主张演员全情投入，舞台服装道具满足戏曲发展的需要。在著名的《风流梦》第十五折中，杜丽娘临终嘱咐春香这一情节，有的演员演起来马马虎虎，让冯梦龙很生气。冯梦龙在此处作眉批道："人到生死之际，自非容易，况以情死者乎？叮咛宛转，备写凄凉，令人惨恻。俗优草草演过，可恨！"[①] 这已经相当于现代导演的

① 魏同贤主编《冯梦龙全集·墨憨斋定本传奇》，凤凰出版社，2007，第931页。

工作日记了，冯梦龙的眉批首先是模拟了杜丽娘行将死去的凄惨。冯梦龙分析杜丽娘此时非常伤感，反复将自己的遗愿诉与最亲近的春香。这时候演员应悲切万分，观众也会被这种生离死别、死而有憾的情节所打动。这种情绪的分析，类似于今天导演对演员的说戏。但是演员究竟能理解多少呢？冯梦龙恨恨地感叹道："俗优草草演过，可恨！"[①] 演员的水平参差不齐，未必都能理解杜丽娘心理的百转千回。没有接受过系统教育的演员，甚至无法自己去读剧本，只是靠着班头或者老伶人的解说，对人物角色的揣摩不深刻，表演草率。悲剧的力量本是把美好的事物毁灭给人看，但是有的演员没用真情去演绎，结果削弱了悲剧震撼人心的力量，这令冯梦龙痛心不已。

冯梦龙认为，如果不能从细节的情感入手，那么从整体上把握人物基本的情感也是十分必要的。《酒家佣》第二十七折中，冯梦龙再次强调演员理解剧本的重要性："凡脚色先认主意，如越王、田世子无刻可忘复国，如李燮、蔡邕，无刻可忘思亲。"[②] "主意"可以看作角色的人物性格，如果演员不能从小细节入手，那么，冯梦龙认为要从整体宏观上对人物定位有自己的认识和把握。比如越王、田世子无时无刻不在想着光复自己的基业，他们注定是压抑悲愤而又坚定不移地去实现自己的既定理想的。李燮、蔡邕对亲人有无尽的思念，这种情感是低柔而又缠绵不绝的。导演的工作就是塑造人物形象、确立人物情感及其演绎方式。冯梦龙在剧本的眉批或点评里，夹杂着很多上述的评价，极大地发展了中国戏曲导演理论。虽然冯梦龙的理论没有成书，但是他主张的人物设置、情感把握都对舞台导演理论有着直接的指导意义。这说明冯梦龙非常熟悉中国的戏曲舞台，了解演员们表演的优劣之处，能够把握整个戏曲的演出，具有丰富的导演理论。

---

① 魏同贤主编《冯梦龙全集·墨憨斋定本传奇》，凤凰出版社，2007，第931页。

② 洪欣：《论冯梦龙的戏曲美学观》，《戏剧文学》1988年第12期。

第三节　冯梦龙的民歌理论

一代有一代之文学，明朝的特色文学除小说戏曲外，还有一个重要的组成部分就是民歌。明代卓人月曾说："我明诗让唐，词让宋，曲让元，庶几《吴歌》《打枣竿》《挂枝儿》《罗江怨》《银绞丝》之类，为我明一绝耳。"① 明朝民歌呈现"南兴北衰"的态势，南方经济发达，人们业余生活丰富，南方小曲自然成为人们娱乐消遣的不错选择。有了一定市场，加上江南多才子，他们不断对南曲进行改编创作，使其富有很强的艺术生命力，进而快速发展起来。反观北方地区，由于连年边患不断，军民在守边艰苦生活的条件下，很难去创作和欣赏民歌，流传于北方的小曲，无论是量还是质上都难以与南方小曲相较。然而，尽管南方小曲十分流行，但囿于传统文艺观念，很少有人去系统搜集整理，唯独冯梦龙是个例外，他广泛搜集和整理大量民歌，出版了《山歌》《挂枝儿》等一系列民歌集子，为保存、传承明代民歌做出了巨大贡献。

一　明朝民歌的概况

首先，明代民歌作品繁盛，硕果累累。明代商品经济发展迅速，人口增多，水陆交通迅速发展，集市城镇规模大。另外，明代文人思想开放，大量文人雅士参与俗文学的收集、整理、创作、传播，于是，大量俗文学应运而生。

作为明代俗文学的重要成果之一，民歌发展更是品类繁盛，硕果

① （明）卓人月汇选《古今词统》（一），谷辉之校点，辽宁教育出版社。

累累。沈德符在其《好欢编》中曾记载："自宣（德）正（统）至成（化）弘（治）中，中原又行《锁南枝》、《傍妆台》、《山坡羊》之属。李崆峒（梦阳）先生初从庆阳徙居汴梁，闻之，以为可继《国风》之后。何大复（景明）继至，亦酷爱之。今所传《泥捏人》及《鞋打卦》、《熬鬏髻》三阕，为三牌名之冠，故不虚也。自兹以后，又有《耍孩儿》、《驻云飞》、《醉太平》诸曲，然不如三曲之盛。嘉（靖）、隆（庆）间，乃兴《闹五更》、《寄生草》、《罗江怨》、《哭皇天》、《干荷叶》、《粉红莲》、《桐城歌》、《银纽丝》之属。自两淮以至江南，渐与词曲相远，不过写淫媟情态，略具抑扬而已。比年以来，又有《打枣竿》、《挂枝儿》二曲，其腔调约略相似，则不问南北，不问男女，不问老幼良贱，人人习之，亦人人喜听之，以至刊布成帙，举世传诵，沁人心腑，其谱不知从何来，真可骇叹。"①

其次，明代形成了系统的民歌文艺理论。明代民歌的丰硕成果固然是由经济基础决定的，但是也少不了明代文人的文艺理论的指导和推动。此外，系统而丰厚的理论本身就是明代民歌成就的重要体现。也正是由于以李东阳、李梦阳和李开先等为代表的精英文人的重视与倡导，明代民歌才能在明代文坛占有一席之地，成为社会思想的主流之一，对社会意识形态产生重要影响，并完成了与明末文艺思想革新和文学作品创作的互相协同推动。

李东阳曾在其《怀麓堂诗话》中指出，民歌具有"陶冶性情，感发志意，动荡血脉，流通精神"的作用，李东阳不仅重视诗歌的创作，而且提出了"作诗不可以意徇辞，而须以辞达意""质而不俚，腴而不艳"等文艺理论观点。当然，"质而不俚"颇具争议，但是无论正确与否，都可以看出明代文人的民歌理论之事实。不仅提出了理论，李东阳还亲自创作民歌，拟写古乐府诗歌、长短句和

① 沈德符：《万历野获编》，中华书局，1959，第647页。

竹枝词等。他特别强调民歌的真情实感，关心民间心声，他曾在《怀麓堂诗话》中道："诗有别材，非关书也；诗有别趣，非关理也。然非读书之多明理之至者，则不能作。论诗者无以易此矣。彼小夫贱隶妇人女子，真情实意，暗合而偶中，固不待于教，而所谓骚人墨客，学士大夫者，疲神思、弊精力，穷壮至老而不能得其妙，正坐是哉。"这可以说是李东阳诗歌创作的核心观点和逻辑基点，在此基础上，其为明代诗歌的理论和创作实践增加了浓墨重彩的一笔。

李梦阳是明代继李东阳之后又一位民歌理论的重要提出者。李梦阳在其《诗集自序》中提出了"真者，音之发而情之原也，非雅俗之辨也"的观点。他的民歌思想主要是复古理论，但是他只是在形式的外壳上尊崇古法，李梦阳在《缶音序》中曾评论"作诗话教人，人不复知诗矣"。正如李东阳在《怀麓堂诗话》中的观点："唐人不言诗法，诗法多出宋，而宋人于诗无所得。所谓法者，不过一字一句，对偶雕琢之工，而天真兴致，则未可与道。"明代文人"彻远以代蔽，律古以格俗"① 反对"引宋人为同调"，对宋明理学的反对和对进步思想的提倡，呼唤更为自由灵活的抒情方式，从而为民歌的发展创造了有利的社会环境。

再次，明代民歌与明末的文艺革新浪潮的关系是：互相诱发，互相推动。具体来说，主要表现在以下两点。其一，民歌本身就具有极强的自由性和时代进步性，表现了初步的自由叛逆、个性解放思想，以其丰富的群众基础和内在历史逻辑的正确性，表现出蓬勃的生命力。民歌，最大的特点是传播广泛，贴近底层民众，知识分子接触到民歌，诱发了文艺革新思潮的兴起。其二，文艺革新思潮的兴起，为民歌创作提供了理论指导，而且为民歌的长远发展指明了方向。不仅如此，文艺革新思潮的兴起，带动了大批文人雅士参

① 李淑毅等点校《何大复集》，中州古籍出版社，1989，第135页。

与到民歌的收集整理和创作传播中来，为民歌的兴盛提供了至关重要的文人群体支撑。

二　冯梦龙的民歌理论

明代民歌的繁盛离不开大批文人的重视和推动，其中一位重要的代表人物就是冯梦龙，他不仅身体力行，收集、整理《挂枝儿》《山歌》等民歌作品集，而且提出了诸多重要的民歌理论，主要体现在《叙山歌》一文中，具体来说，主要包括以下几个方面。

第一，视民歌为正统文学，并倡导以民歌“发名教之伪药”。冯梦龙与李东阳、李梦阳、李开先等不同，他不再认为民歌“考见俗尚”或“可资一时谑笑”，而是把民歌作为与传统文学具有同等地位的文学形式。在被视为中国古代文学源头的《诗经》中，“风”“雅”中的大多数篇目都是当时风行于民间的民歌，十五国风即为明证。古乐府中的很多内容也是民歌。它们对中国古代诗文的影响十分深远，受到历代文人推崇，始终身处正统文学范畴。随着时间的推移，文人诗歌与民歌相形渐远，前者逐渐占据了主流文化，取得了话语权；乡野气质浓厚的民歌则成为俚曲俗言。冯梦龙清楚地认识到这一点，他在《叙山歌》中回顾民歌的历史发展情况时明确指出：“书契以来，代有歌谣。太史所陈，并称风雅，尚矣。自楚骚唐律，争妍竞畅，而民间性情之响，遂不得列于诗坛，于是别之曰‘山歌’。言田夫野竖矢口寄兴之所为，荐绅学士家不道也。唯诗坛不列，荐绅学士不道，而歌之权愈轻，歌者之心亦愈浅。”[①] 明代虽有李东阳、李梦阳、李开先等人都言说民歌的重要性，但仔细研读他们的论述后不难发现，三李所言，皆围绕民歌所表现出的“情

① 高洪钧编著《冯梦龙集笺注》，天津古籍出版社，2006，第147页。

真”，即其情感的朴素真挚，倡导诗人放弃矫揉造作的拼凑、回归本心，却都未涉及民歌文体地位问题。也就是说，不论他们如何称赞，民歌还是摆脱不了末流地位，身份尴尬，仍不能被认为是正统文学。鉴于此，冯梦龙提出，要重新认识民歌文体地位，重新审视民歌的文学价值；不局限于它的创作特点，要从文体价值角度考虑，从这种文体的前世今生出发，深入思考它的发展流变，唯有如此，才可将这种带有清新淳朴气息、活泼的文体样式带入正统文学范畴，使之可以堂堂正正地为人所接受。可以说，冯氏是最早把民歌捧进正统文学殿堂的文人，他在《叙山歌》中为民歌正名道：“山歌虽俚甚矣，独非郑卫之遗欤！且今虽季世，而但有假诗文，无假山歌，则以山歌不与诗文争名，故不屑假。苟其不屑假，而吾借以存真，不亦可乎？抑今人想见上古之陈于太史者如彼，而近代之留于民间者如此，倘亦论世之林云尔。”他首先将民歌与传统文学中的经典之作《诗经》连接起来、与道统文学联系起来，明代民歌因此找到了强大的后援，让人不可轻视。他进一步指出民歌的优势所在：民歌杜绝了虚情假意的无病呻吟，情真意切。冯氏所言可以提高民歌地位，如果联系明代诗坛发展情况，不难发现，诗歌这种正统文学的代表性文体，发展至明代，已经出现疲态，无论是创作思想还是创作手法，难出新意。明代诗坛的大部分时间都用在了不断地拨乱反正上，诗人们在雕琢、模拟、复古抑今的怪圈中困足良久，即使出现了众多流派、提出了诸多诗歌观点，也没能完全引导明代诗歌向更先进的方向发展。与之情况相反，民歌的创作过程从来不会出现上述窘境，它只是民间心声的反映，遵循自然规律、遵照内心真情的自由生存与发展，是原生态的。两相比较之下，占据正统文学名头已久的诗歌反而不及向来不入流的民歌，那么冯梦龙提出将民歌纳入正统文学范畴、提升其文体地位的观点就显得非常自然合理，可见冯氏为重新评价民歌的文体价值、重新定位民歌的文学地位煞费苦心。

在提升了民歌的文体地位后，冯梦龙也没有忽视正统文学要承担一定社会责任的传统。“文以载道”是中国文人以文学干预社会生活的常见想法与做法，长久以来，文人们重视诗歌的讽喻功能、重视散文的社会功用，民歌的社会功用除了《诗经》、汉乐府以外基本未被提及，甚至可以说从未有人仔细思考过民歌到底具有怎样的社会功用。明代在“阳明心学”的影响下，出现了个性解放思潮，在这场思想风暴中，来自民间的声音受到文学家的关注，它们的价值被逐渐发掘出来。冯梦龙是透彻分析民歌社会价值的文学家，认为民歌是人性最率真、最真实的抒发，他看到了民歌的进步性和叛逆性，极力反对明末士大夫认为民歌“淫艳亵狎，不堪入耳”[①] 的言论，“若夫借男女之真情，发名教之伪药，其功于《挂枝儿》等，故录《挂枝词》而次及《山歌》”，主张用“发名教之伪药”的民歌来改良社会，传播进步思想。这不仅集中反映了冯梦龙编撰民歌的用意，同时也表现了冲破封建礼教束缚、追求个性解放的时代进步精神。冯氏民歌文学理论的代表作《叙山歌》，从“民歌是一种文学样式”，到“抑诗文而扬民歌”，再到“借民歌以宣扬情教，反对名教”，一步步提升民歌的价值和地位，是一篇为民歌正名的不朽宏文，这也是其民歌编辑思想的核心。

第二，雅俗互动，化俗为雅。冯氏不仅不隐瞒民歌的“俗”的天然特性，而且在《山歌》的序言中，冯梦龙已经下过一个断语，即《山歌》所收，“皆私情谱耳”。无独有偶，郑振铎先生在《跋〈山歌〉》中也曾说过，《山歌》里“也只有咏歌‘私情’的篇什写得最好”。笔者经统计发现，《挂枝儿》、《山歌》和其他集子大体如此。

“情”之一字，所涵甚广，既有出于生理本能的肉体享受，也有

① 卜键笺校《李开先全集》，文化艺术出版社，2004，第469页。

精神层面的爱恋思想。后者被历代文人反复歌颂，日臻醇熟，逐渐进入“雅”文学的范畴；前者则由于粗糙露骨，难登大雅之堂，道学家甚至对其鄙弃厌恶，认为其至俗无比。但不可否认的是，如果抛去生理本能的情欲，人类将无法延续，这不是一个应该被废弃的论题。春秋战国时期，“食、色，性也”的说法就已经出现在经典著述中，祖先们对“饮食男女，人之大欲存焉”是持肯定态度的。明代时期，随着社会思想的解放，人们对情欲不再讳莫如深，不少当时的著名人物甚至公开讨论情欲，狎妓也成为文人风流的表现，并由此产生了相当数量的风流佳话。在这样的社会思想影响下，情欲被提及的次数越来越多，与之紧密联系的民歌在文人士大夫口中笔下出现的频率也逐渐增多，文学审美的“俗”化促进了对民歌的再认识。

对明代民歌“俗”的认识，是一个历史过程，最初以李东阳、李开先等人的观点为代表，认为民歌“无之则无以考见俗尚，所谓惩创人之逸志，正有须乎此耳”①，此时雅俗之间已互动频繁，但基本是以“雅”为本位的，“俗”尚处于从属和依附地位。冯氏受明末社会革新思潮的影响，崇尚“求真”“尚情”，彻底改变了民歌的“俗”，在倡导“化俗为雅”的同时，追求纯真质朴的文艺主张和生活状态，情欲就是其中的重要一环。在冯梦龙的观念中，情欲虽稍显粗俗但贵在真实自然，全是最原生态的感情。因此冯梦龙对情欲并不讳言，他所建立的“情教说”中，其中一部分内容就是肯定“情欲”存在的合理性，在对俗文学代表——民歌的阐述分析中，冯梦龙鲜明地表达了这一点，他所编撰的《挂枝儿》《山歌》，也是冯氏情欲观的集中体现。顾颉刚先生曾经指出：“这部书（《山歌》）几乎全部是私情歌，其中的三分之一还是直接、间接、或隐、或显

① 卜键笺校《李开先全集》，文化艺术出版社，2004，第470页。

地涉及性交的。"[①]《挂枝儿》一书与《山歌》相似，在表现情欲方面大胆直接。

是谁人把奴的窗来舔破。眉儿来，眼儿去，暗送秋波。俺怎肯把你的恩情负，欲要搂抱你，只为人眼多。我看我的乖亲也，乖亲又看着我。（《私部一卷·私窥》）

尾评：好看真好看。[②]

熨斗儿熨不开眉间皱，快剪刀剪不断我的心内愁，绣花针绣不出鸳鸯扣。两下都有意，人前难下手。该是我的姻缘，哥，耐着心儿守。（《私部一卷·耐心》）

尾评：后四句，一云："两下情都有，人前怎么偷，只索耐着心儿也，终须着我的手。"亦佳，然末句太露。一又云："香肌为谁减，罗带为谁收？这一丢儿的相思也，何日得罢手？"亦未见胜。

《雪涛阁外集》云："妻不如妾，妾不如婢，婢不如妓，妓不如偷，偷得着不如偷不着。"此语非深于情者不能道。"耐着心儿守"，妙处正在阿堵。[③]

灯儿下，细把娇姿来觑。脸儿红，嘿不语，只把头低，怎当得会温存风流佳婿。金扣含羞解，银灯带笑吹。我与你受尽了无限的风波也，今夜谐鱼水。（《私部一卷·佳期》）

尾评：到此一杯淡话，却是少不得。[④]

---

① 《顾颉刚民俗学论集》，上海文艺出版社，1998，第 371 页。

② 魏同贤主编《冯梦龙全集·挂枝儿》，凤凰出版社，2007，第 1 页。

③ 魏同贤主编《冯梦龙全集·挂枝儿》，凤凰出版社，2007，第 2 页。

④ 魏同贤主编《冯梦龙全集·挂枝儿》，凤凰出版社，2007，第 4 页。

娇滴滴玉人儿，我十分在意，恨不得一碗水吞你在肚里。日日想，日日捱，终须不济。大着胆，上前亲个嘴，谢天谢地，他也不推辞。早知你不推辞也，何待今日方如此。（《私部一卷·调情》）

尾评：语云："色胆大如天。"非也。直是"情胆大如天"耳。天下事尽胆也，胆尽情也。杨香孱女而拒虎，情极于伤亲也；刖跪贱臣击马，情极于匡君也。由此言之，忠孝之胆，何尝不大如天乎？总而名之曰"情胆"。聊以试世，碌碌之夫，遇事推调，不是胆歉，尽由情寡。呜呼，验矣。[①]

上述民歌对情欲的表述大胆直接，从尾评中可以看出，冯梦龙对此持肯定态度，表现出一种机智的文人自觉。他将情欲纳入欣赏范畴，主张在保留民歌原有质朴率性的基础上，对民间诗歌进行适度的加工再创作，冯梦龙为民歌的生存发展做出了重要的贡献。

第三，肯定民歌的主体性，主张"从俗谈"。在冯梦龙看来，民歌这种少受封建礼教束缚的文学样式代表了民众最真实、最大胆直接的心声，最能体现民间文艺的真性情，这是民歌独有的主体价值。欲进一步了解民歌的主体性，最好的办法就是保留民歌的原貌，而不是进行文人式改编，以其最鲜活的风貌展现民歌的价值。在这里，冯梦龙毫不吝惜地肯定了民歌的主体价值。

在《挂枝儿》《山歌》等民歌的实践创作过程中，冯梦龙总结了诸多民歌编撰理论。例如，在《山歌》开卷第一首《笑》的评注中，他提出了关于民歌编撰的理论——"从俗谈"。中国地域广阔，不同的生活环境与文化传统使各地形成了不同的方言文化，时至今日，方言仍是语言学研究中一个比较有趣的部分。在进行民歌的编

① 魏同贤主编《冯梦龙全集·挂枝儿》，凤凰出版社，2007，第5页。

辑整理过程中，对其主要以吴地方言创作的现实情况，应该如何面对，成为一个需要权衡的问题。是把对其他地区民众而言难懂的吴地方言翻译过来，还是保留其原汁原味的样态？冯梦龙在这里选择了后者。“从俗谈”的创作原则就是专门为解决这个问题而提出的编撰思想。“凡生字，声字，争字，俱从俗谈叶入江阳韵，此类甚多，不能备载，吴人歌吴，譬诸打瓦抛钱，一方之戏，正不必如钦降文规，须行天下也。”[①] 这是极具实用价值的。本属口头文学的民歌，以口头传唱的方式进行空间传播和时间传承，若以文本的方式进行传播，则必须考虑地域和口音问题，不能一刀切。“从俗谈”不仅解决了这个问题，而且对我们今天的实际工作也具有现实意义。“从俗”之“俗”还表现在不同地域的不同文化习俗上，要根据不同地区的民风编撰字句和内容。此外，也要根据民歌“俗”的事实，对其适当遵从，不可为追求“雅”而伤及民歌的灵魂。

在《山歌》第一卷中，有这样一首民歌，描写了男女约会时一方等待另一方的焦急心情，“约郎约到月上时，（那了）月上（子）山头（弗见渠）。（咦弗知奴）处山低月上得早，（咦弗知郎）处山高月上得迟”[②]（《私情四句·月上》为吴地方言）。到了杭州，情况发生了变化，“吴歌惟苏州为佳，杭人近有作者，往往得诗人之体……约郎约到月上时，看看等到月蹉西。不知奴处山低月出早，还是郎处山高月出迟”[③]（第二十五卷·委巷丛谈）。从语言风格上不难看出，文人性越来越明显，这里所提及的“得诗人之体”恰恰将民歌原本的乡土气息、民间风情大大削弱。

冯梦龙在编撰《挂枝儿》《山歌》的过程中，最大限度地保留了吴歌吴语的原始风貌，对难以研读的民歌进行注释说明，这是他

---

① 魏同贤主编《冯梦龙全集·山歌》，凤凰出版社，2007，第1页。

② 魏同贤主编《冯梦龙全集·山歌》，凤凰出版社，2007，第7页。

③ （明）田汝成撰《西湖游览志余》，浙江人民出版社，1980，第359页。

“从俗谈”思想的又一表现。

> 老公小，逼疸疸。马大身高那亨骑。小船上橹人摇子大船上橹，正要推扳忒子脐。(《私情四句·卷三·老公小》)
>
> 注释：“大”叶“情”。扳，音班，挽也。“逼疸疸”，吴语小貌。①
>
> 姐儿养个大细忒喇茄，吃个情哥郎打子两击大背花。常言道踏子爷床便得亲娘叫，难道我踏子娘床弗是你搭爷。(《私情四句·卷三·大细》)
>
> 注释：“大”叶“驮”。“击”叶“记”。这个名分正不成，胡乱些吧。“大细”，儿女之称。“喇茄”，犹云怠慢。②

在冯梦龙的解释说明中，他对这些民歌的观点和态度都表露无遗，充分阐明了他“从俗谈”的民歌编撰思想。

另外，考虑到民歌传播过程中受众接受程度较低的问题，在进行民歌编辑时，冯氏注意把关民歌的通俗程度，对部分不够浅显易懂的民歌和有文人才子色彩的民歌进行了筛除，如在《挂枝儿·感部·春·又》(卷七)中，有一段评述，“又《暮春》一篇云：‘恨一宵风雨催春去。梅子酸，荷钱小，绿暗红稀，度帘栊一阵阵回风絮。书长无个事，强步下庭除。又见枝上残花也，片片飞红雨。’亦通，未免有文人之气”③，这也是冯氏“从俗”理论的具体实践。

---

① 魏同贤主编《冯梦龙全集·山歌》，凤凰出版社，2007，第37页。

② 魏同贤主编《冯梦龙全集·山歌》，凤凰出版社，2007，第38页。

③ 魏同贤主编《冯梦龙全集·挂枝儿》，凤凰出版社，2007，第77页。

第六章

冯梦龙文艺思想的主要影响

冯梦龙文艺思想的形成是一个渐进的过程，在晚明混乱的政治环境下，他的文艺思想没有得到应有的重视，直到清朝，其影响才逐渐显现。作为叙事文学的样本，冯梦龙的基本文艺观——“情教说”产生了重要的影响，后世的作家更加注重对于“情”的观照。从创作方法来看，冯梦龙的小说、戏曲样式深受后世作家认同。冯梦龙的艺术实践深刻影响了李渔、蒲松龄等一大批知名作家，开启了全新的文艺鼎盛时期。冯梦龙文艺思想对现当代文艺发展有着深远的影响，无论是以周瘦鹃为代表的“新鸳鸯蝴蝶派”，还是影视剧、网络小说，都有着“情教说”的印记。

第一节　冯梦龙文艺思想之明清影响

冯梦龙在明清时期的影响是比较广泛的，冯氏文艺思想深刻地影响了李渔和蒲松龄的文艺创作。李渔的“自寓”“适俗”“真情”，蒲松龄的“情教”“真情”“超迈”都来自冯梦龙的文艺思想。

一　冯梦龙文艺思想对李渔的影响

李渔对于冯梦龙文艺思想是一种批判的继承，他汲取了冯梦龙文艺思想中有价值的部分，活用在自己的文艺创作中，取得了显著的艺术效果。

（一）李渔对“教化之功”的活用

冯梦龙重视小说教化作用的文艺思想影响了李渔对拟话本主题的选择。二人生活时代虽有较大差异，但在此问题上异常默契。李渔的《十二楼》又名《觉世名言十二楼》，是仿效冯氏“三言”最好的明证。此外，李渔还多次利用“三言”中的情节讲述相似故事，大发议论。李渔认为：“作书之旨不在主而在客……要使观者味此，知非言过之难，而闻过之难也。觉世稗官之小说大率类此。其能见收于人、不致作覆瓶抹桌之具者，赖有此耳！”[①] 他认为小说应该使读者在精神上有所领悟，不能仅仅当成休闲娱乐、过目即忘的玩笑。以《无声戏》为例，第五回《女陈平计生七出》、第六回《男孟母教合三迁》，倡导贞节；第七回《人宿妓穷鬼诉嫖冤》、第八回《鬼输钱活人还赌债》，提倡戒赌；第九回《变女为儿菩萨巧》、第十回《移妻换妾鬼神奇》，讨论果报；第十一回《儿孙弃骸骨僮仆奔丧》、第十二回《妻妾抱琵琶梅香守节》，表彰忠义。由此我们可以看到一个非常有趣的现象：李渔在《无声戏》中每表达一种教化思想，都会选择两则紧邻的故事加以阐释，对某一教化主题进行反复言说，这样的结构安排，无疑出于作家希图强化受众接受与认可的心理。

有时，李渔利用小说教化人心比冯梦龙更加现实真切。《无声

① 《李渔全集》，浙江古籍出版社，1991，第 291 页。

戏》第七回《人宿妓穷鬼诉嫖冤》源自冯梦龙《醒世恒言》第三卷《卖油郎独占花魁》，情节、人物身份均照搬冯氏作品，但是小说并没有按照秦重与名妓莘瑶琴的爱情路线发展。《无声戏》中的这位篦头待诏钱财被骗，还受到名妓雪娘的言语奚落，如果不是有运官为其主持公道，钱财定会尽失无回。李渔对此大发议论，“奉劝世间的嫖客及早回头，不可被戏文小说引偏了心，把血汗钱被他骗去，再没有第二个不识字的运官肯替人扶持公道了”[①]。这篇小说打破了人们心中那旖旎的爱情泡沫，直指社会现实，虽有不解风情之嫌，但更加真切实用，足见李渔对社会现实的清醒认识，其小说在教化人心、劝导世人方面是多侧面、多维度的。

与冯梦龙有所差异的是，李渔将劝善惩恶思想使用得更加游刃有余，他讨论的范围突破了入话，开始融入小说讲述过程、小说评论内容，而且嬉笑怒骂皆成文章。冯梦龙受晚明心学影响颇深，任情重性，但他又按照封建文人的标准要求自己，重视道统。这就使得冯梦龙小说创作处于既要适俗重情又要强调道统的张力关系中，以通俗文学进行教化宣传是他为小说创作所寻求到的最佳平衡点，“三言”中那些反复说教天道轮回、果报不爽观念的篇目就是最佳代表。李渔则是一位商业化的文人，或者说文人化的商人，他的文学创作直接关系生计，是否符合市场需要是他最关注的问题。因此李渔在宣扬传统道德观念、劝惩世人时，并没有忘记娱乐人心。他改编与“三言”相似的故事，使情节更加离奇曲折；在开篇、文中、结尾穿插大量诙谐幽默的议论性文字；甚至虚构一个故事，突破了冯梦龙所建立的拟话本小说体例。其写作不仅更加自由灵活，内容也更具娱乐性。这就使简单枯燥的说教内容变得生动有趣，也更易于被受众认可。

---

① （清）李渔：《无声戏》，浙江古籍出版社，2012。

（二）李渔的“自寓”、“适俗”与“真情”

衡量通俗小说成功与否的标准就是看其能否为广大读者所接受，因此，“适俗”是明清拟话本小说创作的另一要素。在冯梦龙、李渔的拟话本小说中，“适俗”表现为：以自寓性故事、以当代所见新奇事物拉近作者与读者之间的距离；大量描绘、讲述爱情婚姻故事满足读者阅读审美需求。

撰写自寓性故事不仅能够满足读者对作者的好奇心理，而且能够抒发作者的个人感情。《警世通言》第十八卷《老门生三世报恩》的主人公鲜于同身上就有冯梦龙的影子。鲜于同八岁被称作神童，十一岁游庠，超增补廪，是个有大学识的人物。此人心气极高，看不上贡途的前程，从三十岁开始一连让了八遍贡，到五十七岁时，头发都白了，还只是个秀才，可谓才高运蹇。目前的研究资料显示，冯梦龙少年时期颇有文名，颇受同辈推赏，但屡试不第，由此郁郁难欢而寄情青楼舞场，更传有与妓女侯慧卿的一段佳话。他崇祯七年始得出贡，六十一岁时出任福建寿宁知县，不久便辞官回乡。作者与小说主人公的身世极为相似，冯梦龙还借鲜于同之口表达了他对科举、官场的诸多看法。稍有不同的是，鲜于同的仕途虽然开始较晚，但平顺美好，这可看作冯梦龙对自己蹉跎人生的一种心理补偿和对人生晚景的美好期许。

与冯梦龙创作手法接近，李渔也在小说作品中有自寓性的描述。李渔生平有两大爱好：辨审音乐和造园亭。“创造园亭，因地制宜，不拘成见，一榱一桷，必令出自己裁”①，如李渔所言，他生平极喜建造园林亭楼，曾建造了伊山别业、芥子园、层园三处住宅。在拟话本小说《三与楼》中，主人公虞素臣“他一生一世没有别的嗜

---

① （清）李渔：《闲情偶寄》，黄成蔚校注，浙江古籍出版社，2018。

好，只喜欢构造园亭，一年到头，没有一日不兴工作。所造之屋定要穷精极雅，不类寻常”①，但虞素臣因家庭生活所迫不得不将所建之“三与楼”逐步卖与唐家父子，唐家获罪后虞素臣儿子虞继武历经磨难终于将此楼买回，完成了父亲的心愿。虞素臣就是李渔的化身，李渔一生所建三处庭园，都卖与他人。虽然《三与楼》的刊刻时间在顺治十五年左右，此时李渔的芥子园和层园尚未建立，但并不影响他对卖楼经历的深刻回忆，他在卖楼后所创作的七绝《卖楼徙居旧宅》、七律《卖楼》就被写入《三与楼》的开篇，当作入话，借助虞素臣之事表达了自己卖楼时的无奈与不舍。而“三与楼”完璧归赵的结局，也暗含李渔希望能够回归旧园的美好畅想。这些自寓性的小说不仅可以满足作家的补偿心理，还能令读者了解作家的经历、思想，从而拉近彼此之间的距离。

此外，李渔生平尚奇，对新鲜事物有较大热情，他的拟话本小说就选取了当时流行的新鲜事物进行描写，这也是他“适俗”思想的一个表现。《夏宜楼》中男主人公瞿生不仅赢得了美女詹小姐的爱情，而且将詹家众多美貌丫鬟收入房中，他能够成就齐人之福的秘密武器是一件新奇物件——千里镜，也就是今天的望远镜。由此，小说文本在这里不仅是娱乐性文体，更是介绍新知的工具。

除了进行自寓性创作，冯梦龙、李渔还写下了大量有关爱情婚姻的故事，这也是他们重视小说适俗功用的一个表现。晚明的思想解放潮流裹挟着巨大的力量冲破了以往封建礼教所设下的重重阻碍，荡涤着人们的心灵。即使清初政府加强文网收缩、实行高压的文化政策，也不能立刻将人们的审美视域调整如初，提倡性灵、歌颂真情是明末清初文学文化的审美取向。冯梦龙、李渔就顺应了这一潮流，同时也在拟话本小说创作中有各异的表达方式。

① （清）李渔：《十二楼》，浙江古籍出版社，2017。

冯梦龙提出“情教说”，进一步发展了李卓吾、汤显祖的主情思想。汤显祖认为情与理是一对不可调和的矛盾形态，《牡丹亭》是他真情至上、以情反理的代表。冯梦龙显然不愿完全按照汤氏的“唯情”模式进行创作，他在肯定汤氏的基础上努力把传统伦理、时代思潮调和为一体。“自来忠孝节烈之事，从道理上做者必勉强，从至情上出者必真切。夫妇其最近者也，无情之夫，必不能为义夫；无情之妇，必不能为节妇。世儒但知理为情之范，孰知情为理之维乎。”① 他认为情、理不是处在天平两端不可统一的事物，带有真情的忠孝节义是最好的处理方式，这样做既能考虑到传统道德文化的影响，又能“合理”地阐述真情。于是，冯梦龙顺理成章地提出“情教说”，将情提升到无以复加的崇高地位。“天地若无情，不生一切物。一切物无情，不能环相生。生生而不灭，由情不灭故。四大皆幻设，惟情不虚假。有情疏者亲，无情亲者疏。无情与有情，相去不可量。我欲立情教，教诲诸众生。”② 冯梦龙将情视为天地间万物生存、互相联结的纽带，这与道家所推崇的“道”处于同一地位，甚至欲建立具有宗教性质的“情教”，以情行教化人心之实。冯梦龙的“情”，内容极为广泛，既有亲情、友情，也有爱情，显然后者更为广大读者所津津乐道。他在“三言”中描绘的爱情纯洁、美好、大胆、自由。《卖油郎独占花魁》中秦重只是个小本生意人，每天所获利润非常微薄，但他能够为见王美娘每日节衣缩食，相会之夜悉心照料佳人而无逾矩行为，更是在王美娘落难之际伸出援手。秦重的行为赢得了王美娘的芳心，两人的感情真挚、美好。秦重是冯梦龙倾力打造的“情种”，他借由这一人物展示了真情的可贵、纯真。《吴衙内邻舟赴约》中吴衙内与秀娥小姐这对小情侣定情速度显然比秦重、王美娘快得多，一见钟情之下吴衙内决定过船私会，却

① 魏同贤主编《冯梦龙全集·情史》，凤凰出版社，2007，第 480 页。

② 魏同贤主编《冯梦龙全集·情史》，凤凰出版社，2007，第 487 页。

因风浪未能及时返回吴家座船，秀娥小姐大胆决定将情郎藏在自己船中，每日照料衣食。被双方父母发现后，两人终结连理。如果不是有真挚热烈的感情作为支撑，深谙封建礼教的两个年轻人也不会有如此大胆的举动。

冯梦龙的故事显然影响到李渔的拟话本创作，他在小说中也歌颂了真挚的感情。《谭楚玉戏里传情 刘藐姑曲终死节》中谭楚玉和刘藐姑互相钟情，但碍于戏班规矩不能成就眷属，无奈之下两人只得在台上演出时借助人物口吻韵事谈情说爱，“做到风流的去处……竟像从他骨髓里面透露出来，都是戏中所未有的，使人看了，无不动情。做到苦楚的去处，那些怨天恨地之辞，伤心刻骨之语，竟像从他心窝里面发泄出来”[①]。但他们的爱情没有得到家长的允许，刘藐姑因此含恨赴水，谭楚玉慷慨追随。两人最终感动了神灵，帮助他们成为真正的夫妻。在此则小说中，李渔推举真情，这是冯梦龙“情教说”思想的延续。但李渔是个享乐主义者，真情与享乐相比要稍显逊色。“行乐之地，首数房中”[②]，房中之爱即为性爱，纵观李渔的小说作品，绝大多数作品都描写男主人公一妻多妾，大享齐人之福。以《十二楼》为例，《夺锦楼》中的两位小姐历经退婚风波，好不容易在官府主持之下各自婚配，结果却发现如意夫婿为同一人，最后一同嫁给此男。《夏宜楼》中瞿生对詹小姐爱慕非常，费尽心力终于得到女方父母首肯觅得佳缘，但他色心仍炽，因在观察佳人的过程中利用千里镜还看过其他女婢的戏水场景，知晓她们的身体特征，以此调笑，实际上也取得了对这些女性的占有权。《无声戏》中另有一个更加特殊的故事：一个长相极为丑陋、无才无德、秽气满身的男子，凭借手中的财富娶到三位貌美聪明的妻子，妻子们心中虽有不甘甚至曾经反抗，但最终还是屈服于男权道统，陪伴无德无

① 《李渔全集》，浙江古籍出版社，1991，第338页。

② （清）李渔：《闲情偶寄》，单锦珩校点，浙江古籍出版社，1985，第323页。

貌的丈夫安心度日。在这个故事中，女性的权益没有得到尊重，只考虑到男性的“夫纲”，真情已经不是作家描写的重点，他重视的是男性的享受欢乐。

李渔的其他小说作品中，尚有对男女情事的描写片段，虽不至露骨，也颇为香艳。与冯梦龙的真爱、真情相比，李渔的爱情似乎更加物质化、更为情欲化，他笔下的大多数男主人公们与其说在寻觅爱情，不如说是在追寻爱欲。虽然在如何看待真情这个问题上，冯梦龙、李渔的取舍标准不尽相同，但并不妨碍他们的小说发挥适俗的社会功用，受众有欣赏冯氏纯真恋情的，也有享受李氏新奇热烈爱欲的，无论从哪个角度来看，他们的爱情婚姻小说都极大地满足了受众的审美需求。可以说，两位作家的拟话本小说适俗的社会功用一次次得到充分发挥，他们的创作均取得了巨大成功。

二　冯梦龙文艺思想对蒲松龄的影响

明代新兴市民文学是中国文学史上全新审美意识的开始，清代蒲松龄继承了冯梦龙对于市民伦理的认同观念，肯定人的真性情，这是冯梦龙“情教说”对蒲松龄最直接的影响。在明清社会转型时期，市民的伦理意识和道德规范发生嬗变，尚未对传统伦理进行梳理，却又进入伦理观念多元化的时代，市民的传统伦理道德约束较前代开始松弛，非道德主义在一定范围内抬头甚至泛滥。冯梦龙和蒲松龄都充满了市民阶层的人生期许，深刻反映了市民阶层“真情流露”的文艺创作。作为现实主义作家的蒲松龄虽然用文言写作，但是其描摹情节人物栩栩如生，蒲松龄思想进步，肯定人欲的正确性，处于时代前端。冯梦龙“以情导愚”的文艺思想对蒲松龄文艺创作有着深刻影响。

（一）蒲松龄的“情教”

蒲松龄对小说叙事文本的新兴市民阶层的认识与理解和冯梦龙有许多相似之处。他们的相同之处在于文艺作品中对新兴市民阶层的价值观念、道德准则的认同。针对当时经济发展，资本主义萌芽的出现，传统伦理已经不能束缚人性，因此小说家多借叙事文本来宣扬自己认同的市民价值观，十分重视小说“点化愚蒙”或者“以情导愚”的劝惩功用。明清时期，资本主义萌芽产生，以李贽为代表的思想家大量涌现。李贽反对以圣人的是非观念为自己的是非观念、反对完全盲目地听从圣人遗训，反而提倡绝假纯真的“童心说”，强调赤子之心的“童心说”。他对男女倾心相爱进行了真挚的赞扬与歌颂，对历史上的饱受非议的卓文君私奔司马相如持肯定和赞美的态度。冯梦龙弘扬真挚爱情、批判禁欲思想的文学创作思想就来源于这些进步的思想家。蒲松龄深受冯梦龙的重视“男女真情”的影响，在《金姑夫》篇末议论道：“司风教者，重务良多，无暇彰表，则阐幽明微，赖兹刍荛。”[①] 作为文言小说的巅峰之作，蒲松龄还是在《蹇偿债》篇末感叹道：“ 昭昭之债，而冥冥之偿，此足以劝矣。”[②] 这种劝善惩恶的创作思路，显然受到了冯梦龙“情教说”的影响。上文已述，冯梦龙“情教说”处处体现“劝诫”和“教化”功能。很显然，在蒲松龄的小说创作中，其也强调“因果报应”等一系列市民阶层深信不疑的观念，用文艺创作改变社会人心，与冯梦龙初衷一致。

《聊斋志异》与“三言”都受到时代社会思潮洗礼，都可以视为与现实密切相连的最鲜明、显著的标志。自明朝中期后，资本主义生产关系在封建经济体中孕育成长，封建传统道德观念受到挑战，

① （清）蒲松龄：《聊斋志异》，张友鹤辑校，上海古籍出版社，1978，第590页。

② （清）蒲松龄：《聊斋志异》，张友鹤辑校，上海古籍出版社，1978，第592页。

封建伦理纲常遭到很大冲击。王阳明提出了“致良知”的哲学命题，使许多人从理学的思想禁锢中惊醒过来。《聊斋志异》同“三言”都对社会现实有清醒认识，同时也对政治黑暗、道德沦丧给予了强烈的抨击。《聊斋志异》与“ 三言”涉及当时社会各个阶层，农工商贾更为突出。明以前文言短篇小说的主人公大多是才子佳人。白话短篇小说则不然，它们服务的对象以市民阶层为主，作品中充满了众多形形色色的市民。这些经典文学作品充分肯定市民的聪明才智，展现了市民阶层固有的智慧与特有的勇气，毫不吝啬地褒扬他们为整个社会创造的巨大物质财富。市民阶层具有“人”的觉醒意识，这种原初的自觉意识很好地提升了人的自我价值，并与市民道德紧密相关。作为与冯梦龙市民文学联系紧密的清代市民阶层的叙事文本，《聊斋志异》自然而然地传导市民伦理意识自觉时期的大量信息。叙事文本中蕴藏了文人创作的主体意识，具体表现在伦理、政治、宗教、商业、科举与婚恋等诸方面。

（二）蒲松龄的“真情”

在中国文言小说中，有很多作品与爱情有关，哀婉感艳的唐传奇就是典型。蒲松龄继承了这一传统，但他从明代的市民文学中汲取了更直接的养料，那就是冯梦龙的爱情题材文言小说。《聊斋志异》中的不少篇什都直接或间接取材于《情史》。蒲松龄笔下的爱情故事大多依循这样的模式：两情相悦、遭受阻碍、冲破阻挠、终成眷属。具体如图 7 - 1 所示。

歌德曾经说过“哪个少年不钟情，哪个少女不怀春”，这些年轻的俊男靓女，在情窦初开之际相遇，爱情一发而不可收。在《乔太守乱点鸳鸯谱》，玉郎男扮女装代姐嫁人，慧娘替哥哥结婚伴“嫂嫂”入眠，活生生的一对青年男女，在机缘巧合之下便直接“且图眼下欢娱，全不想有夫有妇”，当下就做成了夫妻，这是传统伦理所

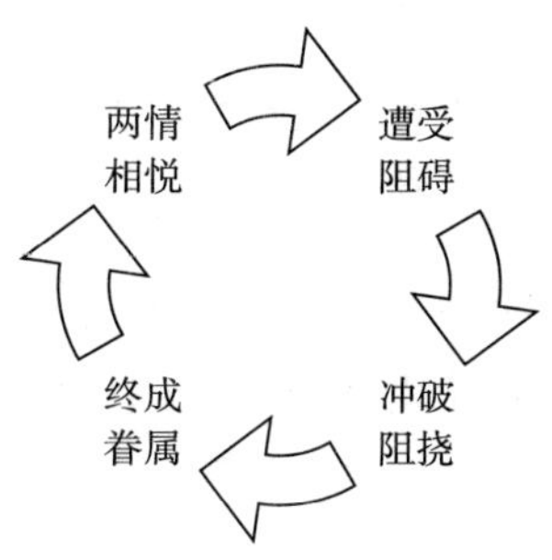

图 7-1 《聊斋志异》爱情模式守恒

无法容忍的，但是乔太守却把这看成是天赐的良缘，说明社会也更加肯定人欲、支持男女的自由恋爱与结合。《蒋兴哥重会珍珠衫》中的陈商遇见独守空闺的三巧儿，惊为天人，一时间心里只有三巧儿一个人。陈姓商人不再安心经营，苦苦寻觅接近三巧儿的方法。天遂人愿，一个偶然的机会，他买通了薛婆，最终和三巧儿勾搭成奸。一个在外经商寂寞难耐，一个在家独守空房，都是青春大好年纪，生出这种事情不足为奇。

蒲松龄的《聊斋志异》是用文言文写成的，冯梦龙的通俗作品是用白话文写成的，二者都贴近现实生活，是生活的真实反映。这些文本都充满了市民阶层的人生期许，深刻反映了社会现实。明代市民文学是中国文学史上全新审美的开始，蒲松龄继承了冯梦龙对于爱情伦理的观念，肯定真挚的爱情。《绿衣女》中的书生在醴泉寺读书，夜间，忽一女子在窗外赞曰："于相公勤读哉！"① 书生虽然觉得女子来历不明，但是在寒夜苦读有红袖夜添香，是一件十分美妙的事情。书生对其欣然接受，接受的形式不是促膝长谈，而是直接共寝一床。这里就叙述了书生意外遇见美女，虽然有疑惑，但终究是情感战胜理智，冒险与女子同眠的香艳经历。这种"一见钟情"式的情感，得到了世人的肯定甚至是艳羡，实际是说明清时期对于

① （清）蒲松龄：《聊斋志异》，张友鹤辑校，上海古籍出版社，1978，第198页。

这种非传统道德范围之内的男女之爱，也是有所容忍的，只要是真爱，就不在乎原有的封建伦常。这些继承冯梦龙的创作观念，记录了时人的爱情伦理变迁，反映了社会发展的种种现实。书生与绿衣女仿佛前生有缘，无须多言、心有灵犀，相见之时便是相爱之时。二者灵性交融成情爱之流，无法阻止。作者以这种形式来呼唤人性解放、个性自由。

蒲松龄的作品中有很多对女色的描写，那些狐妖鬼怪都幻化为美丽和妖冶的女子。这说明男人心中的美女形象主要集中在形体之美和容貌之美上。脱离肉体接触的精神之美，是不能完全吸引男性的，蒲松龄在创作中毫不避讳，甚至有一些自然主义的描写。《娇娜》一篇用夸张的情节，展现了美女的“色”的巨大力量。文本叙述了娇娜为孔生治疗疾病：把自己胳膊上的金钏摘下，用金钏做手术刀，把孔生腐烂之肉给剜出来。这种没有麻药的手术，就是在今天看来也是难以想象的。文本叙述鲜血流淌得到处都是，但是身为病患的孔生却没有感到多少疼痛，而是痴痴傻傻地看着美女。这一美色超出麻药之功效，甚至超越了现代医学技术。书读至此，不禁联想到《三国演义》中“关云长刮骨疗毒”的情节，孔生只靠着爱慕之情就能完全抵挡刮骨之痛，可以与盖世英雄关羽相媲美，可见爱情的力量有多么伟大。更具有讽刺意味的是，小说点明秀才是孔子的后裔，被美色所俘虏的偏偏是“万世之师”孔圣人的后代。蒲松龄通过孔子后裔对“好色而不好德”的编排，从而使得对“美色”的肯定赞美达到了极致境界。

（三）蒲松龄的“超迈”

在爱情梦想实现的过程中对“色”的追求与肯定，实际上源于对人的生命中追求美好事物的充分肯定，男女两情相悦相欢这一过程也展示了对两性情欲的充分肯定。在中国古代传统伦理中，特别是到了宋代以后，程朱理学更是把“性”作为一个禁忌的话题，不能谈及更不能宣扬，否则就是“诲淫”，是有悖于社会伦常的。但是在资本主义萌芽的新时期，冯梦龙和蒲松龄都充分肯定这种人类最基本的欲望，在这里性欲回归人性本身。无论是冯梦龙还是蒲松龄都把情欲看作人生最基本的欲求，是值得肯定和歌颂的。人的这种正常欲望不应该被压制，更无法被消灭。这在当时看起来是离经叛道的观念，是被主流文艺批判的对象。事实上，任何存在的事情都具有它合理的一面。所以说，对于欲求满足的承认与肯定，是社会进步的标志。冯氏、蒲氏的思想集中体现了这一点，十分准确地把握了时代的脉搏。

蒲松龄的《聊斋志异》深得明代市民文学的精髓，尽管它是用古雅文言写成的。一是《聊斋志异》这类“志异”的题材特点迎合了市民阶层猎奇的欣赏趣味；二是文本中很多偷情行为也是存在的，比如《青娥》中就叙述了少年霍桓为追求心仪女子，不惜翻墙打洞去约会的故事。亚圣孟子曾旗帜鲜明地批判翻墙盗洞私会情人的行为，是“父母国人皆贱之”的丑陋行径，这种见不得人的行为在蒲松龄的笔下却成了被歌颂和赞扬的美好情怀。霍桓“逾垣”、“穴墙”和“穿墉”，与前代圣人唱反调，实际上青娥作为一个年轻貌美的姑娘，面对一个英俊少年的时候怎么会不“怦然心动”呢？她长期处于深闺之内，受封建伦常压制，即使对霍桓有所喜欢也不能表示，即使情郎的母亲来提亲也要假装拒绝。这足见封建伦常对人的压迫和禁锢有多么深，多么沉重。最后，青娥、霍桓的遗世登仙，留给世人“世情皆伪我独真”“只羡鸳鸯不羡仙”之感。

蒲松龄创作中的文学情景可以认为是人世的变形，作者之所以选择这种变形是因为时局所迫，是他碍于清朝的文字狱不得已而多用曲笔。王渔洋是蒲松龄的知音，他总结道：“料应厌作人间语，爱听秋坟鬼唱时。”① 蒲松龄创造出远离人间烟火的美丽世界，这里充满了理想的光辉，但幻想的世界也充满了各种残缺与遗憾。绿衣女的一去不返；葛巾、玉版见疑“俱渺”，叫人感伤；婴宁后来却“终不笑”，使人扼腕叹息。这些美丽的女子都是在世俗的道德标尺下，丧失了自己追求幸福的权利和机会，用逃避和沉默来掩饰自己的哀伤，何其不幸与悲哀。“观其寓意之言，十固八九，何其悲以深也!”② 蒲氏在每个故事后面都赋予了其深刻的含义，反映了社会现实的残酷，去掉了明朝文学作品中那些温情与温暖，清代作品更加冷峻与深刻，更能将社会痼疾分析得鞭辟入里。蒲松龄笔下那种阴森凄冷的鬼狐世界，居然开出了人世间最美的幸福之花。他创作的大量的婚恋文本，突破了前代的爱情因素，增加了很多新的元素，表达了男女建立在彼此了解、情投意合基础上的完美爱恋。具体因素如图 7 - 2 所示。

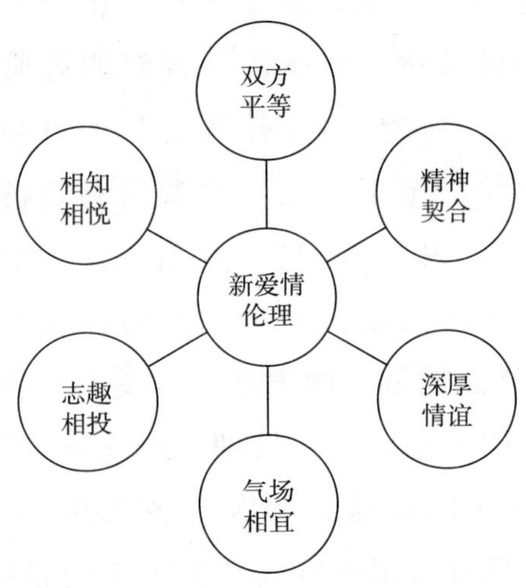

图 7 - 2　《聊斋志异》新爱情伦理因素

---

① 汪玢玲：《狐崇拜渊源与〈聊斋〉狐典型的高度艺术成就》，《蒲松龄研究》1995 年第 Z1 期。

② 赵伯陶：《〈婴宁〉的命名及其蕴涵》，《明清小说研究》1995 年第 1 期。

蒲松龄的爱情伦理要求彼此真心交往，是彼此内心的精神契合，其中包含彼此的气场相宜、志趣相投、深厚情谊、精神契合、双方平等、相悦相知的六个主要爱情伦理新因素。只有在这些因素作用下，恋爱双方才甘愿冒险团聚，甚至不惜性命。比如白秋练无法忘怀慕蟾宫，已经不再是女子的单相思，男子也表露出自己的爱慕之情，否则岂能听从白秋练的要求反复吟咏王建的诗歌呢？透过这一浪漫的爱情故事，不难发现这种爱情不再是自然主义的萌发，而是作者以天才手法来探析微妙的爱情心理了。在《白秋练》中，女主人公在追求爱情的整个过程中起到了积极的主导作用，具有独立的人格、彰显了女性大胆、自我的新形象，冲破了“三从四德”的压制，以全新的姿态出现在爱情中，表明现实社会的婚恋也已经开始了男女平等问题的探索，具有划时代的意义。

《连琐》中的爱情经历曲折而复杂。连琐与杨于畏相识，是因为杨于畏帮她续成了苦吟不就的诗篇，相识相知，然而一朝分离便造成无法言说的痛苦。杨于畏，一个堂堂男子汉居然因思念连琐而“形销骨立”，思念噬骨让人看到了二人的不能分离。这就是后世极力推崇的“知己之爱”。这一点也是建立在二人相互了解并理解对方的基础之上的，“知己”简单地说就是知道、了解自己内心的朋友。每个人在内心深处对于“知己”其实还有其他主观的认定，如果不能先检视自己潜藏在心中的对“知己”的看法，同时了解对方对于“知己”的看法，两者贸然地成为“知己”，最后通常会落得“因了解而分开”。为所爱的人“甘冒很大的危险”，莫过于男女间的爱慕之情，它不期而至，忽近忽远，时而令人欣喜若狂，时而使人黯然伤神。一般说来，很多文本都是因为男子爱慕女子美色，主动追求，进而生发出一段良缘。但是孙子楚能对自己心爱的女子表达“士为知己者死，不以色也”①，充

① （清）蒲松龄：《聊斋志异》，中华书局，2009，第448页。

分说明了新型爱情伦理观的建立，男人不再以“妇容”为选妻子的标准，而是上升到了心灵契合的高度。这是一个伟大的转变，是封建末世审美观坍塌的表现，还是封建末世向近世婚恋观转折的一个重要体现。以“色”取人的审美开始向“倾心之爱”的灵魂相契转变，蒲松龄的爱情伦理观逐渐超越了冯梦龙文艺作品中的“郎才女貌”“以貌取人”的爱情观。孙子楚的倾心之爱，虽然不是那么普遍，但是这种纯粹的爱情在文本中出现，本身就具有里程碑意义。“三言”部分作品中的爱情故事虽可当作人们茶余饭后的谈资，但惊世骇俗感天动地的超越凡俗“情爱”的作品有限，这也是冯氏作品的局限之处。

蒲松龄作为后出的文学家，他一方面承袭了冯梦龙文艺思想中对传统伦理的批判精神，另一方面更加广博地展现了清代文学对社会伦理道德全新的认识。总之，蒲松龄精彩绝伦的叙事文本，承袭冯梦龙内在的反抗精神又超越了冯氏抗争的不彻底性，从而摒弃传统的封建伦理道德糟粕，寻找“异世界”的伦理纲常，以期对在现实社会有所启迪。蒲松龄上承冯梦龙文艺思想的优秀文学传统，下启《红楼梦》的伟大序曲，其在中国小说史上的价值不可估量。

第二节　冯梦龙文艺思想的现代回响

20 世纪以来，中国文化走向新变、新生的过程。五四新文化运动的参与者大都博古通今，学贯中西，他们用自己的行动推动文化由传统向现代转变。这一时期的文化现象与晚期的文艺转变是极为相似的，近年来也多有学者将二者进行对比研究。冯梦龙作为晚明具有代表性的文艺家，自然对新文化运动产生了有益的影响。晚明的文艺新风尚，经常被后人与西方“文艺复兴”相并论，其本质都是“人”的自我意识觉醒，文艺作品开始书写“人”本身，市民文艺作品兴盛，冯氏也是其代表人物之一。文艺界主张“通俗”创作以及用白话文进行创作，其主要根源与依据便是晚明的“尚俗”的社会自由风气。从唐朝“讲唱”“变文”开始，人们就不断质疑文言文的地位，但是历经千年演变，直到晚明的拟话本小说，通俗演义小说才真正以口语形式来进行文艺创作，并加以刊印后广泛传播。语言变革是文学变革的先导，在白话文领域成绩卓著的周作人曾说：“文学革命上，文字改革是第一步，思想改革是第二步，却比第一步更为重要。我们不可对于文字一方面过于乐观了，闲却了这一方面的重大问题。”① 显然，冯梦龙既能用文言文创作，又能用白话文创作且极力用“白话文”达到“我手写我心”的境界，或多或少地影响了五四后来人。

《中国俗文学史》专辟一章来写“时代的民歌”，这说明当代学人对通俗文学作品是十分重视的，冯氏通俗文艺创作思想范式对当代影响是十分有益的。冯氏认为通俗文学为“民间性情之响”，“天地间自然之文”都与现代文艺创作追求“人的解放”“情的真实”不谋而合，或者是其生存、发展的先导与依据。

20 世纪之前，冯梦龙文学作品及其文艺思想的传播主要是依靠书面文字以及改编成戏曲、弹词、鼓词、宝卷等讲唱文学来进行的，其传播具有鲜明的商业目的。

一 冯梦龙文艺思想的现当代影响

冯梦龙文艺思想及其作品对中国现当代文艺发展有重要影响。

---

① 周作人：《思想革命》，《每周评论》第 11 号，1919 年 3 月 2 日。

冯梦龙文艺思想对五四以来的白话文运动有一定的推进作用，“新鸳鸯蝴蝶派”也与冯氏有一脉相承之处，才子佳人的言情小说、扑朔迷离的侦探小说、纷繁复杂的历史小说等，都是以情为主线，吸引普通民众的典范。在五四新文化运动后，新文化激烈冲击了旧有文化，一时间用白话文创作的文艺作品广泛传播。虽然“新鸳鸯蝴蝶派”的文艺风格未必是最受文坛瞩目的，但是这一流派的读者确实非常多。读者的认可，是检验文艺作品的一个重要参考指标。“新鸳鸯蝴蝶派”是古典通俗小说在新时期的继承者，无论是才子佳人的人物设置，还是扑朔迷离的情节建构，都是对整个明清时期的中国古典通俗小说的一种延续，由于冯梦龙是通俗文学的代表人物，自然也带有冯梦龙文艺思想的深刻印记。

新中国成立以来，冯梦龙的文艺思想随着出版业的繁荣得到进一步的传播。在中华文化圈，冯梦龙文艺思想对香港的金庸、台湾的琼瑶的文艺创作多有影响，金庸作品中经常会一字不落地引用冯氏《古今笑》中的笑话。冯梦龙注重“情”并以此教化人心的文艺思想，在香港、台湾等地区的通俗文艺发展过程中起到了积极的推动作用。

不仅如此，借助新的媒介方式，冯氏作品被改编成影视作品，更加广泛地传播开来。有久演不衰的《玉堂春》，有改编成各种版本、各种艺术形式的《白蛇传》，有改编成电影、戏剧的《杜十娘》《秋翁遇仙记》《十五贯》《千里送京娘》等。冯氏作品因“适俗”而广受欢迎，其思想随着作品不断传播开去。冯梦龙作品被改编为影视剧、戏曲比较多的有以下篇目：《杜十娘怒沉百宝箱》相关的影视剧从 1939 年到 2009 年共计 5 部；《卖油郎独占花魁》相关的影视剧从 1927 年到 2004 年共计 6 部；《白娘子永镇雷峰塔》相关的影视剧从 1926 年到 2014 年共计 29 部等。这些作品无论如何改编，都是围绕冯梦龙文艺思想进行的。冯梦龙文艺思想也因此广为传播。

二　冯梦龙文艺思想的现当代传播

任何文艺思想的传播都离不开媒介，冯梦龙文艺思想随着媒介的发展，在现当代更加迅速广泛地传播开来。

（一）影视传播

看电影、电视剧是现今人们空闲时间休闲娱乐的主要方式，影视作品面向各个阶层的民众，这就要求剧本具有通俗性的特点。冯梦龙的作品，本身就是俗文学的扛鼎之作，这就为编剧和导演提供了很好的创作素材。冯先生真是人间奇才，一枝如椽大笔写尽世间百态，令世代读书人如醉如痴。今天，他的文学价值又借助现代影视技术被充分挖掘，大放异彩，风光无限。比如《东周列国志》里的西施败吴、勾践复国、荆轲刺秦、孙庞斗智、管鲍分金、吕不韦弄鬼、秦始皇统一，都被反复改编成各种影视剧，风行一时。由赵雅芝、叶童主演的电视剧《新白娘子传奇》1992 年在中国台湾地区首播，1993 年被引进大陆并在中央电视台播出，拿下了年度收视冠军，随后又被引进日本、越南等亚洲国家，接连创下收视奇迹。此剧涵盖中国传统戏曲、中医、宗教、诗词等多种国学范畴，又有古典文化和民风民俗的融入，使其具有长久的艺术生命力。很多人并不知道《新白娘子传奇》是以冯梦龙先生《警世通言》第二十八卷《白娘子永镇雷峰塔》中的白娘子为原型的。冯梦龙在小说中定义：“西湖水干，江湖不起，雷峰塔倒，白蛇出世。”许仙和白娘子非同类，却爱得坦荡真诚，这符合冯梦龙传递的“情真”思想。历经几百年的变迁，冯梦龙“以情教化世人”的理想，仍然能够感动现代人。这说明冯梦龙文艺思想充满了活力，他的这种思想必将会随着其作品继续被传扬下去。由于影视传播的特点，其接受者人数众多，这比以往单纯靠纸质媒介传播能取得更快更好的效果，更加有利于冯梦龙文艺思想的传播。

（二）舞台传播

冯梦龙在戏曲上有很深的造诣，他不但能写剧本还能导演戏剧。他丰富的创编实践经验，使得他编订的剧本沿用至今。比如昆曲中的《牡丹亭》就是冯梦龙的定本，因为冯梦龙改编后的剧本更适合昆曲演唱。他更定汤显祖的《牡丹亭》的原因是，他认为这部具有无限才情的杰作，只是“案头之书，非当场之谱”（《风流梦小引》），冯梦龙更定的《牡丹亭》，与汤显祖原著的意趣虽有差异，但也的确使之易于用昆腔演唱。《春香闹学》《游园惊梦》《拾画叫画》等著名昆曲剧目，基本上都采用了冯梦龙的定本。我们知道，剧本的范式和台词对于观众接受和领悟戏剧精神有着举足轻重的作用。冯梦龙更定的剧本沿用至今，其文艺思想也一直借由戏曲表演者传递给不同时代的观众们。

《玉堂春》是中国传统戏曲中流传最广的剧目之一。故事见冯梦龙编订的《警世通言》卷二十四《玉堂春落难逢夫》，《情史》卷二中亦有此事。道光年间南浔人范锴所著的《汉口丛谈》引用的资料中提到湖北通城县艺人李翠官参加汉口“荣庆部”戏班时演唱《玉堂春》等剧的情况，可见《玉堂春》当时在花部的演出已相当普遍。一部《玉堂春》被京剧、昆曲、越剧、二人转等不同剧种改编，反复上演，且都在重复一个理念“对于真爱要不离不弃”，这就是冯梦龙要传递给世人的观念。剧中塑造的有情有义的王景隆，虽遵父母之命，迎聘刘都堂之女，但他一心只想着苏三（玉堂春），完全不以聘妻为喜。他到任后查明了苏三的案情，为其平反冤案，救出苏三，并与苏三结为夫妻。冯梦龙戏曲改编成果卓著，他的改编很好地保存了戏曲的原有韵味，为戏曲保存、发展做出了不可磨灭的贡献。

（三）网络传播

互联网技术对古典文学传播的意义重大。冯梦龙的很多作品刊刻年代久远，被收藏在国内外不同的图书馆里，普通读者很难借阅到。现在，互联网的资源共享功能，使我们可以查阅冯梦龙作品的珍本、善本，而且可以欣赏当时书中的一些精美的插图。而在过去出版的很多书籍，由于多次翻印，几乎无法辨认插图中的人物形象，不利于研究。现在由于互联网技术的发展，我们随时可以通过网络查阅到相关研究资料。本书写作的时候需要查阅2008年台湾大象出版社出版的《冯梦龙与侯慧卿》，由于买不到纸质版的图书，笔者通过图书馆的“馆藏互借”功能找到了相关文献，这对本书的顺利完成有着重要的作用。

互联网免费阅读功能使得冯梦龙文艺作品和文艺思想更容易传递给受众。中国互联网络信息中心（CNNIC）在京发布第50次《中国互联网络发展状况统计报告》，报告显示，截至2022年6月，中国网民规模达10.51亿。[①] 这说明互联网的用户几乎覆盖了中国总人口的五分之四，这意味着网络受众巨大，网络传播文学的能力巨大。我们在搜索工具中只要输入“冯梦龙”三个字，“冯梦龙的三言”“冯梦龙与四大奇书”“冯梦龙的《智囊》”“冯梦龙《情史》”等资料就会源源不断涌现出来，喜欢冯梦龙作品的网民很容易就能找到适合自己的文本。这样一来，读者群的扩大，就会令冯梦龙文艺思想被更加广泛地传播和接受。

互联网还具有用户互动功能，冯梦龙的读者可以在一起讨论，这利于其文艺思想的阐述。移动互联网已经从PC端扩展到手机端。

---

① 《CNNIC发布第50次〈中国互联网络发展状况统计报告〉》，中国互联网络信息中心官网，2022年8月31日，http://cnnic.cn/n4/2022/0916/c38-10594.html。

阅读冯梦龙作品的读者，可以在自己的博客、微信中发表自己的读后感；在各大论坛里，文学版面讨论冯梦龙文艺思想的帖子也很多；在视频网站中，由冯梦龙的作品衍生出来的电影、电视剧、戏曲都有很高的点播率。这些网友来自五湖四海。这一切都说明，冯梦龙的文艺思想从案头转向了互联网，以另外一种表现形式影响着现代人。

按照目前的发展来看，冯梦龙文学作品及其文艺思想未来的传播还将主要依赖于互联网的发展。这不是个案，这是整个 21 世纪文艺传播的发展趋势。

结束语

中国古典文学向来不乏“阳春白雪”式的雅士，也不乏醉心通俗的“下里巴人”。但是，雅俗兼擅，既能改编长篇历史演义小说，又能担任剧作家兼职导演的唯有冯梦龙这位“通才”。他博古通今，在文艺创作理论及实践上取得了不俗成绩，是明朝最为杰出的文艺思想家。目前，学界对于冯梦龙文艺思想的研究有限，未来可研究的领域很多。

第一，冯梦龙文艺思想域外传播的研究空间。域外汉学逐渐发展成为一门显学，但是国外汉学家研究的多是施耐庵、罗贯中、曹雪芹等著名作家。这就需要中国学者积极“走出去”，去研究像冯梦龙这样的“非一流”作家在域外的影响力。冯梦龙作品大多通俗易懂，因此在诞生之初就快速向外传播，其文艺思想也随之传播。在亚洲，日本、韩国对冯梦龙文艺思想及其文艺实践的研究走在前列。同时，越南、泰国、蒙古国都有冯氏文艺思想及其作品流传的印记，目前学界对这一领域涉足不多，可以深入研究。例如，冯梦龙作品流传到蒙古国，在翻译的过程中，译者不自觉地将汉族的老天爷译为蒙古族的“长生天”，将蒙古族的习俗、信仰注入其中更易吸引受众，这对冯氏文艺思想的传播起到了积极作用。在欧美地区，以韩南为代表的一代学者积极投身于冯氏研究。2014 年韩南先生逝世，欧美地区对于冯梦龙的研究暂时进入了消歇阶段。除美国、法国等很早就重视对冯梦龙的研究外，近年来俄罗斯民众及作家也注重从冯梦龙遗留下的宝贵精神财富中汲取养料。冯氏作品中的东方伦理因素以及人物的情感和思想，对俄罗斯民众产生了很深的影响。特别是被称为“俄罗斯文坛女作家三杰”之一的塔基亚娜·托尔斯泰娅，她在接受访问时明确表示自己受到了中国小说的影响，根据她叙述的情节（一个男子，为心爱的女子用袖子接呕吐物，逐渐用自己的体贴感化心仪的女子……），很显然这是出自冯梦龙的《卖油郎独占花魁》。因此，研究冯氏还应该具有国际眼光，更加广泛地搜集资料，进一步探讨冯氏作品的国际传播轨迹及其影响力。冯梦龙的作品，承载着冯梦龙的文艺思想，把中国民众的喜怒哀乐、爱恨情仇传播到世界各地，这是他对中国古典文学的重要贡献。

第二，冯梦龙文艺思想的特色。冯梦龙文艺思想的建立，是基于其大量文艺创作实践，这是其与众不同之处。冯梦龙的文艺思想不是靠专著体现的，而是散见于其作品当中。这种文艺思想的呈现方式与刘勰的《文心雕龙》的专门文艺理论专著不同。但是，冯梦龙这种文艺实践与文艺思想穿插交汇呈现的形式，有助于读者理解其文艺创作宗旨。譬如，冯氏在《情史》这部作品中，每个叙事文本结束后，都会有一段议论性文字来阐释自己的创作宗旨。这宗旨既是其创作的指导思想，也是后人可以借鉴的文艺思想。

第三，冯梦龙文艺思想的价值。冯梦龙文艺思想的价值，在其同一时代就得以体现，这一点体现在对凌濛初的文艺创作的影响上。《初刻拍案惊奇》和《二刻拍案惊奇》就是凌濛初受到冯梦龙文艺创作实践的启发，在“三言”广受欢迎以后模仿其创作的。显而易见，无论是文本的编撰、题目的设置、主旨的阐释，“二拍”都受到“三言”的影响。其后的李渔、蒲松龄、曹雪芹，甚至后世的“新鸳鸯蝴蝶派”，以及当代的金庸、琼瑶等作家，都或多或少地受到冯梦龙文艺思想的浸润。时至今日，冯梦龙文艺思想对网络文学等文艺创作也有积极的促进作用，无论是网络文学、微电影，还是文艺论坛、网络戏曲都绕不开冯梦龙的“情教”思想。冯梦龙文艺思想有着极强的生命力，这种思想并没有随着时间的流逝而消亡，反而顺应时代发展，蓬勃向前，推动了历代文艺创作发展。真正有价值的文艺思想，能够跨越时空，在任何时代都具有导引文艺创作的作用。冯梦龙文艺思想的价值在于其经久不息的指导作用，能促进中华民族的文艺事业更加繁荣发展。

第四，冯梦龙文艺思想的意义。冯梦龙文艺思想的重要意义在于强化“情教化人”在不同文艺领域的作用。冯梦龙本人兴趣广泛、才情出众，因此他的文艺思想的应用也涉及文学、戏曲、民歌等多个领域，在今天看来其仍具有指导现实文艺创作的意义。

总之，冯梦龙的文艺思想十分丰富，难以穷尽。本书只在笔者有限的学识内，对冯氏文艺思想进行粗浅的分析。事实上，冯梦龙文艺思想深层次的内容还有很多，值得继续深入研究下去。

附　录

附录一　《情史》分类及辑评

卷目及分类	总评
第一卷　情贞类	情主人曰：自来忠孝节烈之事，从道理上做者必勉强，从至情上出者必真切。夫妇其最近者也，无情之夫，必不能为义夫；无情之妇，必不能为节妇。世儒但知理为情之范，孰知情为理之维乎。男子顶天立地，所担者具咫尺之义，非其所急。吾是以详于妇节，而略于夫义也。妇人自《柏舟》而下，彤管充栋，不可胜书，书其万万之一，犹云举例云尔。古者聘为妻，奔为妾。夫奔者，以情奔也。奔为情，则贞为非情也，又况道旁桃李，乃望以岁寒之骨乎！春秋之法，使夏变夷，不使夷变夏。妾而抱妇之志焉，妇之可也。娼而行妾之事焉，妾之可也。彼以情许人，吾因以情许之。彼以真情殉人，吾不得复以杂情疑之。此君子乐与人为善之意。不然，舆台庶孽，将不得达忠孝之性乎哉！
第二卷　情缘类	情史氏曰：夫人一宵之遇，亦必有缘焉凑之，况夫妇乎！嫫母可为西子，缘在不问好丑也。瓦砾可为金玉，缘在不问良贱也。或百求而不获，或无心而自至，或久揆而复合，或欲割而终联。缘定于天，情亦阴受其转而不知矣。吁，虽至无情，不能强缘之断；虽至多情，不能强缘之合，诚知缘不可强也。多情者，固不必取盈；而无情者，亦胡为甘自菲薄耶！
第三卷　情私类	情主人曰：人性寂而情萌。情者，怒生不可閼遏之物，如何其可私也！特以两情自喻，不可闻，不可见。亦惟恐人闻，惟恐人见，故谓之私耳。私而终遂也，雷雨之动，满盈。不遂，而为蝉哀，为蛩怨，为盍旦之求明，为杜宇之啼春。有能终閟人耳目者乎？崔莺莺有言："必也君乱之，君终之。"是乃所谓善补过者。微之薄倖，吾无取焉。我辈人亦自有我辈事，慎勿以须臾之欢，而误人于没世也。

续表

卷目及分类	总评
第四卷　情侠类	情史氏曰：豪杰憔悴风尘之中，须眉男子不能识，而女子能识之。其或窘迫急难之时，富贵有力者不能急，而女子能急之。至于名节关系之际，平昔圣贤自命者不能周全，而女子能周全之。岂谢希孟所云“光岳气分，磊落英伟，不锺于男子而锺于妇人”者耶？此等女子不容易遇。遇此寻女子，豪杰丈夫应为心死。若夫妖花艳月，歌莺舞柳，寻常之玩，讵足为珍。而王公贵戚，或与匹夫争一日之误，何戋戋也。越公而下，能曲体人情，推甘让美，全不在意。而袁、葛诸公，且借以结豪杰之心，而收其用，彼岂无情者耶？已若无情，何以能体人之情。其不拂人情者，真其人情至深者耳。虞侯押衙，为情犯难；虬须昆仑，为情露巧；冯燕荆娘，为情发愤。情不至，义不激，事不奇。吁，此乃向者妇人女子所笑也。
第五卷　情豪类	情主人曰：丞相布被，车夫重味，奢俭殆天性乎！然于妇人尤甚。匹夫稍有余赀，无不市服治饰，以媚其内者。况以王公贵人，求发摅其情之所钟，又何惜焉？然桀、纣而下，灭亡相踵。金谷沙场，木妖荆棘。石崇、元载，具为笑端。豪奢又安可为也？景文诸公，或以齑粥辛勤，偿其不足；或以抑郁未遂，发其无聊。至于五陵豪客，力胆气盈。选伎徽歌，买欢鬻笑，固其常尔。杜牧天性疏狂，亦由情不能制耶？对山辱身救友，有古烈士之风。风流浪宕，未足为玷。用修、子畏，皆用世才，而挂于法网，沉冤不涤，放达自废，胸中磊块借此散之。歌以当泣，君子伤焉。希孟热闹场中，忽开冷眼，狂乎，狂乎！殆圣人之所想乎。寺僧无赖，复与为谑，近于纵矣。余杭广三人，意所奋决，鬼神避而猛兽伏。或曰：‘彼以勇获伸其情者。’虽然，无情者又能勇乎哉！
第六卷　情爱类	情史氏曰：情生爱，爱复生情。情爱相生而不已，则必有死亡灭绝之事。其无事者，幸耳！虽然，此语其甚者，亦半由不善用爱，奇奇怪怪，令人有所借口，以为情尤。情何罪焉？桀、纣以虐亡。夫差以好兵亡，而使妹喜、西施辈受其恶名，将无枉乎？夫使止于情爱，亦匹夫之日用饮食，令生命不逢夭折，何至遂如范筠林者。又况乎天下之大，干以万事，翼以万夫。令规模不改，虽华清维绮，红粉如云，指为灵囿中之鹿鸟，亦何不可！
第七卷　情痴类	情主人曰：人生烦恼思虑种种，因有情而起。浮沤石火，能有几何，而以情自累乎？自达者观之，凡情皆痴也，男女抑末矣。或者流盼销魂，新歌夺耳，佳人难得，同病相怜，亦千古风流之胜事。眇与哑何择焉，斯好不已辟乎？然犹曰匹夫自喻适志，遑及其他。乃堂堂国主，粉黛如云，按图而幸，日亦不给，彼雨花霜柳，皆眇哑之属耳。而乃与匹夫争一夕之欢，谚所谓“舍黄金而抱六砖”者也。至若娶妇蓄妾，本为自奉；寻芳选俊，只以求欢。而或苦其体以市一怜，残其躯以希一面，此岂特童心而已哉！虽然未及死也。尾生甚矣，女子无信，我焉得有信。必也两心如结，计无复之，与其生离犹冀死合，幸则为喜、乐，不幸则为傅、林，王、陶死而有知，倡随无梗；即令无知，亦省却终身万种凄凉抑郁之苦，彼痴人者，不自以为得算耶！虽然，害止此耳。成帝以之斩嗣，幽王以之欺诸侯，齐、燕二主以之堕万人之功，弱宗招乱，树敌速亡，以彼易此，如以千金易一发，又何愚哉！虽然玩好在耳目之前，而患在一国之后，中智以上始能料之。景阳宫之事，岌岌乎兵在其颈，

续表

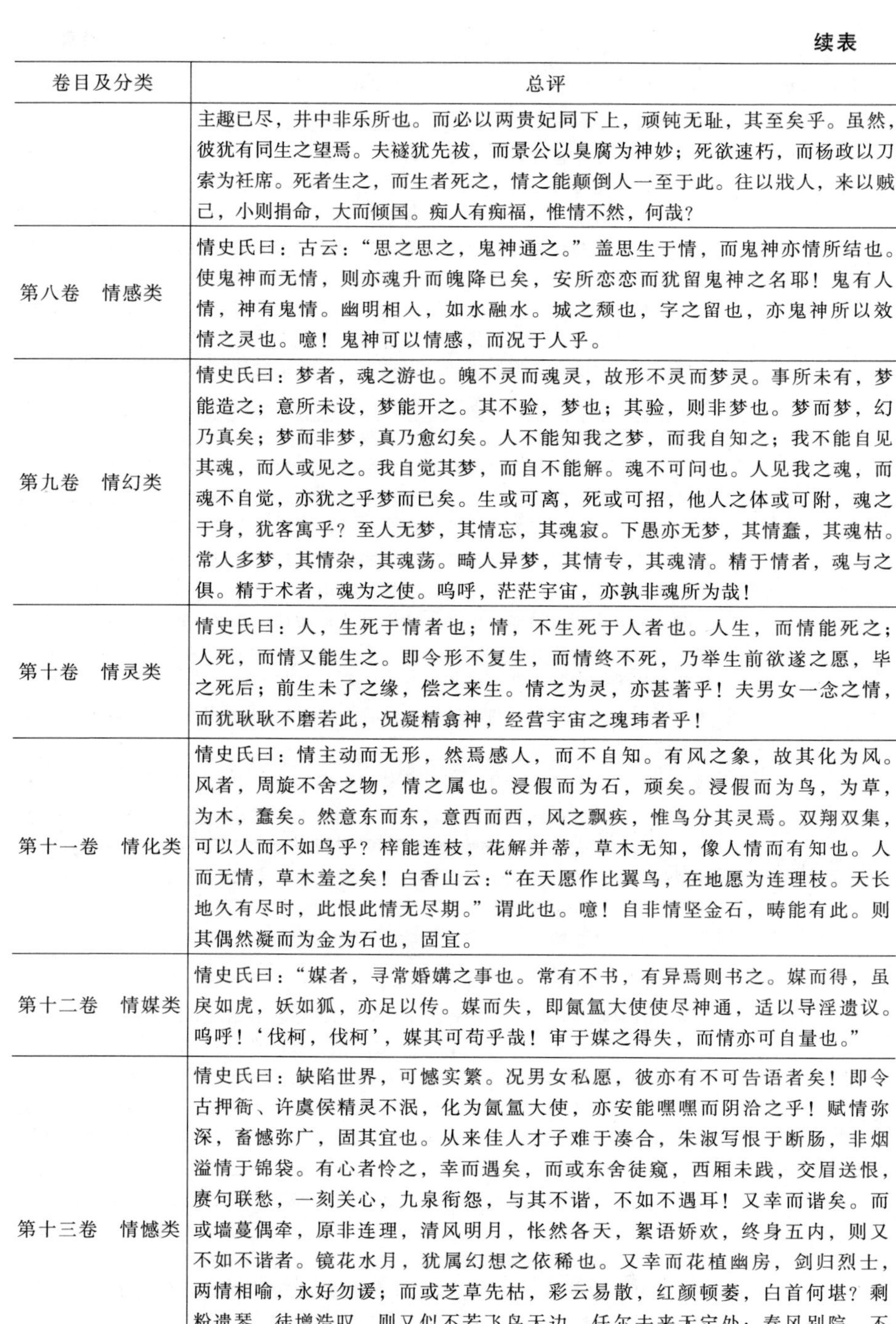

卷目及分类	总评
	主趣已尽，井中非乐所也。而必以两贵妃同下上，顽钝无耻，其至矣乎。虽然，彼犹有同生之望焉。夫襚犹先祓，而景公以臭腐为神妙；死欲速朽，而杨政以刀索为衽席。死者生之，而生者死之，情之能颠倒人一至于此。往以戕人，来以贼己，小则捐命，大而倾国。痴人有痴福，惟情不然，何哉？
第八卷　情感类	情史氏曰：古云："思之思之，鬼神通之。"盖思生于情，而鬼神亦情所结也。使鬼神而无情，则亦魂升而魄降已矣，安所恋恋而犹留鬼神之名耶！鬼有人情，神有鬼情。幽明相入，如水融水。城之颓也，字之留也，亦鬼神所以效情之灵也。噫！鬼神可以情感，而况于人乎。
第九卷　情幻类	情史氏曰：梦者，魂之游也。魄不灵而魂灵，故形不灵而梦灵。事所未有，梦能造之；意所未设，梦能开之。其不验，梦也；其验，则非梦也。梦而梦，幻乃真矣；梦而非梦，真乃愈幻矣。人不能知我之梦，而我自知之；我不能自见其魂，而人或见之。我自觉其梦，而自不能解。魂不可问也。人见我之魂，而魂不自觉，亦犹之乎梦而已矣。生或可离，死或可招，他人之体或可附，魂之于身，犹客寓乎？至人无梦，其情忘，其魂寂。下愚亦无梦，其情蠢，其魂枯。常人多梦，其情杂，其魂荡。畸人异梦，其情专，其魂清。精于情者，魂与之俱。精于术者，魂为之使。呜呼，茫茫宇宙，亦孰非魂所为哉！
第十卷　情灵类	情史氏曰：人，生死于情者也；情，不生死于人者也。人生，而情能死之；人死，而情又能生之。即令形不复生，而情终不死，乃举生前欲遂之愿，毕之死后；前生未了之缘，偿之来生。情之为灵，亦甚著乎！夫男女一念之情，而犹耿耿不磨若此，况凝精翕神，经营宇宙之瑰玮者乎！
第十一卷　情化类	情史氏曰：情主动而无形，然焉感人，而不自知。有风之象，故其化为风。风者，周旋不舍之物，情之属也。浸假而为石，顽矣。浸假而为鸟，为草，为木，蠢矣。然意东而东，意西而西，风之飘疾，惟鸟分其灵焉。双翔双集，可以人而不如鸟乎？梓能连枝，花解并蒂，草木无知，像人情而有知也。人而无情，草木羞之矣！白香山云："在天愿作比翼鸟，在地愿为连理枝。天长地久有尽时，此恨此情无尽期。"谓此也。噫！自非情坚金石，畴能有此。则其偶然凝而为金为石也，固宜。
第十二卷　情媒类	情史氏曰："媒者，寻常婚媾之事也。常有不书，有异焉则书之。媒而得，虽戾如虎，妖如狐，亦足以传。媒而失，即氤氲大使使尽神通，适以导淫遗议。呜呼！'伐柯，伐柯'，媒其可苟乎哉！审于媒之得失，而情亦可自量也。"
第十三卷　情憾类	情史氏曰：缺陷世界，可憾实繁。况男女私愿，彼亦有不可告语者矣！即令古押衙、许虞侯精灵不泯，化为氤氲大使，亦安能嘿嘿而阴洽之乎！赋情弥深，畜憾弥广，固其宜也。从来佳人才子难于凑合，朱淑写恨于断肠，非烟溢情于锦袋。有心者怜之，幸而遇矣，而或东舍徒窥，西厢未践，交眉送恨，赓句联愁，一刻关心，九泉衔怨，与其不谐，不如不遇耳！又幸而谐矣。而或墙蔓偶牵，原非连理，清风明月，怅然各天，絮语娇欢，终身五内，则又不如不谐者。镜花水月，犹属幻想之依稀也。又幸而花植幽房，剑归烈士，两情相喻，永好勿谖；而或芝草先枯，彩云易散，红颜顿萎，白首何堪？剩粉遗琴，徒增浩叹。则又似不若飞鸟天边，任尔去来无定处；春风别院，不知摇落几枝花。痛痒纵非隔肤，犹不至摧肝触肺耳！嗟，嗟！无情者既比于土木，有情者又多其伤感，空门谓人生为苦趣，诚然乎，诚然乎！

续表

卷目及分类	总评
第十四卷　情仇类	情史氏曰：语云“欢喜冤家”，冤家由欢喜得也。夫“靡不有初，鲜克有终”。譬如蠹然，以木为命，还以贼木，忍乎哉！彼夫售谗行诳，手自操戈，斯无所蔽罪者矣！乃若垂成而败之，本合而离之，同欢而独据之，他好而代有之，天乎？人乎？是其有冤家在焉！然仇不自我，两人之欢喜固在也。以冤家故愈觉欢喜；以欢喜故愈觉冤家。况乎情之所钟，万物皆赘。及其失意，四大生憎。仇又不独在冤家矣！不情不仇，不仇不情。嗟夫，非酌水自饮，亦乌知其冷暖乎哉！
第十五卷　情芽类	情主人曰：草木之生意，动而为芽；情亦人之生意也，谁能不芽者？文王、孔子之圣也而情，文正、清献诸公之方正也而情，子卿、澹庵之坚贞也而情，卫公之豪侠也而情，和靖、元章之清且洁也而情。情何尝误人哉？人自为情误耳！红愁绿惨，生趣固为斩然。即蝶嚷莺喧，春意亦觉破碎。然必曰草木可不必芽，是欲以隆冬结天地之局。吾未见其可也！
第十六卷　情报类	情史氏曰：谚云：“种瓜得瓜，种豆得豆。”此言施报之不爽也。情而无报，天下谁劝于情哉！有情者，阳之属，故其报多在明。无情者，阴之属，故其报多在冥。
第十七卷　情秽类	情主人曰：情，犹水也。慎而防之，过溢不上，则虽江海之决，必有沟浍之辱矣。情之所悦，惟力是视。田舍翁多收十斛麦，遂欲易妻，何者？其力余也。况履极富贵之地，而行其意于人之所不得禁，其又何堤焉。始乎宫掖，继以戚里，皆垂力之余而溢焉者也。上以淫导，下亦风靡。生斯世也，虽化九国而为河间，吾不怪焉。夫有奇淫者，必有奇祸。汉唐贻笑，至今齿冷。宋渚清矣，元复浊之。大圣人出，而宫内肃然，天下之情不波，猗与休哉！
第十八卷　情累类	情史氏曰：啬财之人，其情必薄。然三斛明珠，十里锦帐，费侈矣。要皆有为为之。成我豪举，与供人骗局，相去不啻万万也。天下莫重于情，莫轻于财。而权衡必审，犹有若此，况于愤事败名，履危犯祸，得失远不相偿。可不慎与？夫情之所钟，性命有时乎可捐，而情之所裁，长物有时乎不可暴。彼未参乎情理之中者，奈之何易言情也。
第十九卷　情疑类	情史氏曰：修行家谓想多情少为利根，想少情多为钝器，岂非以虚景不系，实相难灭乎？虽然，无情焉有想，凡想皆情使也。况实者一化即虚，而虚者不散，庸讵知不反为实耶！佛之慈悲，仙之设度，神祇之功德济物，无适非情，又何疑焉！惟至男女之际，则疑矣。何也？以稗官所志，皆非情之正也。夫天地絪緼，气原无象，牛女邂逅，语复何稽？又况以淫垢之事，贻清净之秽者乎？黄金锁子骨，菩萨现女身，而为说法。回道人九九丹成，乃欲与白牡丹角采战之术，其诬蔑仙释已甚矣。黄陵二女，讹为舜妃，而李群玉复有辟阳之谑。杜拾遗嫁为伍髭须相公夫人，事之讹谬，何可胜言。益以邪魅淫妖，肆其假托，谁使正之？第以宇宙之广，何所不有。身非瞽史，言无百舌，吾所以不敢抹其情，而终不敢不存其疑也！

续表

卷目及分类	总评
第二十卷　情鬼类	情史氏曰：自昔忠孝节烈之士，其精英百代如生，人尸而祝之不厌。而狞恶之雄，亦强能为厉于人间。盖善恶之气，积而不散，于是凭人心之敬且惧而久焉。惟情不然，墓不能封，榇不能固，门户不能隔，世代不能老。鬼尽然耶？情使之耳！人情鬼情，相投而入，如狂如梦，不识不知，幸而男如窦玉，女如云容，伉俪相得，风月无恙，此与仙家逍遥奚让！不幸而鬼有焚灭之惨，人有夭折之患，其人鬼之数，亦自有尽时耳！情曷故哉，麻叔谋、杨连真伽掘毁帝王坟墓，暴骸如山。渊之贤焉而夭，乌之颖焉而夭，获之力焉而夭，统之智焉而夭，人鬼之厄，岂必在情哉！道家呼女子为粉骷髅，而悠悠忽忽之人，亦等于行尸走肉，又安在人之不为鬼也？
第二十一卷　情妖类	情史氏曰：妖字从女从夭，故女之少好者，谓之妖娆。禽兽草木五行百物之怪，往往托少女以魅人。其托于男子者，十之一耳。呜呼！禽兽草木五行百物之妖，一托于人形，而人不能辨之。人不待托妖又将如何哉？武为媚狐，赵为祸水，郗为毒蟒，人之反常，又何尝不化而为禽兽草木五行百物怪也。
第二十二卷　情外类	情史氏曰："饮食男女，人之大欲。破舌破老，戒于二美。内宠外宠，辛伯谂之，男女并称，所由来矣。其偏嗜者，亦交讥而未见胜也。"闻之俞大夫云："女以生子，男以取乐。天下之色，皆男胜女。羽族自凤皇、孔雀以及鸡雉之属，文彩并属于雄。犬马之毛泽亦然。男若生育，女自可废。"呜呼，世固有癖好若此者，情岂独在内哉？《孔丛子》载：子上见卫君之幸臣，美须眉，立于君侧。卫君谓子上曰："使须眉可假，寡人固不惜此于先生也！"夫至以须眉为幸臣，吾不知其情之所底矣。
第二十三卷　情通类	情史氏曰：万物生于情，死于情。人于万物中处一焉。特以能言，能衣冠揖让，遂为之长，其实觉性与物无异。是以羊跪乳为孝，鹿断肠为慈，蜂立君臣，雁喻朋友，犬马报主，鸡知时，鹊知风，蚁知水，啄木能符篆，其精灵有胜于人者，情之不相让可知也。微独禽鱼，即草木无知，而分天地之情以生，亦往往泄露其象。何则？生在而情在焉。故人而无情，虽曰生人，吾直谓之死矣！
第二十四卷　情迹类	情史氏曰：鸟之鸣春，虫之鸣秋，情也。迫于时而不自已，时往而情亦遁矣。人则不然，韵之为诗，协之为词，一日之讴吟叹咏，垂之千百世而不废；其事之关情者，则又传为美谈，笔之小牍。后世诵其诗，歌其词，述其事，而相见其情，当日之是非邪正，亦因是而有所考也。人以情传，情则何负于人矣！情以人蔽，奈何自负其情耶！

附录二 冯梦龙编创《新列国志》与史实的对比

以下出自《左传》。

初，郑武公娶于申，曰武姜，生庄公及共叔段。庄公寤生，惊姜氏，故名曰“寤生”，遂恶之。爱共叔段，欲立之。亟请于武公，公弗许。及庄公即位，为之请制。公曰：“制，岩邑也，虢叔死焉。佗邑唯命。”请京，使居之，谓之京城大叔。祭仲曰：“都，城过百雉，国之害也。先王之制：大都，不过参国之一；中，五之一；小，九之一。今京不度，非制也，君将不堪。”公曰：“姜氏欲之，焉辟害？”对曰：“姜氏何厌之有？不如早为之所，无使滋蔓。蔓，难图也。蔓草犹不可除，况君之宠弟乎？”公曰：“多行不义，必自毙，子姑待之。”

既而大叔命西鄙、北鄙贰于己。公子吕曰：“国不堪贰，君将若之何？欲与大叔，臣请事之；若弗与，则请除之。无生民心。”公曰：“无庸，将自及。”大叔又收贰以为己邑，至于廪延。子封曰：“可矣，厚将得众。”公曰：“不义不暱，厚将崩。”

大叔完、聚，缮甲、兵，具卒、乘，将袭郑，夫人将启之。公闻其期，曰：“可矣！”命子封帅车二百乘以伐京。京叛大叔段。段入于鄢，公伐诸鄢。五月辛丑，大叔出奔共。书曰：“郑伯克段于鄢。”段不弟，故不言弟；如二君，故曰克；称郑伯，讥失教也；谓之郑志。不言出奔，难之也。

遂置姜氏于城颍，而誓之曰：“不及黄泉，无相见也。”既而悔之。颍考叔为颍谷封人，闻之，有献于公。公赐之食，食舍肉。公问之，对曰："小人有母，皆尝小人之食矣，未尝君之羹，请以遗之。"公曰："尔有母遗，繄我独无！"颍考叔曰："敢问何谓也？"公语之故，且告之悔。对曰："君何患焉？若阙地及泉，隧而相见，其谁曰不然？"公从之。公入而赋："大隧之中，其乐也融融！"姜出而赋："大隧之外，其乐也泄泄！"遂为母子如初。

以下出自《新列国志》。

再说郑世子掘突嗣位，是为武公。武公乘周乱，并有东虢及郐地，迁都于郐，谓之新郑，以荥阳为京城，设关于制邑。郑自是亦遂强大，与卫武公同为周朝卿士。平王十三年，卫武公薨，郑武公独秉周政。只为郑都荥阳与洛邑邻近，或在朝，或在国，往来不一。这也不在话下。却说郑武公夫人，是申侯之女姜氏。所生二子，长曰寤生，次曰段。为何唤做寤生？原来姜氏夫人分娩之时，不曾坐蓐，在睡梦中产下，醒觉方知。姜氏吃一了惊，以此取名寤生，心中便有不快之意。及生次子段，长成得一表人才，面如傅粉，唇若涂朱，又且多力善射，武艺高强。姜氏心中偏爱此子："若袭位为君，岂不胜寤生十倍？"屡次向其夫武公称道次子之贤，宜立为嗣。武公曰："长幼有序，不可紊乱。况寤生无过，岂可废长而立幼乎？"遂立寤生为世子。只以小小共城为段之食邑，号曰共叔。姜氏心中愈加不悦。及武公薨，寤生即位，是为郑庄公，仍代父为周卿士。姜氏夫人见共叔无权，心中怏怏，乃谓庄公曰："汝承父位，享地数百里，使同胞之弟容身蕞尔，于心何忍！"庄公曰："惟母所欲。"姜氏曰："何不以制邑封之？"庄公曰："制邑岩险著名，先王遗命，不许分封；除此之外，无不奉命。"姜氏曰：

“其次则京城亦可。”庄公嘿然不语。姜氏作色曰：“再若不允，惟有逐之他国，使其别图仕进，以糊口耳！”庄公连声曰：“不敢，不敢！”遂唯唯而退。

次日升殿，即宣共叔段，欲封之。大夫祭足谏曰：“不可！天无二日，民无二君。京城有百雉之雄，地广民众，与荥阳相等。况共叔，夫人之爱子，若封之大邑，是二君也。恃其内宠，恐有后患。”庄公曰：“我母之命，何敢拒之！”遂封共叔于京城。共叔谢恩已毕，入宫来辞姜氏。姜氏屏去左右，私谓段曰：“汝兄不念同胞之情，待汝甚薄。今日之封，我再三恳求，虽则勉从，中心未必和顺。汝到京城，宜聚兵搜乘，阴为准备。倘有机会可乘，我当相约。汝兴袭郑之师，我为内应，国可得也。汝若代了寤生之位，我死无憾矣！”共叔领命，遂往京城居住。自此国人改口，俱称为京城太叔。

开府之日，西鄙北鄙之宰俱来称贺。太叔段谓二宰曰：“汝二人所掌之地，如今属我封土，自今贡税，俱要到我处交纳，兵车俱要听我征调，不可违误！”二宰久知太叔为国母爱子，有嗣位之望。今日见他丰采昂昂，人才出众，不敢违抗，且自应承。太叔托名射猎，日逐出城训练士卒，并收二鄙之众，一齐造入军册。又假出猎为由，袭取鄢及廪延。两处邑宰逃入郑国，遂将太叔引兵取邑之事备细奏闻庄公。庄公微笑不言。班中有一位官员高声叫曰：“段可诛也！”庄公抬头观看，乃是上卿公子吕。庄公曰：“子封有何高论？”公子吕奏曰：“臣闻：‘人臣无将，将而必诛。’今太叔内挟母后之宠，外恃京城之固，日夜训兵讲武，其志不篡夺不已。主公假臣偏师，直造京城，缚段而归，方绝后患。”庄公曰：“段恶未著，安可加诛？”子封曰：“今两鄙被收，直至廪延，先君土地岂容日割？”庄公笑曰：“段乃姜氏之爱子，寡人之爱弟。寡人宁可失地，岂可伤兄弟之情，拂国母之意乎?”公子吕又奏曰：“臣非虑失地，实虑失国也。今人心皇皇，见太叔势大力强，尽怀观望，不久都城之民亦将贰心。主公今日能容太叔，恐异日太叔不能容主公，悔之何及!”庄公曰：“卿勿妄言，寡人当思之。”公子吕出外，谓正卿祭足曰：“主公以宫闱之私情而忽社稷之大计，吾甚忧之!”祭足曰：“主公才智兼人，此事必非坐视。只因大廷耳目之地，不便泄露。子贵戚之卿也，若私叩之，必有定见。”

公子吕依言，直叩宫门，再请庄公求见。庄公曰：“卿此来何意?”公子吕曰：“主公嗣位，非国母之意也。万一中外合谋，变生肘腋，郑国非主公之有矣!臣寝食不宁，是以再请。”庄公曰：“此事干碍国母。”公子吕曰：“主公岂不闻周公诛管蔡之事乎?‘当断不断，反受其乱’。望早早决计。”庄公曰：“寡人筹之熟矣。段虽不道，尚未显然叛逆。我若加诛，姜氏必从中阻挠，徒惹外人议论，不惟说我不友，又说我不孝。我今置之度外，任其所为。彼恃宠得志，肆无忌惮。待其造逆，那时明正其罪，则国人必不敢助，而姜氏亦无辞矣。”公子吕曰：“主公远见，非臣所及;但恐日复一日，养成势大，如蔓草不可芟除，可奈何!主公若必欲俟其先发，宜挑之速来。”庄公曰：“计将安出?”公子吕曰：“主公久不入朝，无非为太叔故也。今声言如周，太叔必谓国内空虚，兴兵争郑。臣预先引兵伏于京城近处，乘其出城，入而据之。主公从廪延一路杀来，腹背受敌，太叔虽有冲天之翼，能飞去乎!”庄公曰：“卿计甚善，慎毋泄之他人。”公子吕辞出宫门，叹曰：“祭仲料事，可谓如神矣!”

次日早朝，庄公假传一令，使大夫祭足监国，自己要往周朝面君辅政。姜氏闻知此信，心中大喜曰：“段有福为君矣!”遂写密书一通，遣心腹送到京城，约太叔于五月初旬兴兵袭郑。

时四月下旬事也。公子吕预先差人伏于要路，获住赍书之人，登时杀了，将书密送庄公。庄公启缄看毕，重加封固，别遣人假作姜氏所差，送达太叔，索有回书，以五月端五日为期，要立白旗一面于城楼，便知接应之处。庄公得书，喜曰："段之供招在此，姜氏尚能庇护耶！"遂入宫辞别姜氏，只说往周，却望廪延一路徐徐而进。公子吕率车二百乘，于京城邻近埋伏，自不必说。

却说太叔接了母夫人姜氏密信，与其子公孙滑商议，使滑往卫国借兵，许以重赂。自家尽率京城二鄙之众，托言奉郑伯之命，使段监国，祭纛犒军，扬扬出城。分子吕预遣兵车十乘，扮作商贾模样，潜入京城，只等太叔兵动，便于城楼放火。公子吕望见火光，即便杀来，城中之人开门纳之，不劳余力，得了京城。即时出榜安民，榜中备说庄公孝友，太叔背义忘恩之事。满城人都说太叔不是。

再说，太叔出兵不上二日，就闻了京城失事之信，心下慌忙，星夜回辕，屯扎城外，打点攻城。只见手下士卒纷纷耳语。原来军伍中有人接了城中家信，说庄公如此厚德，太叔不仁不义。一人传十，十人传百，都道："我等背正从逆，天理难容。"哄然而散。太叔点兵，去其大半，知人心已变，急望鄢邑奔走，再欲聚众，不道庄公兵已在鄢，乃曰："共吾故封也。"于是走入共城，闭门自守。庄公引兵攻之。那共城区区小邑，怎当得两路大军如泰山压卵一般，须臾攻破。太叔闻庄公将至，叹曰："姜氏误我矣！何面目见吾兄乎？"遂自刎而亡。胡曾先生有诗曰：

宠弟多才占大封，况兼内应在宫中。

谁知公论难容逆，生在京城死在共。

又有诗说庄公养成段恶，以塞姜氏之口，真千古奸雄也。

诗曰：

子弟全凭教育功，养成稔恶陷灾凶。

一从京邑分封日，太叔先操掌握中。

庄公抚段之尸，大哭一场，曰：“痴儿何至如此！”遂简其行装，姜氏所寄之书尚在。将太叔回书总作一封，使人驰至郑国，教祭足递与姜氏观看。即命将姜氏送去颍地安置，遗以誓言曰：“不及黄泉，无相见也！”姜氏见了二书，羞惭无措；自家亦无颜与庄公相见，即时离了宫门，出居颍地。庄公回至国都，目中不见姜氏，不觉良心顿萌，叹曰：“吾不得已而杀弟，何忍又离其母？诚天伦之罪人矣！”

却说颍谷封人名曰颍考叔，为人正直无私，素有孝友之誉。见庄公安置姜氏于颍，谓人曰：“母虽不母，子不可以不子，主公此举，伤化极矣！”乃觅鸮数头，假以献野味为名，来见庄公。庄公曰：“此何鸟也？”颍考叔对曰：“此鸟名鸮，昼不见泰山，夜能察秋毫，明于细而暗于大也。小时其母哺之，既长，乃啄食其母。此乃不孝之鸟，故捕而食之。”庄公嘿然。适宰夫进蒸羊，庄公命割一肩赐考叔食之。考叔只简好肉，用纸包裹，藏之袖内。庄公怪而问之。考叔对曰：“小臣家有老母，小臣家贫，每日取野味以悦其口，未尝享此厚味。今君赐及小臣，而老母不沾一脔之惠，小臣念及老母，何能下咽！故此携归，欲作羹以进母耳！”庄公曰：“卿可谓孝子矣！”言罢，不觉凄然长叹。考叔问曰：“主公何为而叹？”庄公曰：“你有母奉养，得尽人子之心；寡人贵为诸侯，反不如你。”

考叔佯为不知，又问曰：“姜夫人在堂无恙，何为无母？”庄公将姜氏与太叔共谋袭郑及安置颍邑之事细述一遍，“已设下黄泉之誓，悔之无及！”考叔对曰：“太叔已亡，姜夫人止存主公一子，又不奉养，与鸮鸟何异？倘以黄泉相见为歉，臣有一计，可以解之。”庄公问何计可解。考叔对曰：“掘地见泉，建一地室，先迎姜夫人在内居住，告以主公想念之情，料夫人念子，不减主公之念母。主公在地室中相见，于及泉之誓未尝违也。”庄公大喜，遂命颍考叔发壮士五百人，于曲洧牛脾山下掘地深十余丈，泉水涌出，因于泉侧架木为室。室成，设下长梯一座。考叔往见武姜，曲道庄公悔恨之意，如今欲迎归孝养。武姜且悲且喜。考叔先奉武姜至牛脾山地室中。庄公乘舆亦至，从梯而下，拜倒在地，口称：“寤生不孝，久缺定省，求国母恕罪！”武姜曰：“此乃老身之罪，与汝无与。”用手扶起，母子抱头大哭。遂升梯出穴，庄公亲扶武姜登辇，自己执辔随侍。国人见庄公母子同归，无不以手加额，称庄公之孝。此皆考叔调停之力也。胡曾先生有诗云：

黄泉誓母绝彝伦，大隧犹疑隔世人。

考叔不行怀肉计，庄公安肯认天亲！

庄公感考叔全其母子之爱，赐爵大夫，与公孙阏同掌兵权。不在话下。

再说共叔之子公孙滑请得卫师，行至半途，闻共叔见杀，遂逃奔卫，诉说伯父杀弟囚母之事。卫桓公曰：“郑伯无道，当为公孙讨之。”遂兴师伐郑。不知胜负如何，且看下回分解。

参考文献

著作类

[1] 阿英:《小说闲谈》,上海古籍出版社,1985。

[2] (清) 艾衲居士:《豆棚闲话》,人民文学出版社,1984。

[3] (明) 抱瓮老人辑《今古奇观》,人民文学出版社,1957。

[4] 北京大学中文系编《中国小说史》,人民文学出版社,1978。

[5] 蔡景康编选《明代文论选》,人民文学出版社,1993。

[6] 蔡毅编著《中国古典戏曲序跋汇编》,齐鲁书社,1989。

[7] (清) 草亭老人:《娱目醒心编》,上海古籍出版社,1988。

[8] 陈大康:《明代小说史》,人民文学出版社,2000。

[9] 陈桂声:《话本叙录》,珠海出版社,2001。

[10] 陈洪:《中国小说理论史》(修订本),天津教育出版社,2005。

[11] 陈建华:《中国江浙地区十四至十七世纪社会意识与文学》,学林出版社,1992。

[12] (晋) 陈寿撰《三国志》,陈乃乾校点,中华书局,1959。

[13] 陈平原:《小说史:理论与实践》,北京大学出版社,1993。

[14] 陈汝衡:《陈汝衡曲艺文选》,中国曲艺出版社,1985。

[15] 陈曦钟等辑校《水浒传会平本》(上下),北京大学出版

社，1981。
［16］程毅中：《宋元小说家话本集》（上下），齐鲁书社，2000。
［17］程毅中：《宋元小说研究》，江苏古籍出版社，1999。
［18］戴不凡：《小说见闻录》，浙江人民出版社，1980。
［19］邓绍基、史铁良：《明代文学研究》，北京出版社，2001。
［20］丁锡根：《宋元平话集》，上海古籍出版社，1990。
［21］丁锡根：《中国历代小说序跋集》，人民文学出版社，1996。
［22］段启明、汪龙麟：《清代文学研究》，北京出版社，2001。
［23］（明）冯梦龙编《古今小说》，人民文学出版社，1958。
［24］（明）冯梦龙编《警世通言》，人民文学出版社，1956。
［25］（明）冯梦龙编《警世通言》，上海古籍出版社，1992。
［26］（明）冯梦龙编述《明清民歌时调集》（上），上海古籍出版社，1986。
［27］（明）冯梦龙：《挂枝儿：〈山歌〉》，上海古籍出版社，1992。
［28］（明）冯梦龙：《墨憨斋定本传奇》，中国戏剧出版社，1960。
［29］（明）冯梦龙：《情史类略》，岳麓书社，1984。
［30］（明）冯梦龙：《寿宁待志》，福建人民出版社，1983。
［31］（明）冯梦龙编《醒世恒言》，上海古籍出版社，1992。
［32］（明）冯梦龙：《智囊全集》，江苏古籍出版社，1986。
［33］（明）冯梦龙纂《古今谭概》，刘德权校点，海峡文艺出版社，1985。
［34］傅承洲：《明代文人与文学》，中华书局，2007。
［35］傅承洲：《明清文人话本研究》，人民文学出版社，2009。
［36］傅惜华：《明代传奇全目》，人民文学出版社，1959。
［37］高洪钧编著《冯梦龙集笺注》，天津古籍出版社，2006。
［38］（明）高儒、晁瑮撰《百川书志：晁氏宝文堂书目》，上海古籍出版社，2021。

[39] 古本戏曲丛刊编辑委员会编著《古本戏曲丛刊二集》，国家图书出版社，2016。
[40] 古本戏曲丛刊编辑委员会编著《古本戏曲丛刊三集》，国家图书出版社，2016。
[41]（清）谷应泰：《明史纪录本末》，中华书局，1977。
[42]《顾颉刚民俗学论集》，上海文艺出版社，1998。
[43]（清）顾亭林：《顾亭林诗文集》，中华书局，1959。
[44] 郭英德编著《明清传奇综录》，河北教育出版社，1997。
[45]（明）何良俊：《四友斋丛说》，中华书局，1959。
[46]（明）何心隐：《何心隐集》，中华书局，1960。
[47]（明）洪楩：《清平山堂话本》，上海古籍出版社，1992。
[48] 侯外庐：《中国思想通史》，人民出版社，1957。
[49]（明）胡应麟：《少室山房笔丛》，中华书局，1958。
[50] 胡士莹：《话本小说概论》，中华书局，1980。
[51] 胡适：《胡适文集》，人民文学出版社，1998。
[52] 胡万川：《话本与才子佳人小说研究》，大安出版社，1994。
[53] 黄霖：《中国历代小说论著选》，江西人民出版社，1984。
[54]（清）黄宗羲：《明儒学案》，中华书局，1985。
[55] 黄仁宇：《万历十五年》，中华书局，1982。
[56] 黄岩柏：《中国公案小说史》，辽宁人民出版社，1991。
[57]（清）计六奇撰《明季北略》，任道斌、魏得良点校，中华书局，1984。
[58]（清）计六奇撰《明季南略》，任道斌、魏得良点校，中华书局，1984。
[59]（明）瞿佑等：《剪灯新话》（外二种），上海古籍出版社，1981。
[60] 黎靖德编《朱子语类》，中华书局，1986。

[61] 李昌集：《中国古代散曲史》，华东师范大学出版社，1991。
[62] 李玫：《明清之际苏州作家群研究》，中国社会科学出版社，2000。
[63]（明）李贽：《藏书》，中华书局，1959。
[64]（明）李贽：《焚书 续焚书》，中华书局，1975。
[65]（明）李贽：《续藏书》，中华书局，1959。
[66]（清）李渔：《李渔全集》，浙江古籍出版，1992。
[67]（清）李渔：《连城璧》，上海古籍出版社，1992。
[68]（清）李渔：《十二楼》，人民文学出版社，1986。
[69]（清）李渔：《无声戏》，人民文学出版社，1989
[70]（清）李玉：《李玉戏曲集》，上海古籍出版社，2004。
[71]（宋）李昉等编《太平广记》，中华书局，1961。
[72] 廖奔、刘彦君：《中国戏曲发展史》，山西教育出版社，2003。
[73] 林辰：《明末清初小说述录》，春风文艺出版社，1988。
[74]（明）凌濛初：《二刻拍案惊奇》（全2册），上海古籍出版社，1985。
[75]（明）凌濛初：《拍案惊奇》（全2册），上海古籍出版社，1985。
[76]（清）刘廷玑：《在园杂志》，中华书局，2005。
[77] 刘世德：《中国古代小说百科全书》（修订本），中国大百科全书出版社，1998。
[78] 刘小枫：《沉重的肉身》，华夏出版社，2007。
[79] 刘勇强：《中国古代小说史叙论》，北京大学出版社，2007。
[80]（清）龙文彬：《明会要》，中华书局，1956。
[81] 鲁迅：《鲁迅全集》，人民文学出版社，1981。
[82] 鲁迅：《中国小说史略》，上海古籍出版社，1998。
[83]（明）陆粲撰《庚巳编》（3册），中华书局，1987。
[84]（明）陆容：《菽园杂记》，佚之点校，中华书局，1985。

[85] 陆树仑:《冯梦龙散论》，上海古籍出版社，1993。
[86] 陆树仑:《冯梦龙研究》，复旦大学出版社，1987。
[87] 路工:《古本平话小说集》，人民文学出版社，1984。
[88] 路工、谭天合编《访书见闻录》，上海古籍出版社，1985。
[89] 罗尔纲:《水浒传原本与著者研究》，江苏古籍出版社，1992。
[90] 罗小东:《“三言”“二拍”叙事艺术研究》，中国社会科学出版社，2010。
[91] 马廉:《马隅卿小说戏曲论集》，中华书局，2006。
[92] 马美信:《凌濛初和二拍》，上海古籍出版社，1994。
[93] 马隅卿:《马隅卿小说戏曲论集》，中华书局，2006。
[94] 马振方:《小说艺术论稿》，北京大学出版社，1991。
[95] (明) 毛晋:《六十种曲》(全12册)，中华书局，1958。
[96] (宋) 孟元老等:《东京梦华录》(外四种)，中华书局，1962。
[97] 〔法〕米盖尔·杜夫海纳编《美学文艺学方法论》，朱立元等译，中国文联出版社，1992。
[98] 聂绀弩:《中国古典小说论集》，上海古籍出版社，1981。
[99] 欧阳代发:《话本小说史》，武汉出版社，1994。
[100] 〔美〕P. 韩南:《中国白话小说史》，尹慧珉译，浙江古籍出版社，1989。
[101] (清) 蒲松龄:《聊斋志异》，人民文学出版社，1989。
[102] 钱伯诚:《袁宏道集笺校》，上海古籍出版社，2007。
[103] (明) 钱谦益:《列朝诗集小传》，上海古籍出版社，1959。
[104] (清) 钱曾:《虞山钱遵王藏书目录汇编》，上海古籍出版社，2005。
[105]《曲海总目提要补编》，人民文学出版社，1959。
[106] 任继愈:《中国道教史》，上海人民出版社，1989。
[107] (清) 阮元校刻《十三经注疏》(上下册)，中华书局，1980。

[108] （明）沈德符：《万历野获编》，中华书局，1959。
[109] （明）沈璟：《沈璟集》，上海古籍出版社，1991。
[110] （明）沈自晋：《南词新谱》，北京市中国书店，1958。
[111] 沈新林：《李渔评传》，南京师范大学出版社，1999。
[112] 石昌渝：《中国古代小说总目》，山西教育出版社，2004。
[113] 石昌渝：《中国小说源流论》，生活·读书·新知三联书店，1994。
[114] （春秋）孙武：《诸子集成》，上海书店出版社，1986。
[115] 孙楷第：《沧州后集》，中华书局，1985。
[116] 孙楷第：《日本东京所见小说书目》，人民文学出版社，1958。
[117] 孙楷第：《小说旁证》，人民文学出版社，2000。
[118] 孙楷第：《中国通俗小说书目》，中华书局，2012。
[119] （西汉）司马迁：《史记》，中华书局，1982。
[120] 谈凤梁编著《中国古代小说简史》，江苏教育出版社，1988。
[121] 谈凤梁：《古小说论稿》，浙江古籍出版社，1989。
[122] 谭帆：《中国小说评点研究》，华东师范大学出版社，2001。
[123] 谭正璧：《古本稀见小说汇考》，浙江文艺出版社，1984。
[124] 谭正璧：《话本与古剧》，上海古籍出版社，1985。
[125] 谭正璧：《三言二拍资料》，上海古籍出版社，1980。
[126] （明）汤显祖：《汤显祖诗文集》，上海古籍出版社，1978。
[127] 陶慕宁：《青楼文学与中国文化》，东方出版社，1993。
[128] （明）田汝成著《西湖游览志》，陈志明编校，东方出版社，2012。
[129] 王国维：《宋元戏曲史》，东方出版社，1996。
[130] 王利器：《历代笑话集》，上海古籍出版社，1951。
[131] 王利器：《耐雪堂集》，中国社会科学出版社，1986。
[132] 王利器：《元明清三代禁毁小说戏曲史料》，上海古籍出版

社，1981。
[133]〔美〕W. C. 韦恩·布斯：《小说修辞学》，华明等译，北京大学出版社，1987
[134]（明）王守仁撰《王阳明全集》，吴光等编校，上海古籍出版社，1992。
[135]（清）王士禛：《池北偶谈》（上下册），中华书局，1982。
[136] 王清原：《小说书坊录》，北京图书馆出版社，2002。
[137] 王秋桂：《中国文学论著译丛》，学生书局，1985。
[138] 王先霈、周伟民：《明清小说理论批评史》，广州花城出版社，1988。
[139] 王运熙：《中国文学批评史》，上海古籍出版社，2002。
[140] 王贞珉、王利器辑《历代笑话集续编》，春风文艺出版社，1985。
[141]〔美〕韦勒克·沃伦：《文学理论》，刘象愚等译，生活·读书·新知三联书店，1984。
[142] 魏同贤主编《冯梦龙全集》，凤凰出版社，2007。
[143] 吴承学：《晚明小品研究》，江苏古籍出版社，1999。
[144] 吴存存：《明清社会性爱风气》，人民文学出版社，2000。
[145] 吴功正：《小说美学》，江苏人民出版社，1985。
[146] 伍蠡甫：《西方文论选》，上海译文出版社，1979。
[147]（明）西湖渔隐主人：《贪欢报》，人民中国出版社，1993。
[148] 夏咸淳：《晚明士风与文学》，中国社会科学出版社，1994。
[149] 夏志清：《中国古典小说导论》，安徽文艺出版社，1988。
[150] 萧欣桥、刘福元：《话本小说史》，浙江古籍出版社，2003。
[151] 谢国桢：《明清之际党社运动考》，商务印书馆，1935。
[152] 谢国桢：《增订晚明史籍考》，上海古籍出版社，1981。
[153]（明）谢肇淛：《五杂组》，中华书局，1959。

[154] （明）徐渭：《徐渭集》，中华书局，1983。
[155] 徐朔方等编著《古本小说集成》，上海古籍出版社，1991。
[156] 徐朔方：《小说考信编》，上海古籍出版社，1997。
[157] 徐朔方：《徐朔方集》，浙江古籍出版社，1999。
[158] 许政扬：《许政扬文存》，中华书局，1984。
[159] （明）杨循吉纂《吴邑志长洲县志》，陈其弟点校，广陵书社，2006。
[160] 杨义：《中国古典小说史论》，中国社会科学出版社，1995。
[161] 叶德均：《戏曲小说丛考》，中华书局，1999。
[162] 叶朗：《中国小说美学》，北京大学出版社，1982。
[163] （清）叶德辉：《书林清话》（外二种），北京燕山出版社，1999。
[164] （明）余继登：《典故纪闻》，中华书局，1981。
[165] 俞为民：《李渔评传》，南京大学出版社，2004。
[166] （明）袁中道：《珂雪斋集》，上海古籍出版社，1989。
[167] 袁行霈：《中国文学史》，高等教育出版社，1999。
[168] 詹一先：《吴县志》，上海古籍出版社，1994。
[169] 张岱年：《中国伦理思想研究》，江苏教育出版社，2005。
[170] 张岱年：《中国哲学大纲》，中国社会科学出版社，1982。
[171] 张庚、郭汉成主编《中国戏曲通史》，中国戏曲出版社，2006。
[172] 张国风编著《太平广记版本考述》，中华书局，2003。
[173] 张俊：《清代小说史》，浙江古籍出版社，1997。
[174] （清）张廷玉等撰《明史》（全28册），中华书局，1974。
[175] （清）张彝宣辑《寒山堂新定九宫十三摄南曲谱》，上海古籍出版社，2002。
[176] 张稔穰：《中国古代小说艺术教程》，山东教育出版社，1991。
[177] 张振钧、毛德富：《超越与禁锢——从“三言”、“二拍”看中国市民心态》，国际文化出版公司，1988。

[178] 赵伯陶:《市井文化与市民心态》,湖北教育出版社,1996。
[179] 赵尔巽等撰《清史稿》,中华书局,1977。
[180] 赵红娟:《凌濛初考论》,黄山书社,2001。
[181] 赵景深:《中国小说丛考》,齐鲁书社,1980。
[182] 郑振铎:《中国俗文学史》,商务印书馆,1938。
[183] 郑振铎:《中国文学研究》,人民文学出版社,2000。
[184] 中国戏曲研究院编《中国古典戏曲论著集成》,中国戏剧出版社,1959。
[185] 周明初:《晚明士人心态与文学个案》,东方出版社,1997。
[186] (明) 周清源:《西湖二集》,浙江文艺出版社,1985。
[187] 周贻白:《中国戏曲史纲要》,上海古籍出版社,1979。
[188] 周作人:《苦雨斋序跋文》,河北教育出版社,2002。
[189] (清) 朱彝尊辑录《明诗综》,中华书局,2007。
[190] 朱一玄:《明清小说资料选编》(上下册),南开大学出版社,2006。
[191] 朱一玄:《水浒传资料汇编》,南开大学出版社,2002。
[192] 朱自清:《诗言志辩》,古籍出版社,1956。
[193] 左东岭:《王学与中晚明士人心态》,人民文学出版社,2000。

刊物上的论文类:

[1] 鲍涛:《妖道与妖术》,《中国国情国力》1999 年第 12 期。
[2] 陈辽:《罗贯中其人其作》,《明清小说研究》(第三辑) 1986 年第 1 期。
[3] 程华平:《明清〈牡丹亭〉曲律研究述论》,《戏剧艺术》1993 年第 4 期。
[4] 程毅中:《再谈二十回本〈三遂平妖传〉——〈宋元小说研究〉

订补之三》,《文学遗产》2004 年第 6 期。

[5] 邓溪燕:《三言二拍对李渔拟话本小说创作的影响》,《湖南科技学院院报》2007 年第 6 期。

[6] 杜贵晨:《古代数字三的观念与小说的三复情节》,《文学遗产》1997 年第 1 期。

[7] 段春旭:《〈平妖传〉散论》,《明清小说研究》1999 年第 2 期。

[8] 范立舟:《"三言二拍"中的市民意识与传统道德观念》,《湘潭大学社会科学学报》2003 年第 2 期。

[9] 高洪钧:《冯梦龙的俗文学著作及其编年》,《天津师范大学学报》(社会科学版)1997 年第 1 期。

[10] 葛兆光:《"神授天书"与"不立文字"——佛教与道教的语言传统及其对中国古典诗歌的影响》,《文学遗产》1998 年第 1 期。

[11] 根山彻:《〈还魂记〉在清代的演变》,《戏曲艺术》2002 年第 4 期。

[12] 郭英德:《明清传奇戏曲叙事结构的演化》,《求是学刊》2004 年第 1 期。

[13] 胡小伟:《〈冯犹龙文钞〉作者考》,《明清小说研究》1996 年第 1 期。

[14] 黄爱华:《戏剧功能系统演论》,《戏剧艺术》1992 年第 1 期。

[15] 黄长义:《略论晚明经世思潮的兴起》,《江汉论坛》1997 年第 6 期。

[16] 黄玉娟:《"三言""二拍"对女性问题的反映与思考》,《琼州大学学报》2004 年第 1 期。

[17] 康保成:《戏曲术语"科"、"介"与北剧、南戏之仪式渊源》,《文学遗产》2001 年第 2 期。

[18] 雷晓彤:《论冯梦龙、凌濛初对李渔小说创作与理论的影响》,

《江西师范大学学报》（哲学社会科学版）2002 年第 2 期。
［19］李桂奎：《论“三言”“二拍”角色设计的士商互渗特征》，《辽宁师范大学学报》（社会科学版）2003 年第 4 期。
［20］李金松：《冯梦龙传奇〈万事足〉之蓝本〈万全记〉探考》，《文史》2002 年第 2 期。
［21］李延贺：《遵古：冯梦龙曲律观之浅析》，《艺术百家》2000 年第 2 期。
［22］李勇军：《“三言”中市民意识的体现》，《云南社会科学》2006 年第 1 期。
［23］刘艳琴：《明代话本小说中的徽商形象》，《明清小说研究》2004 年第 4 期。
［24］刘召明：《从依字声行腔与南曲用韵看汤沈之争的曲学背景与论争实质》，《戏剧艺术》2006 年第 3 期。
［25］刘召明：《冯梦龙的戏曲导演艺术》，《上海大学学报》（社会科学版）2006 年第 2 期。
［26］陆萼庭：《传奇“吊场”的演变与昆剧折子戏》（上），《上海戏剧》2004 年第 Z2 期。
［27］陆树仑：《戏曲必须案头、场上两擅其美——冯梦龙的戏曲主张》，《文学遗产》1980 年第 3 期。
［28］路应昆：《中国剧史上的曲、腔演进》，《文艺研究》2003 年第 1 期。
［29］罗尔纲：《从罗贯中〈三遂平妖传〉看〈水浒传〉著者和原本问题》，《学术月刊》1984 年第 10 期。
［30］沈尧：《明末古典剧论的新篇章——孟称舜编剧理论综述》，《戏曲研究》1983 年第 9 期。
［31］孙丹虹：《〈三言〉为商人身份正名》，《福州大学学报》（哲学社会科学版）2006 年第 4 期。

[32] 孙逊：《释道“转世”“谪世”观念与中国古代小说结构》，《文学遗产》1997 年第 4 期。

[33] 田国梁：《试谈“三言”、“二拍”中几类妇女形象的社会意义》，《西北民族大学学报》（哲学社会科学版）1988 年第 4 期。

[34] 王菊芹：《从“三言”“二拍”中的商人形象看明代中后期经商意识的新变》，《贵州大学学报》（哲学社会科学版）2008 年第 4 期。

[35] 王平：《双重超越：聊斋与三言二拍之比较》，《山东大学学报》（哲学社会科学版）1992 年第 2 期。

[36] 王小岩：《冯梦龙创作、重编传奇考》，《南阳师范学院学报》（社会科学版）2007 年第 7 期。

[37] 王政：《关于冯梦龙戏剧理论的特征》，《学术月刊》1985 年第 3 期。

[38] 吴敢：《说戏曲散出》，《艺术百家》2005 年第 5 期。

[39] 吴群：《李渔小说中的劝惩教化与娱乐趣味》，《内蒙古民族大学学报》（社会科学版）2010 年第 2 期。

[40] 徐朔方：《〈平妖传〉的版本以及〈水浒传〉原本七十回说辨正》，《浙江学刊》1986 年第 3 期。

[41] 徐朔方：《再论〈水浒传〉和〈金瓶梅〉不是个人创作——兼及〈平妖传〉〈西游记〉〈封神演义〉成书的一个侧面》，《徐州师范 [42] 学院学报》（哲学社会科学版）1986 年第 1 期。

[43] 杨坤：《从〈风流梦〉改本看冯梦龙之改编》，《文学前沿》2005 年第 1 期。

[44] 游友基：《冯梦龙论戏剧情节》，《戏曲研究》1985 年第 5 期。

[45] 俞为民：《昆曲曲调的组合形式考述》，《东南大学学报》（哲学社会科学版）2006 年第 1 期。

[46] 赵天为：《古代戏曲选本中的〈牡丹亭〉改编》，《戏曲艺术》2006 年第 1 期。

[47] 赵天为：《曲谱中的〈牡丹亭〉》，《南京师大学报》（社会科学版）2007 年第 5 期。

[48] 周立波：《从〈墨憨斋定本传奇〉的题材选择看冯梦龙的思想形态》，《宁夏社会科学》2005 年第 4 期。

[49] 周立波：《冯梦龙戏曲改编理论初探》，《阴山学刊》1999 年第 1 期。

[50] 朱万曙：《明代戏曲评点：批评话语的转换》，《文艺研究》2007 年第 10 期。

学位论文类

[1] 蔡亚平：《读者与明清通俗小说创作、传播的关系研究》，暨南大学博士学位论文，2010。

[2] 陈良：《李渔拟话本小说及其小说观念研究》，陕西师范大学硕士学位论文，2003。

[3] 储著炎：《晚明戏曲主情思想研究》，中央民族大学博士学位论文，2011。

[4] 代智敏：《明清小说选本研究》，暨南大学博士学位论文，2009。

[5] 戴健：《明下叶吴越城市娱乐文化与市民文学》，扬州大学博士学位论文，2004。

[6] 邓百意：《中国古代小说节奏论》，复旦大学博士学位论文，2007。

[7] 樊兰：《张坚〈玉燕堂四种曲〉研究》，河北大学博士学位论文，2012。

[8] 冯妮：《转型时期的爱情故事：从晚清小说到“五四”新文

学》，华东师范大学博士学位论文，2013。

[9] 冯艳：《明清散曲与歌谣时调互动研究》，南京师范大学博士学位论文，2014。

[10] 冯媛媛：《侠文化在中国古代小说中的嬗变》，陕西师范大学博士学位论文，2009。

[11] 付江涛：《〈十日谈〉和〈三言〉、〈二拍〉之比较研究》，河南大学博士学位论文，2013。

[12] 高艳芳：《中国白蛇传经典的建构与阐释》，华中师范大学博士学位论文，2014。

[13] 郭辉：《明清小说中尼僧形象之文学与文化研究》，南开大学博士学位论文，2010。

[14] 郭茜：《东坡故事的流变及其文化意蕴》，南开大学博士学位论文，2009。

[15] 郭秀媛：《〈三言〉与〈十日谈〉比较研究》，河北大学博士学位论文，2011。

[16] 郭远：《新民谣的情教功能》，上海大学博士学位论文，2011。

[17] 韩春平：《传统与变迁：明清时期南京通俗小说创作与刊刻研究》，暨南大学博士学位论文，2008。

[18] 韩洪波：《从变文到元明词话的文体流变研究》，扬州大学博士学位论文，2013。

[19] 韩林：《武则天故事的文本演变与文化内涵》，南开大学博士学位论文，2012。

[20] 韩霄：《三国故事说唱文学研究》，扬州大学博士学位论文，2012。

[21] 郝丽霞：《吴江沈氏文学世家研究》，华东师范大学博士学位论文，2004。

[22] 何轩：《儒家文化与晚清新小说的兴起》，华中师范大学博士

学位论文，2006。
[23] 何云涛：《清末民初小说语体研究》，南开大学博士学位论文，2013。
[24] 黄大宏：《唐代小说重写研究》，陕西师范大学博士学位论文，2003。
[25] 黄建宁：《笔记小说俗谚研究》，四川大学博士学位论文，2005。
[26] 吉旭：《传奇叙事与生命体验》，苏州大学博士学位论文，2013。
[27] 姜良存：《三言二拍与佛道关系之研究》，曲阜师范大学博士学位论文，2012。
[28] 蒋小平：《晚明传奇中女性形象研究》，苏州大学博士学位论文，2006。
[29] 金正恩：《明代历史演义小说在韩国的传播研究》，东北师范大学博士学位论文，2014。
[30] 敬晓庆：《明代戏曲理论批评论争研究》，首都师范大学博士学位论文，2007。
[31] 孔敏：《唐代小说的明清传播》，山东大学博士学位论文，2013。
[32] 孔庆庆：《中国古代白话小说教化研究》，南开大学博士学位论文，2012。
[33] 李春强：《明代〈论语〉诠释研究》，扬州大学博士学位论文，2014。
[34] 李竞艳：《晚明士人群体研究》，河南大学博士学位论文，2011。
[35] 李军：《明代文官制度与明代文学》，南开大学博士学位论文，2013。
[36] 李圣华：《晚明诗歌研究》，苏州大学博士学位论文，2001。
[37] 李伟峰：《香火接续：传统社会的招赘婚姻研究》，山东大学博士学位论文，2011。
[38] 李贤珠：《〈平妖传〉研究》，复旦大学博士学位论文，2008 。
[39] 李晓芹：《〈曲谱大成〉残稿三种研究》，河北大学博士学位论

文，2011。
[40] 李英：《赵景深和20世纪俗文学研究》，复旦大学博士学位论文，2013。
[41] 梁苑：《才子佳人小说：从一种新小说类型到一种新文学样式》，复旦大学博士学位论文，2007。
[42] 刘果：《“三言”性别话语分析——以话本小说的文献比勘为基础》，华中师范大学博士学位论文，2007。
[43] 刘建欣：《明清戏曲选本“宗元”研究》，黑龙江大学博士学位论文，2014。
[44] 刘莉：《隋炀帝故事的文本演变与文化内涵》，南开大学博士学位论文，2013。
[45] 刘坡：《李梦阳与明代诗坛研究》，上海师范大学博士学位论文，2012。
[46] 刘奇玉：《古代戏曲创作理论研究》，福建师范大学博士学位论文，2009。
[47] 刘士义：《狭邪、情欲与文人风骚——明代青楼文化与文学》，南开大学博士学位论文，2013。
[48] 刘廷乾：《江苏明代作家研究》，上海师范大学博士学位论文，2008。
[49] 刘晓军：《明代章回小说文体研究》，华东师范大学博士学位论文，2007。
[50] 刘雪莲：《天花藏主人及其小说研究》，黑龙江大学博士学位论文，2011。
[51] 刘英波：《明代中后期南、北方散曲比较研究》，山东师范大学博士学位论文，2013。
[52] 刘召明：《晚明苏州剧坛研究》，华东师范大学博士学位论文，2006。

[53] 刘中兴：《晚明舆论传播与东林运动》，华中师范大学博士学位论文，2013。
[54] 卢惠惠：《古代白话小说句式运用研究》，复旦大学博士学位论文，2004。
[55] 卢寿荣：《李渔戏曲小说研究》，复旦大学博士学位论文，2003。
[56] 罗陈霞：《宋代小说与宋代民间商贸活动》，南开大学博士学位论文，2009。
[57] 骆兵：《李渔的通俗文学理论与创作研究》，华东师范大学博士学位论文，2003。
[58] 马晓虹：《阳明心学与明中后期文学批评》，东北师范大学博士学位论文，2013。
[59] 马宇辉：《"唐伯虎点秋香"考论》，华东师范大学博士学位论文，2007。
[60] 梅东伟：《话本小说中的婚俗叙事研究》，华东师范大学博士学位论文，2013。
[61] 庞希云：《"人心自悟"与"灵魂拯救"》，上海师范大学博士学位论文，2006。
[62] 全贤淑：《明代白话短篇小说中诚信观念研究》，东北师范大学博士学位论文，2006。
[63] 任志强：《中国古代狐精故事研究》，山东大学博士学位论文，2014。
[64] 申明秀：《明清世情小说雅俗流变及地域性研究》，复旦大学博士学位论文，2012。
[65] 沈叶娟：《十七世纪世情小说的伦理研究》，苏州大学博士学位论文，2014。
[66] 史元明：《"革命+恋爱"小说研究——古念演变视野下的考察》，复旦大学博士学位论文，2010。

［67］宋嵩：《发现与重读：20 世纪 80 年代“被遮蔽”历史小说研究》，山东师范大学博士学位论文，2014。

［68］宋巍：《中国古典武侠小说史论》，陕西师范大学博士学位论文，2006。

［69］苏建新：《才子佳人小说演变史研究》，福建师范大学博士学位论文，2005。

［70］苏义生：《原生态歌谣修辞研究》，复旦大学博士学位论文，2013。

［71］苏羽：《明代文言“鬼小说”研究》，浙江大学博士学位论文，2013。

［72］孙爱玲：《〈红楼梦〉人文之思辨》，苏州大学博士学位论文，2006。

［73］谈欣：《江苏“五大宫调”音乐文化研究》，南京师范大学博士学位论文，2012。

［74］田兴国：《存在之思与传奇之思》，福建师范大学博士学位论文，2006。

［75］涂育珍：《〈墨憨斋定本传奇〉研究》，华东师范大学博士学位论文，2009。

［76］汪超：《尊体与辨体——关于明清文人传奇发展史中一个重要现象的考察》，华东师范大学博士学位论文，2009。

［77］汪沛：《徐渭文化心态研究》，陕西师范大学博士学位论文，2007。

［78］王斌：《明朝禁戏政策与明代戏剧研究》，南京大学博士学位论文，2013。

［79］王德兵：《明清戏曲美学范畴研究》，扬州大学博士学位论文，2014。

［80］王福雅：《游走于大小传统之间》，湖南师范大学博士学位论

文，2013。
[81] 王海刚：《明代书业广告研究》，武汉大学博士学位论文，2009。
[82] 王建科：《元明家庭家族叙事文学研究》，陕西师范大学博士学位论文，2003。
[83] 王瑾：《〈夷坚志〉新论——以故事类型和传播为中心》，暨南大学博士学位论文，2010。
[84] 王军明：《清代小说序跋研究》，山东大学博士学位论文，2014。
[85] 王孟图：《中国现代浪漫主义文学的历史探源》，福建师范大学博士学位论文，2013。
[86] 王庆华：《话本小说文体形态研究》，华东师范大学博士学位论文，2003。
[87] 王苏生：《古代学人戏曲观的生成与演进》，山西师范大学博士学位论文，2014。
[88] 王委艳：《交流诗学——话本小说艺术和审美特性研究》，南开大学博士学位论文，2012。
[89] 王秀娟：《宋代文言小说叙事演变研究》，南开大学博士学位论文，2013。
[90] 王言锋：《中国十六—十八世纪社会心理变迁与白话短篇小说之兴衰》，上海师范大学博士学位论文，2003。
[91] 王燕飞：《〈牡丹亭〉的传播研究》，上海戏剧学院，2005。
[92] 王奕祯：《中国传统戏剧闹热性研究》，上海师范大学博士学位论文，2012。
[93] 文革红：《从传播学的角度考察清初通俗小说的发展——以小说出版为中心》，复旦大学博士学位论文，2006。
[94] 吴琼：《明末清初的文学嬗变》，上海师范大学博士学位论文，2012 。
[95] 吴晓龙：《〈醒世姻缘传〉与明代世俗生活》，上海师范大学博

士学位论文，2006。
[96] 吴秀华：《明末清初小说戏曲中的女性形象研究》，南京师范大学博士学位论文，1997。
[97] 夏启发：《明代公案小说研究》，《中国社会科学院研究生院，2001。
[98] 徐定宝：《凌濛初研究》，南京师范大学博士学位论文，1998。
[99] 颜湘君：《中国古代小说服饰描写研究》，上海师范大学博士学位论文，2006。
[100] 杨慧：《民国时期私家藏曲研究》，山西师范大学博士学位论文，2014。
[101] 杨柳：《骊山老母信仰研究》，西北大学博士学位论文，2014。
[102] 杨雪：《唐传奇题材演变与影响论稿》，吉林大学博士学位论文，2014。
[103] 杨艳琪：《祁彪佳及其〈远山堂曲品·剧品〉研究》，复旦大学博士学位论文，2003。
[104] 岳远坤：《上田秋成文学与晚明文学思潮》，北京外国语大学博士学位论文，2014。
[105] 曾晓娟：《“评”与“改”：中国古典白话小说之雅化过程》，南开大学博士学位论文，2012。
[106] 张冰妍：《北美汉学家韩南文学活动研究》，东北师范大学博士学位论文，2014。
[107] 张慧禾：《古代杭州小说研究》，浙江大学博士学位论文，2007。
[108] 张莉：《“水浒”评话（评书）与说话传统研究》，扬州大学博士学位论文，2012。
[109] 张灵：《民间宝卷与中国古代小说》，上海师范大学博士学位论文，2012。

[110] 张维昭：《儒学文化的悖离与回归》，浙江大学博士学位论文，2008。
[111] 张文飞：《洪迈〈夷坚志〉研究》，复旦大学博士学位论文，2008。
[112] 张雪：《木兰故事的文本演变与文化内涵》，南开大学博士学位论文，2013。
[113] 张艳：《中国三大神话母题研究》，山东大学博士学位论文，2014。
[114] 张永葳：《稗史文心》，浙江大学博士学位论文，2008。
[115] 张勇敢：《清代戏曲评点史论》，华东师范大学博士学位论文，2014。
[116] 张袁月：《晚清吴地小说研究》，南开大学博士学位论文，2012。
[117] 张振羽：《〈三言〉副词研究》，湖南师范大学博士学位论文，2010。
[118] 赵海霞：《李渔文化活动及观念考论》，陕西师范大学博士学位论文，2010。
[119] 赵林平：《晚明坊刻戏曲研究》，扬州大学博士学位论文，2012。
[120] 赵强：《"物"的崛起：晚明的生活时尚与审美风会》，东北师范大学博士学位论文，2013。
[121] 赵秀丽：《"礼"与"情"：明代女性在困厄之际的抉择》，华中师范大学博士学位论文，2008。
[122] 郑土有：《吴语叙事山歌演唱传统研究》，华东师范大学博士学位论文，2004。
[123] 郑小雅：《不惟近情动俗，还求融通兼美——晚明曲学范畴演进论》，福建师范大学博士学位论文，2006。

后　记

冯梦龙是伟大的文学家，在研究冯梦龙文学作品及其文艺思想的过程中，我收获颇丰。2000 年，我考入辽宁大学，在这里完成了本硕博求学之路。我本科攻读汉语言文学专业、硕士攻读古代文学专业、博士攻读文艺学专业。感谢我的硕士生导师胡胜先生给予我的鼓励与引领；感谢我的博士生导师王纯菲先生给予我的教诲与支持。求学之路，并非坦途，在师长和朋辈的关爱下，我一步步向前探索，朝着梦想的目标迈进。

本书的出版受到辽宁大学新闻与传播学院的学科经费的支持。感谢程丽红院长、张岩副院长以及学院各位同人的大力支持。感谢我亲爱的学生们，正因为有了你们，我才能够教学相长，不断丰富研究成果并拓宽研究领域。

在研究和写作过程中，本书获得辽宁省社会科学规划基金项目“传播学视域下的冯梦龙及其作品研究”（项目编号：L19DZW001）的资助，对辽宁省社会科学规划基金办公室的支持我深表谢意。

感谢我的家人和朋友，在逐梦与圆梦的路上，你们是我不竭的动力！特别感谢社会科学文献出版社贾立平老师的悉心指导、高雁老师的关怀帮助！人生天地间，幸诸君同行；来日方长，不负遇见！

本书在写作过程中汲取了前辈时贤诸多研究成果，在此一并表示感谢，由于本人学识有限，本书难免有不严谨之处，恳请方家批评指正！

韩亚楠

图书在版编目(CIP)数据

冯梦龙文艺思想研究 / 韩亚楠著. -- 北京 : 社会科学文献出版社, 2023.1

ISBN 978-7-5228-0862-8

Ⅰ. ①冯… Ⅱ. ①韩… Ⅲ. ①冯梦龙 (1574-1646) -文艺思想-研究 Ⅳ. ①I206.2

中国版本图书馆 CIP 数据核字(2022)第 186091 号

冯梦龙文艺思想研究

著　　者 / 韩亚楠

出 版 人 / 王利民
组稿编辑 / 高　雁
责任编辑 / 贾立平
责任印制 / 王京美

出　　版 / 社会科学文献出版社 (010) 59367226
地址: 北京市北三环中路甲 29 号院华龙大厦　邮编: 100029
网址: www.ssap.com.cn
发　　行 / 社会科学文献出版社 (010) 59367028
印　　装 / 三河市龙林印务有限公司

规　　格 / 开 本: 787mm×1092mm　1/16
印 张: 15.25　字 数: 198 千字
版　　次 / 2023 年 1 月第 1 版　2023 年 1 月第 1 次印刷
书　　号 / ISBN 978-7-5228-0862-8
定　　价 / 98.00 元

读者服务电话: 4008918866

版权所有 翻印必究